新世纪
文学观察

疏延祥 ◎ 著

新世纪小说风景线

（70后、80后卷）

山西出版传媒集团　北岳文艺出版社
·太原·

图书在版编目（CIP）数据

新世纪小说风景线：70后、80后卷 / 疏延祥著. ——太原：北岳文艺出版社，2020.7
（新世纪文学观察丛书）
ISBN 978-7-5378-6155-7

Ⅰ.①新… Ⅱ.①疏… Ⅲ.①小说研究–中国–当代 Ⅳ.①I207.42

中国版本图书馆CIP数据核字（2020）第039026号

书　　名	新世纪小说风景线：70后、80后卷
著　　者	疏延祥
策　　划	续小强
责任编辑	高海霞
书籍设计	张永文
印装监制	郭　勇

出版发行	山西出版传媒集团·北岳文艺出版社
地　　址	山西省太原市并州南路57号
邮　　编	030012
电　　话	0351-5628696（发行部）
	0351-5628688（总编室）
传　　真	0351-5628680
网　　址	http://www.bywy.com
E – mail	bywycbs@163.com
经 销 商	新华书店
印刷装订	山西人民印刷有限责任公司

开　　本	787mm×1092mm　1/16
字　　数	270千字
印　　张	21.75
版　　次	2020年7月第1版
印　　次	2020年7月山西第1次印刷
书　　号	ISBN 978-7-5378-6155-7
定　　价	68.00元

序

王朝军

疏延祥先生在安徽大学中文系已经任教二十八年。

时间很长,这是我的第一判断。紧随这个判断而来的是想象。我想象一位戴着眼镜的中年男子站在讲台上和他的学生谈小说,然后是一篇又一篇的小说成为他语言的中心,一个又一个作为"中心"制造者的小说家与他相互辩驳、倾听,乃至长久地沉默。学生呢,他们被指认为听众,但在"风景线"上,他们怎会仅仅止于听?他们还要看,在听中看,前前后后上上下下左左右右地看,关于小说,关于小说家,关于人和世界的重重秘密,便经由这内在的"看",变得有趣而庄严起来。

讲小说的得有这个本事。小说家可以是说书人,但你不可以。根本上,你是站在小说文本的地图上说,你的说,必要有倾向,有鉴别,有打量的眼光。这是一种思维的教与学。学的一方遗忘的是细节,收获的却是独立思考的本能。

除了独立思考,大学课堂应许给我们的还有什么呢?——知识、素养、能力?这些居于公共意识顶端的修辞,如沙塔般脆弱,它们依凭的是先验和概念,而非教学的精神现场。所以,当一个大学教师有意无意地屏蔽此现场时,奉知识为名的诸种"声音"就不再是声音,而是喧嚷的符号，其底部的真相只有一个，那就是虚无，僵硬的、死的虚无。

　　学生不学虚无，老师也不应该教授虚无。在大学中文系的课堂上待了二十八年的疏延祥深知这一点，所以他的"现身说法"和说法的文本行为《新世纪小说风景线》便拥有了一条严格遵循的律令：与学生、与文本交换思想，并在这交换中抵抗虚无。

　　成功与否另说，但疏延祥的意志和执行力，在日常教学和文学研究中，的确得到了充分体现，《新世纪小说风景线》就是一份可靠的证据。这本汇聚"70后""80后"众多小说家和小说内外风景的论著，担当了多项职能：一是看，看小说"让社会获得自我意识"的核心议题贯彻得究竟如何。二是听，听小说缝隙处来自生命内部的声音，那个声音里灵魂呼吸的质量和密度。三是想，想小说所未想，却是研究者作为意识主体，建基于文本的经验与意义延伸。四是理性建构，收纳"风景线"上的每一块碎片，将其缝合进相对整全的思想体系中，并做主动的探索与建设。五是辨与辩。分辨要的是细致、专注和精准的敏感；论辩则要敞开空间，善于接迎异质的力量，由此进入小说之于生活、之于时代的深微境域。

　　其他还有，但我无意聒噪下去。对此问题不依不饶的应该是疏延祥，他执意要将本书的职能做有力的拓展。现在呈现出来的，便是这拓展的果子。况且，我相信，在将书稿交至出版社的那一刻，他就已经确认了这本书的伦理，无须我再赘言。

　　与读者相比，我的优势仅仅在于得允先睹，且睹到的也只是一鳞半爪的微光。但这微光若可以悉做通往光的中枢的窄门，于我，亦深感荣耀。

　　是为序。

二〇二〇年五月十二日改定

前　言

首先要说的是，什么是"新世纪小说"？"新世纪小说"是指2000年（包括2000年）以后中国作家发表的小说。"风景线"是对这段时期一些在本人看来比较突出的小说的描述和分析。

本书是我触网后在教学、科研方面的产物。因为触网，我的打字速度加快，查阅资料也方便了许多，保存文档更加便利。2009年以来，我在安徽大学开设了"小说二十讲""新世纪小说赏析""文艺评论""当代文学及新世纪文学研究""新世纪文学"等课程，涉及本科生和研究生两个层次。每年，我都会讲授新世纪小说评论课程，而且当我对着同一文档时，常常会发现标点、用词不当或者错别字甚至知识性错误等问题，所以每讲一次课，我都会重新编辑、校对一次授课讲稿。古人曰：校书如扫落叶，扫已落叶复至。有时，我的讲稿已讲了十次，仍有错误。怪不得曹雪芹的《红楼梦》要"披阅十载，增删五次"；学校科研考核的达摩克利斯之剑时刻悬在我的头顶，督促着我，每看完一部新世纪小说，都要写感受和阅读札记，所写的内容愈积愈多，最终形成了这部著作。这部书涉及的作家大多都在课堂上讲过，其时间跨度足有八年（2010年—2018年）。这八年间，我把生命中一段极为美好的年华都献给了中国新世纪小说研究。

新世纪小说世界是美好的。30后作家到80后作家均有杰出表现，老作家依然有饱满的创作热情，80后甚至90后作家也已登场，并逐渐走向成熟。这部著作论述的作家是按照年代划分的，所论述的作家为70后和80后，即出生在20世纪70年代和80年代的中国作家。70后和80后出生年代紧挨，不过在70年代出生和在80年代出生的人，差别还是有的。但他们之间也有共同点，那就是他们都成长在改革开放之后，与50后和60后作家相比，他们独立思考能力强，顾虑少，对题材的探索更加大胆，写作视野广，甚至写作手段更先进，如用电脑、手机写作，启用录音笔等。而且，我认为，70后作家，80后作家，都在走向成熟。如这些作家有传承意识，本卷论述的弋舟和余同友就对余华、苏童、格非等的先锋文学有深度的契合和继承；王十月、李凤群、陈再见、宋小词等作家就关注底层，他们的作品主题和方方、刘醒龙、林白、曹征路等作家的一些作品可以构成互相阐释的关系，宋小词《直立行走》笔下的大学毕业生杨双福的形象给人感觉80年代的"天之骄子"已经成为底层的一部分，这和方方的《涂自强的个人悲伤》互文。正如学者孟繁华所说，80年代的文化青年，有一种失败了可以卷土重来的气势，如高加林，可是，当今的文化青年却显得萎靡不振，一副需要人拯救的弱者模样。涂自强默默无闻地死去，杨双福为了成为武汉人，能有一套房子，就被人稀里糊涂地利用，她虽然没有杀人，却被人当成杀人犯，并被人以法律上可以判为正当防卫的方式杀死。读者固然同情杨双福，但作为受过高等教育的文化青年，思想境界如此低下，不免令人鄙夷。

无疑，这些小说的特征可以从现代文学中看出端倪，它们有老舍的《骆驼祥子》、夏衍的《包身工》的影子。这种接续文学史的工作在70后和80后作家中不是个别现象，我在论述孙频的时候说："孙频是80后中少数有文学史传承意识的作家。迪安传承的是巴金对家的批判,将亲情背后的刻毒彰显出来,而孙频则是要彰显知识分子人格独立的精神。20世纪50年代,王蒙、李国文那些后来集结为《重放的鲜花》的作品和新时期文学中的伤痕文学、改革文学、反思文学等,多是对现实的批判。如果从批判的角度讲,孙频、迪安传承的是鲁迅、巴金的精神。"孙频的小说中不止一篇写到祖父辈的"右派",孙频写他们的特立独行,写他们的才华横溢,写他们的不为世容,都令我们想到王蒙和张贤亮那一代"右派"作家在作品中体现出的夫子之道。当然,"右派"作家的作品基本上是积极的,他们笔下的"右派"哪怕陷入绝境,也没有丧失生活的希望。就像张贤亮《绿化树》中的章永璘,他即使吃不饱,饿得要让女人施舍食物,仍然在夜晚读马克思的《资本论》,以此证明自己是知识分子,在艰难困苦中依然能够有精神的飞腾。这种乐观的精神值得孙频学习,她的小说过于灰暗,需要亮色。对作家来说,对前辈精神的继承很重要。帕斯捷尔纳克的父亲作为画家和美术学院的教授,与托尔斯泰交往甚密,并给《战争与和平》《复活》等作品画过插图。帕斯捷尔纳克晚年说,托尔斯泰的形象"伴随我一生……我们全家上下都渗透了他的精神"。如此说来,充满人道主义精神的伟大作品《日瓦戈医生》的出现,绝不是偶然。

70后和80后作家对前辈的继承是多方面的,除前面讲的,还有重视民俗的方面,比如林森作品中写海南人民的军坡节,使我们想到汪曾祺对民俗的关注和热爱。同时田耳和他描写小镇的长篇小说,也让人想起鲁迅和师陀等现代作家所开创的小镇文学传统。田耳和林森笔下的小镇各有特色,田耳的小镇是小县城,而林森的小镇是标准的县城以下的乡镇,带有海南特色。田耳在《夏天糖》中写了"萝莉控",他可能不是第一个注意到这种性意识的中国作家,但可以说他在这方面的认识是深刻而独到的。

历史小说是小说的一种。它通过描写历史人物和事件，再现一定历史时期的生活面貌和历史发展趋势。它依据历史事实，但又不同于历史教科书，它可以作适当的想象、概括和虚构，但所描写的主要人物和主要事件应有历史根据，具有真实与虚构相统一的特征。按虚构程度进行划分，历史小说大致可以分为两种：一种是"则以为博考文献，言必有据者"[1]的严格意义上的历史小说，一种是"至于只取一点因由，随意点染"[2]的较为自由的历史小说。历史小说是中国古典乃至现当代小说的传统，四大名著中就有《水浒传》（属于"只取一点因由，随意点染"型）和《三国演义》（大抵是"博考文献，言必有据"型）两部历史小说，在文盲占人口很大比例的1949年之前，像《水浒传》《三国演义》《封神演义》《东周列国志》《隋唐演义》《说岳全传》，还有包公断案等小说家喻户晓，那时中国人对中国历史的认识主要来自历史小说和戏曲，而戏曲之所以最吸引人，也是因为它演绎了历史。目前，这种把历史小说内容当成历史的人在中国非知识分子阶层依然很多。总之，中国人喜爱阅读历史小说。新时期以来，"新历史小说"盛行，不过，"新历史小说"的作家并不尊重历史事实，他们对历史有自己的理解，所写的历史有强烈的主观性，充满了解构的色彩。当然也有重视史料和真实性的历史小说，如唐浩明的《曾国藩》，唐浩明写曾国藩是在研究这个人物几十年的准备工作的基础上才开始的。本卷论述的谢思球已经写了《大泽乡》和《大明御史左光斗》两部历史小说，他像社会学家推崇田野调查一样，在重史料的基础上，还实地走访，到陈胜、吴广当年活动的地方，到左光斗的故乡，获得第一手资料，这种精神是值得表扬的。

---

[1][2] 鲁迅：《故事新编》，《序言》第2页，生活·读书·新知三联书店，2014年。

中国曾经少"忏悔文学",但是70后作家如乔叶写出了堪称经典的《认罪书》。我们中华人民共和国成立后的小说中,不少作品地主形象单一,但李凤群的《大风》中的地主形象就耐人寻味。

作家要基于自己的生活经验来进行写作,在这方面,70后作家的表现也可圈可点,像王十月和路内、陈仓、石一枫等都是走这个路子,因此写得扎实、绵密。王十月初中毕业后就出去打工,邓小平南方谈话后,中国打工浪潮澎湃,王十月正是这一过程的亲历者。他从自己的生活经验出发,写出了农民工的艰辛和创业者的不易,"MADE IN CHINA(中国制造)"的奇迹是如何创造的,看看他的《无碑》就知道了。石一枫作为北京出生的作家,对北京各阶层的生活都比较熟悉。他的《世间已无陈金芳》和《营救麦克黄》等小说有着强烈的北京烙印,陈金芳作为全球化时代的青年,可以被视为"中国版的嘉莉妹妹"。陈仓对故乡农村的萧条有真切的描写,我想这对如何振兴乡村有参考价值。因为要想发展今天中国的农村,你就得对它有切实的深度了解。

当然,70后和80后作家的小说并非尽善尽美,他们的观察还可以再细致一些。作家的观察力是作品成败的一个关键因素。就拿物候来说吧,根据一年的节气,梅花先开,杏花次之,桃花随后。如果颠倒了这个次序,或者像一般人那样,梅花杏花桃花傻傻地分不清,那是不行的。还有,桃树小苗栽下要三年结果,梨树小苗栽下要四年结果,枣树要五年结果。尽管现在全球气候变暖,上述果树也不会种后第二年就挂果。如果一个小说家在书中写到"去年栽下的桃树小苗今年挂果了",那就是在制造笑话。另外作家在常识上要能跟上这个时代,曾经有一个作家的小说题目为"树上停着一只什么鸟",可根据他拍摄的图片,这鸟就是平常的斑鸠,极其平常的菜鸟,我觉得70后和80后作家的这个短板应该克服。在这方面,我们要向古人学习,像杜甫是认得白鹭和黄鹂的,因此才有"两个黄鹂鸣翠柳,一行白鹭上青天"的经典名句。今天的作家可能认识白鹭,认识黄鹂的就少了。作家不熟悉禽鸟,风景就写得模糊。在这方面,70后和80后作家有很大的提升空间。

先锋小说的转型在50后和60后作家那里已经完成,第九届茅盾文学奖像金宇澄、李佩甫、格非、苏童都有先锋文学的皮囊,而且在文学史里,格非、苏童就是先锋文学的大将甚至可以说是主要推动者。我在第九届茅盾文学奖作品公布后曾经说,这是向先锋文学作家致敬的一届,但是他们的获奖作品都是转型后成熟的小说。70后和80后中以先锋小说为写作形式的作家并不少,有的转型较为成功,如弋舟,有的则还是一味在形式上下功夫,这是他们应该注意的。

在新世纪小说的作者中,我注意到的30后和40后作者有九位,50后有四十一位,60后有八十四位,70后有三十一位,80后有十一位,这是一份长长的名单,对于他们的创作,我至少细读一篇小说才会加以评论,在这后面是巨大的阅读量和辛勤的汗水。其实,我阅读过的新世纪小说远不止这些,有相当一部分只读并无评论。譬如20世纪70年代出生的湖北土家族作家陈刚写的长篇小说《卧槽马》(《中国作家》2018年第2期),就非常值得一读,《卧槽马》是一部严格意义的工业题材小说。众所周知,从中华人民共和国成立以后,相当长时期内农村题材的小说数量和质量都占优势。这是因为从20世纪50年代到改革开放,我国都是农业大国,进入21世纪,我国城镇化的步伐加快,到了2011年末,我国常住人口城镇化率达到50.27%。到了2018年末,我国常住人口城镇化率达59.58%,而第一产业对GDP的贡献下降到5%以下,第二产业在国民生产总值的比例在2016年就超过40%。如今,我们已经是工业和信息化的国家。但是,就目前看,中国农村题材小说不说数量,在总体质量上仍然超过工业题材。因此,我们呼唤作家顺应国家形势,加大工业题材作品的创作。如果说，新中国成立后工业第一次起飞，有草明的《乘风破浪》、周而复的《上海的早晨》（此书涉及工商业、金融业）加以全景式地描绘，第二次起步和起飞有蒋子龙的《乔厂长上任记》《赤橙黄绿青蓝紫》，张洁的《沉重的翅膀》加以描绘。到了20世纪90年代尤其是进入21世纪以来，工业题材的小说成了分享艰难和底层贫困的表达，恰恰这两个年代是中国工业大发展的时期，可是正面描写工业前进的小说却极少。王十月的《无碑》《国家订单》虽然涉及工业，但气势不够恢宏，相比较而言，陈刚的《卧槽马》讲述了从70年代末克服种种困难，到21世纪终于成功上市的一家化工企业的发展历程。小说叙述正面且积极，我们有理由相信这部作品能和我们上面讲的草明、蒋子龙、张洁等人的标志性作品一样，是工业题材标杆式的作品。

我本人是60后，所以我的审美趣味和思想感情都和60年代出生的人相近，50年代的一辈是我的兄长辈，我受他们的影响很大，作为小说的读者和评论者，我喜见70后作为我弟弟辈一代作家的成就。作为80后的叔叔辈，我在纸媒和电子传媒的平台上，亲眼见证了他们走向文坛，他们中的翘楚逐渐成熟，甚至这本书首先就是写给70后和80后两代作家和他们中的文学爱好者看的。

70后和80后作家有的受过本科甚至博士教育，如石一枫和王威廉，有的只念过初中或者高中肄业，如王十月和陈再见，有的是行伍出身，如李亚。新中国成立后，主流意识形态曾经强调工农兵写作，培养了许多小学甚至扫盲学校毕业的工农兵作家。粉碎"四人帮"后，文坛对他们肯定的不多，否定却不少，可是他们中的佼佼者，却写出了进入文学史的作品，比如浩然，虽然他受到的否定较多，但他作品中灌注的乡土生活经验仍然使得他的《艳阳天》受到像雷达那样评论家的肯定。目前，学界多倡导"底层写作"，我觉得只有真正出身底层的人写出来的东西，才能反映出底层的真实,因为这些人曾经很长时间就在底层生活,熟悉底层民众的喜怒哀乐。因此,我比较看重王十月和陈再见的小说,他们的"打工文学"很有价值,对于李亚的一些小说,我也很喜欢。我相信王十月、陈再见、李亚他们会比浩然写得好,也走得远,毕竟他们的起点要高于浩然,而我们的时代也比过去更辉煌灿烂。

我觉得70后作家人生辉煌的时期是在新世纪,80后作家的人生大舞台在新世纪才展开,只要他们和人民同呼吸,共命运,努力把握时代,就一定能写出经得起历史考验的经典文艺作品。在此谨以律绝《致70后和80后中国作家》作结:

文坛俊秀结群来,
寄语新人学伟才。
重担渐趋为汝辈,
佳篇络绎展高台。

目录

上篇　70后作家小说论

乔　叶　说吧，说出你的记忆，说出你的罪恶
　　　　　——一部中国当代文学史上具有忏悔意识的经典之作　/004

路　内　70后眼中的城市平民生活
　　　　　——路内的《花街往事》　/013

田　耳　草根众生相及毁灭的纯真
　　　　　——田耳的《夏天糖》　/021

叶　炜　90年代以来的乡村面貌
　　　　　——叶炜的《后土》　/029

李凤群　李凤群的《悲江》　/036
　　　　我们时代的传奇——《骚江》　/043
　　　　故乡的悲歌和恋歌——《大江边》　/051
　　　　迥然不同的血缘之情
　　　　　——李凤群《良霞》和子薇《血脉》的比较　/058
　　　　点评《耐月》　/063
　　　　大风吹过
　　　　　——读李凤群长篇小说《大风》　/065

001

弋 舟　女性的爱情和成长史
　　　　——弋舟的《战事》 /072
石一枫　石一枫小说论 /079
余同友　现实的关切和质疑者　人性的探索者
　　　　——读余同友中短篇小说集《站在稻田里的旗》 /085
　　　　讲究短篇小说写作技巧的余同友 /094
哲　贵　哲贵小说论 /099
俞　胜　俞胜新作点击 /105
王新宇　一次对故乡的深情回望
　　　　——读王新宇的《风吹云散》 /110
娜　彧　母性的光辉
　　　　——读娜彧《母亲的花样年华》 /120
　　　　麦村人物传
　　　　——娜彧的《麦村》 /123
拖　雷　拖雷小说 /131
陈　仓　《父亲的晚年生活》评析 /136
刘玉栋　《回乡记》评析 /140
王十月　打工者的丰碑
　　　　——王十月的《无碑》 /143
　　　　从《国家订单》到《寻根团》 /152
李　亚　《武人列传》评析 /159
薛　舒　为父辈立照
　　　　——读薛舒的《我青春的父亲》 /162
柏祥伟　有前途的小说家柏祥伟
　　　　——读《玉儿》《照片》 /169

雨　桦　原始自足的文明
　　　——雨桦的《故乡的红蒿白草》 /174

王秀梅　"文革"和"文革"变体的思考 /180

孙敏瑛　对《女人》的评析
　　　——中华民族女性的光荣 /183

陈蔚文　《落在小镇的雨》的评析
　　　——中国版《苔丝》 /186

胡焕胜　中国力量
　　　——读胡焕胜《一个人的年代史》 /189

李新勇　《最后的葬礼》的评析 /193

于怀岸　于怀岸与他的纯文学创作 /196

张学东　《父亲的婚事》评析
　　　——失侣老人的情感痛苦 /199

周瑄璞　深入家族史的根性写作
　　　——周瑄璞的《多湾》 /203

李师江　灰色校园生活中的圣洁爱情
　　　——李师江的《中文系》 /212

　　　中国有价值的私小说
　　　——李师江的《非比寻常》 /221

谢思球　纵横天地开新局，指顾风云发首难
　　　——评谢思球的《大泽乡》 /229

　　　铮铮铁骨　一身正气
　　　——评谢思球的《大明御史左光斗》 /235

张　忌　"杀死"老师 /243

下篇 80后作家小说论

林　森　乡土文学的佳作
　　　　——林森的《关关雎鸠》/250
　　　　中国海洋文学的新收获 /258

笛　安　冰与火
　　　　——读笛安的《西决》/263

马金莲　《长河》赏析 /270

双雪涛　一篇主题不够明确的悬疑小说
　　　　——读双雪涛的《平原上的摩西》/274

王威廉　评王威廉的《归息》/278

郭治安　无事的悲剧
　　　　——读郭治安的《浮云》/281

王光龙　一篇有深度的乡村小说
　　　　——读王光龙的中篇小说《看见火光你就跑》/285

陈再见　遭遇陈再见 /289
　　　　关于陈再见的两部中篇小说 /292

孙　频　女博士的个人悲伤 /297
　　　　80后中有文学史传承意识的作家
　　　　——孙频近作阅读记 /301
　　　　在有价值的绝望中抵抗才有意义
　　　　——评孙频的《河流的十二个月》/304

宋小词　城市平民的寒冷和阶层固化
　　　　——一个从农村走出来的女大学生的爱情和婚姻史 /311

临时工的悲哀 /315

底层的黑暗和亮色 /317

汪明明　漂浮的生活

　　——评汪明明的长篇小说《零度诱惑》 /321

后　记 /326

上篇 70后作家小说论 SHANGPIAN

乔叶

1972年出生，原名李巧燕，河南省修武县人，河南省文学院专业作家，河南省作家协会副主席，中国作家协会会员。创作十余年来，出版散文集《孤独的纸灯笼》《坐在我的左边》《自己的观音》《薄冰之舞》《喜欢和爱之间》《迎着灰尘跳舞》《我们的翅膀店》等，出版长篇小说《认罪书》《我是真的热爱你》，获首届"河南省文学奖"青年作家优秀作品奖。

说吧，说出你的记忆，说出你的罪恶
——一部中国当代文学史上具有忏悔意识的经典之作

20世纪80年代中期，大约是许子东提出中国文学缺乏忏悔意识，缺少卢梭那样把自己心灵解剖得一清二楚，敢于自我承认、自我担当的伟大作家，刘再复进一步发展了这种学说，说中国文学谴责有余，自审不足。在这种文学理论的指导下，也有作家开始在这方面尝试，东西的《后悔录》应该是这方面比较突出的作品，乔叶《认罪书》①虽然出自70后之手，但我觉得是大手笔，是可以作为中国文学忏悔（自审）意识的代表作，必将在这种中国文学范型中留下一个经典的位置。

《认罪书》自审是通过主人公杨金金的叙述实现的，金金生于1980年，没有经过"文革"。80年代以后的中国，人们开始生活在启蒙话语之下，政治生态、政治文明大为好转，相当多的作家都有这样意识。新时期出生的人至多不过在职场上钩心斗角，玩点小伎俩，不算大奸大恶。而乔叶笔下的杨金金则告诉我们，罪恶可能早已侵蚀到我们每一个人心中，这种罪可能是历史的、社会的，也是个人的。金金的恶和她那个特殊的家庭有关，金金母亲生了五个孩子，可是五个孩子的父亲各不相同，

---

① 乔叶：《认罪书》，《人民文学》2013年第5期。

她母亲这样做是不得已，如果不是这样，凭她一个女人，是不可能使他们中的任何一个人活下来。对于这样的母亲，我们没有耻笑的权利，不说深深敬意，起码的尊重、同情是应该有的。但是，人们不仅私下嘲笑，还把这种伤害加到不满七岁的小金金身上，一遍又一遍地问她三个哥哥和她自己的出生年份，同时问她爹是哪一年死的，使她小小年纪就背负"野种"这样丑恶的印记。金金是母亲和同村哑巴生的，哑巴虽然残疾，但做得一手好农活，可金金村里人没有一个把哑巴当人，任何人都可以使唤他，当金金和别的孩子吵架，金金显得伶牙俐齿，她的小伙伴就会诡秘地一笑，说起她和哑巴的关系，当这种污泥一般的耻辱压来时，小金金就开始恶毒，她用各种各样的方法耍弄哑巴，甚至使出全身力气要把哑巴推进井里淹死，当然小金金我们可以原谅，当金金长大甚至成了有钱人衣锦还乡时，不管是母亲死后，哑巴要来拜祭，还是哑巴自知不久于人世，想来看金金，金金都不允许。有时候金金能看见哑巴就在自己视线之内，她也不去相认。不错，金金的几个哥哥希望金金认哑巴，这样就有可能得到哑巴宅基地的继承权，这是自私，金金看不惯这种虚伪亲情背后的物质诉求，但这也不能成为她不认父亲的理由，当我们读到哑巴就这样带着遗憾离开人间时，我们对金金是愤慨的，金金后来为哑巴立碑，并在碑上署上自己和哑巴血缘关系的文字，只是这份迟到的爱太晚了，但金金的自审也使我们多少感到欣慰，她终于在生命即将消逝之前感受到哑巴那份沉甸甸的父爱。从作品中我们可以看到，金金一生不幸并充满罪孽，但也得到了人间的温暖，愈是接近死亡，她愈是感受到这份温暖。比如母亲和哑巴对她的爱，母亲坚持要把宅基地继承权给在外漂泊的她，哑巴在她一次又一次的白眼中依然表露出父亲对女儿伟大的爱。金金对哑巴的行为的确难以原谅，我们不也要反省自己吗？或许，这也是《认罪书》的价值所在之一吧！

金金在贫困和耻辱中长大,她知道生存不易,她希望能摆脱这种卑贱的出身,所以在卫校毕业前选择县中医院院长的儿子作为男朋友。在金金看来,这是演戏,她是演员,一份理想的工作,就是她演出的酬劳。果然,她得到了人生第一份工作,只是她对那个脸上长满青春痘的男孩太厌恶了,她在目的达到之后选择和他分手,可人家父母可不是吃素的,一通电话就使她在这个县任何医院都无立足之地,金金只好漂到郑州,这时她对这个世界,除了对母亲,她的心中已没有爱,有的只是恨和想办法生存下去的拼劲。在郑州,她遇到了来自源城的卫生局局长梁知,梁知看到金金,心中最柔软的一部分就被打动了,这个金金太像他的梅梅了,梅梅曾经是他的恋人,但已经死了。在梅梅的死上,他是有一部分责任的,梅梅临死前喊梁知:哥救我。可是,梁知为了他的仕途,没有伸出援助之手。在此之前,他母亲安排梅梅到副市长钟源家当保姆时,他没有作为,使得梅梅失去女人最宝贵的东西,当梅梅希望得到她和钟源的儿子,这是一个母亲的乞求,他仍然冷漠地对待,以致酿成灾难。起初他和金金交往,真的如哥哥妹妹一样,然而这个世界上非血缘关系以哥哥妹妹称呼交往的男女到头来能有几个不落入情人或者婚姻的套路之中?金金那时没有男朋友,梁知在党校学习,也是情感的空白期或者说孤男时期,这样的男女交往发展到肉体亲密,是不需要多少外力推动的,梁知对这种关系的确有回避心理,他不允许金金有怀孕的意外,也想早一点结束他们之间的关系。但金金在梁知的关爱下,她在母亲和她不需要的哑巴的亲情之外,第一次感到了温暖,因此她决定生一个她和梁知共同拥有的孩子,以便框住梁知,使他们这份爱延续下去,同时,她还有一份嫉妒,那就是想搞清梁知的初恋女友到底是一个怎样的人,应该说,这还不算多大的恶,金金这样做,也是潜意识里太爱梁知了,希望自己完全拥有梁知,这是爱情的排他性。但是当她真的到了梁知工作和生活的源城，以怀孕的理由争取得到梁知对她的爱，当梁知怀着善意和悔意要她忘了他，并打掉肚中的孩子时，她依然纠缠，还打算报复，这就是恶了。怀着这样的恶，她和无辜的梁新结婚，进入了梁知的家庭，这个时候的金金就让人不能原谅了。

金金到了梁家，她像一个侦探和法官一样，勘察和审查梁家以及和梁家有关系的每一个人，在他们一个个自辩的语言背后，金金发现了恶。不过，梁新的恶基本可以用年幼无知来开脱，当然也可以用原罪和弗洛伊德的性意识来解释，那就是他爱梅梅这个没有血缘关系的姐姐，一旦知道她和两个男人有染，他就疯狂了，说出了绝情的话："我最后一声叫你姐"，"我不想再见到你了"，"我怎么才能相信你呢？"而梁知作为一名受过高等教育，已经工作几年的人，他应该有清醒的判断能力，他和母亲对梅梅的伤害是难以谅解的。其实，梁知在梅梅死后，在良心上一直自责，他和金金来往，并对金金那样温柔，未尝不是赎罪之心使然，可是金金没有给他机会，反而一步步把他推进罪恶的深渊，他眼睁睁地看着金金和自己弟弟结婚，使自己的过失殃及弟弟，看着弟弟因为自己和金金事发而遭遇车祸，看着自己和金金的孩子安安死去，他只能自杀谢罪。从读者的眼光看，梁知还算一个好人，虽然对官位很看重，并为此承受很大压力，比如他和金金热恋时，把金金当成上级领导，然后他汇报工作，以此来缓解在官场上的焦虑，这未免有些俗气，但从善恶的意义上来说不是什么大不了的事情。他一步一步地跌入地狱，或许可以这样解释，人必须为自己曾经造的恶付出代价。善有善报，恶有恶报，这多少有点宗教意味，但从"认罪"的角度，即不光是道德审判，还要有宗教审判，这是可以理喻的。

杨金金罪恶念头一旦在脑海中占据位置，是没有办法停止的。她和梁新结婚，也不是没有犹豫，她也有想从和梁知血缘关系最近的这个男性身上得到爱情，但更多的是想通过梁新爬不出自己的温柔乡来控制梁知，也达到自己窥探梁家人秘密的目的。她知道梁新母亲揭发第一任丈夫商医生，利用梅梅，显然她做医生的前夫和梅梅的死，她都负有责任。或许作家写她儿子梁知、梁新的死，与她不认罪也有关系，因为从宗教的角度，有罪不悔就要有罚，没有一个人能逃脱这种因果律。梅梅父亲梁文道（梁知生父姓商，父亲死后，母亲嫁给梁文道，改姓梁）在第一任妻子梅好的死上也是有罪的，他知道已有精神病的梅好要走入河中，但为了不再背上包袱，任凭这样事情发生，他后来心脏病突发早逝未尝不可以看作是冥冥之中的一种惩罚。倒是钟副市长在年轻时不仅是迫害梅好的帮凶，在他大权在握的时候，还胁迫梅好之女梅梅和自己发生关系，又强行把孩子从梅梅手上夺去，仅仅是官位上受点影响，使人感到上天无眼，不过这样也好，如果文学作品纯粹从宗教意义上规定每一个人的罪与罚，那就是托尔斯泰和陀思妥耶夫斯基的19世纪文学家的眼光，到了21世纪，还完全亦步亦趋，那就太陈旧了，所以我们要正确看待乔叶《认罪书》中的这种不一致。

　　对人们恶的审问，梅好的死是最能说明问题的。她仅仅因为漂亮，就受到一个长得丑的女人王爱国的嫉妒，这种嫉妒使得这个女人要梅好裸露自己的胸部给男人看，以此来羞辱她。而这个作为造反派一员的女人身边的另外几个男人也参与到这场迫害之中，当时还是小喽啰的钟副市长不仅不在事先告诉梅好父亲是假枪毙，不解救梅好，还偷偷地窥视梅好的裸体。作者这样处理，就使一部描写80后的小说显出它反思的深度，同样，描写金金母亲为孩子生存下去和不同男人有染，令人想到50年代后期的困难时期，这也是一种深度。

　　《认罪书》尽管对人性的黑暗有触目惊心的揭示，而且这种人性的卑鄙是大面积的，甚至可以说是整体的，但读过后并不令人绝望，就像托尔斯泰通过作恶的聂赫留朵夫在罪恶之后赎罪使人感到人类良心的复活。《认罪书》也通过杨金金的真诚忏悔使人感到恶能占据人类心灵,可善自有一种洗涤罪恶的能力。另外,金金父亲哑巴那种父爱以及金金母亲对金金的那种牵挂,梁知和梁新在梅梅死后的心灵自责,甚至梁知、梁新的母亲在自辩的同时对长相酷似梅梅的金金的好,也让人感到她内心中的一种内疚,还有梁知和金金为了挽回安安生命的努力,都使人感到人类哪怕身负沉重的罪孽,但爱的伟大,忏悔的自净功能都说明人类还是有希望的。

《认罪书》虽然在结构上是复调,即杨金金的叙述、回忆、自审与出版社编辑管静叙述,但主要是前者,小说不是《战争与和平》中那种宏大叙事,而是在人的心灵世界上进行开掘,反映内宇宙种种现象和风暴,我认为这是另一种宏大叙事。杨金金在自剖中获得了灵魂的拯救,从这种意义上说,施战军说杨金金这个"蒙尘的生命等待清高的认领"是不准确的,杨金金不需要他人来教化、感动,她在结束自己生命前已具有清洁精神。

评论家张艳梅说,乔叶在金金忏悔的文字中穿插地沟油、艳照门、毒奶粉的方式过于直白,我倒觉得没有什么,反而认为它加强了这部小说的现实感,尤其是考虑到这是金金忏悔之时出现的社会新闻,这样的穿插就比较自然,因为金金在批判自己的同时也自然获得一种批判社会的能力。还有人认为梁知代表"良知",梁新代表"良心",梅好代表"美好",但张女士认为这是没有必要的刻意,不过,我认为,这恰恰是作家艺术思维了不起的证明,因为在《认罪书》中,梁知的形象基本是正面的,他为改错所作的努力,令人尊重,而梁新的单纯和善良大抵能够反映"良心"一词所代表的内涵,而梅好的专业、与人为善、为父亲献身的种种行为不是对"美好"一词最好的诠释吗?作家在词汇上的这种较真，恰恰使文本丰富起来。当然，我同意张艳梅这样的看法，那就是梁知留在金金房间的那个练习本中练字的部分，这中间每个词都对应梁知生活中发生的事情和一种心情，这有些牵强，既然是私人笔记本，梁知在记日记时不必如地下党一样隐晦。

《认罪书》的结尾很好，杨金金在准备自杀前，想好好再看看这个世界，于是，她在窗前看到热热闹闹的芸芸众生。

……青烟袅袅中，一个女孩走进了我的视野，又即将走出去。她穿着一件雪白的帽衫，……已经是五月了，北方的春天已经结束，夏天正在到来。这个女孩，她就是这夏天的一部分。虽然隔着六层楼的距离，我看不清她的眉眼，但是我仍然仔仔细细地看着她。看着她走近又走远的样子，看着她袅袅婷婷的步态，看着她的靴子一起一落，看着把她的满头乌云一分为二的那条清白的发际中缝。

她不知道我在看着她。可我知道。我知道我在看着她。我是那么认真地看着她，就像看着自己。当然，谁都可以确定，她不是我。但是，我知道，我毋庸置疑地知道：

——她就是我。[①]

这一段能表明金金对人世的留恋，哪怕是在心灵百孔千疮又身患绝症，准备结束自己生命的时候，她依然热爱生命，热爱世界。而这一切是发生在她自责忏悔之后，这种爱就是人类的一种普遍情感。金金看到的那个女孩既可以看成金金肉体生命的延续，也可以看成是曾经作恶、曾经善恶交战的金金，也就是说，金金的故事还可能在人间复制，这就使得《认罪书》的精神价值和艺术价值进一步升华。

[①] 同上书，第158页。

青年评论家李德南认为，70后作家已经写出了一批罪感和自我救赎的作品，除乔叶的《认罪书》外，还有弋舟的《等深》《而黑夜已至》、王十月的《人罪》、徐则臣的《耶路撒冷》，王十月本人就坦然承认自己是一个有罪的人，他的写作是自救，他喜欢托尔斯泰的《复活》。我觉得，这是70后作家思想走向深沉的表现，是好的事情。

路内

1973年出生,本名商俊伟,生于苏州,离苏童笔下的香椿街就一个街区,任职于上海市作家协会(专业作家)。2007年在《收获》杂志发表长篇小说《少年巴比伦》(2007年第6期)而受到关注,2013年前,在《收获》和《人民文学》共发表五部长篇小说,2014年以《天使坠落在哪里》为最终篇完成七十万字的"追随三部曲"。

70后眼中的城市平民生活

——路内的《花街往事》

路内是一位70后作家,我以前看过他的长篇小说《少年巴比伦》《云中人》。当阅读《少年巴比伦》时,我就为之兴奋,认为自己从此多了一位可以保持关注的小说家。《少年巴比伦》是一部关于在20世纪70年代出生的工人的青春和感情的记录。主人公是在戴城化工厂上班的路小路,他另类、叛逆。小说没有采用从意识形态或时代变化角度进行描写的叙事模式。比如,蒋子龙描写工厂和工人,那是和改革开放的背景联系在一起的,肖克凡写工厂和工人,尽管其中有反思,但对劳动,对工人有发自内心的热爱,他笔下的工人对工厂是有感情的,他们在工厂是能找到人生寄托和价值追求的。即使工厂转制、改组,经历工人下岗,这种对工厂的主人公意识仍不改变。60后李铁着重叙述工人在改制后不被重视,依然维持工人荣誉的那种坚强和无奈。路内不同,他笔下的工人在工厂感到生命被无端消耗,机械的单调与刻板、工厂狭隘的空间限制着生命的本能和创造力。我们固然不能完全否定蒋子龙、肖克凡、李铁对工厂和工人的观念,但我们也不能说路内的这种写法是不正确的。根据马克思人的全面发展理论,工厂带来的工业化发展了生产力,但也把人限制在工业的流水线上,使人的全面发展受阻。所以,我读《少年巴比伦》时,同情并理解主人公在工厂的不自由和竭力脱离的努力,不过,尽管路内的《云中人》表现了七八十年代出生的大学生有点颓废和迷惘的情绪,也具有一定的可读性,但我们在他们的前辈刘索拉、徐星的作品中早就领略过这种情绪,作品虽然有夏小凡寻找美丽学妹白晓薇这条主线,但整体采用的是一种放射性结构,人物之间的联系不够紧密,人物和故事也不太好归纳,因此,我以为《云中人》不如《少年巴比伦》。而路内发表的《花街往事》(《人民文学》2012年第7期)以顾大宏、顾小妍、顾小山一家为中心,描写了戴城花街从"文革"爆发到20世纪90年代初的平民生活,脉络清晰,人物关系稳定,像方屠户、方小兵、方大聪一家,朱常勇、郧红英、瘸子老炳的恩怨,康家三兄弟的无赖等,这些人都是顾大宏的街坊邻居,罗佳和野兔子不仅和顾小山生活在一个城市,而且曾经是同学,如此演绎出来的故事自然不会松散。《花街往事》的叙事模式又回到了《少年巴比伦》,可以说是一部比较好的小说。而且《花街往事》和《少年巴比伦》一样,故事也发生在戴城,这表明路内的小说人物属于一个谱系,小说家有宏大叙事的野心。

顾大宏本在照相馆上班,得不到领导尊重,再加上他人长得帅,有女人缘,同事很是嫉妒。1984年,他辞职做起了个体户。这个时候万元户正吃香,顾大宏却一直没有发财,他能支撑起这个照相馆,靠的是免费教人跳舞,大家为了感激他的倾囊相授,多少都要提供一点照相生意给他,如此,他才能养活顾小妍和顾小山姐弟俩。总的来说,顾大宏是一个懦弱之人,这表现在他面对强盗,始终只能挨打的方面,他明明和关文梨没跨过男女交往那条线,却多年来接受强盗的勒索。他和关文梨其实挺适合的,他也深爱着对方,却不敢走出那关键的一步。他后来成了现代摄影艺术家,穿着高帮皮鞋和摄影马甲,留很长的头发,跷着二郎腿抽烟，搞人体艺术，显得自己思想解放，独领时代风潮。即便这样，他还是不能被人尊敬，反而还给人以讽刺的感觉。

《花街往事》为跳舞设计了不少故事，如方屠户和顾大宏在市郊参加舞会，遇到警察扫黄，好不容易才逃了出去的事；还有老克拉、黑牡丹、孙保生、顾大宏互相比拼舞技，孙保生用计战胜了老克拉，帮顾大宏讨回了面子，逼得老克拉和黑牡丹只好悄悄地离开靳家花园的事。这些情节紧张、好看，也符合当时的社会情况。20世纪80年代是跳舞风行的时代，就像后来的全民经商一样，跳舞在社会许多阶层普及了，尤其是城市。方屠户沉溺其中，时间不长便拥有一身好舞艺，还和几个舞伴有了不清不楚的关系，弄得夫妻反目，妻子甚至找来娘家兄弟，使得屠户丢尽了脸面，可方屠户还是时不时出没于舞场。我那时在上大学，跳舞、找人教舞是班委会和团支部的一项工作，他们要求每个同学都参加，大多数同学对跳舞这个新生事物接受得特别快，有的同学把我们几个不上舞场的同学称为"老夫子"，说不跳舞者是思想不够解放，缺少和女同学交际的能力和胆量。系里有个别教授课上得好，舞也跳得好，就成了大学生的表率，成了新时代和未来的标志。1983年，清除精神污染的运动虽然短暂，但那股风刮起的时候，舞会和舞场的确成了公安部门整治的目标，顾大宏和方屠户在舞会的历险是有根据的。重温《花街往事》的《跳舞时代》，作为过来人的你，一定会想起当时不少事儿。

顾小妍在女孩中是比较另类的，母亲早逝，父亲管不了她，有时，反而是她管父亲。小时候，她偷邻人的牛奶，偷猎枪，和男孩子打架。随着年龄渐长，她在家中充当母亲的角色，代替母亲管理这个家。或许父亲毕竟是文化人，或许是天资聪颖和打小就有的不服输性格，她在花街那种环境下，还能保持好的学习成绩，成了花街（蔷薇街）第一个本科生，着实让她父亲骄傲了一番。小说中写了顾小妍和拉门先生（陈勉)、诗人牛蒡的感情波澜。拉门先生和小妍同在花街,在顾小妍读高中的时候就爱上了她,他在外宾招待所上班,后来到波顿大酒店做门童,给人开门、提包,故有绰号"拉门先生"。为了顾小妍,他可以献出一切,他的收录机被流氓抢了,顾小妍说他没用,他就孤身一人会流氓头子,他本来是没有这个胆子的,只不过要证明给小妍看,他是男人。小妍喜欢跳舞,他就做她爸爸的徒弟,学交际舞,他的最大理想是开个"妍妍舞厅",让小妍做老板娘。小妍时不时提醒他,自己和他是没有结果的,可他依然不放弃。为了能早日当舞厅老板,拉门先生省吃俭用,用他的话说:"这么多年,我看着光鲜,其实和瘪三差不多,我攒钱攒得都想自杀了。"没想,他好不容易从康家兄弟手上盘下了舞厅,还没有装修,就被公安部把门封掉了,让他白白损失了五千元。这事还不让他特别伤心,当他在四星级酒店租了一间房,要顾小妍住一夜,享受享受高级酒店的舒适,顾小妍却不稀罕,陈勉只能眼睁睁着小妍走掉。事业受挫和事业意义(为顾小妍)的消失,使他血旺气盛,在找康家兄弟要钱未果的情况下,他拿上西瓜刀,要找康家兄弟拼命。他在人一哄而散的时候,恰巧看到敲诈并打伤小妍父亲的强盗也在,就顺势砍了这家伙几刀,当其余人抄家伙上来的时候,他扔下刀,发狂地奔向派出所自首去了。这表明,他的理智是相对清醒的,他和强盗并无梁子,这么做,还是为顾小妍。我认为,陈勉这个小人物的形象是成功的,他们极其普通,也没有什么崇高的人生目标,为心中所爱的女孩,他可以迸发出全部的生命热情,这样的人是可爱的,也值得人们尊重。

  牛蒡这个形象不太鲜明,据路内说,这期《人民文学》发表的《花街往事》不是完整版本,或许在完整版的《花街往事》中,牛蒡的形象会丰富些,至少对他为什么成为逃犯应该有所交代。作为顾小妍的笔友和流浪诗人,牛蒡的出场是吸引人的,他们四年前就以瓦西里和娜佳互称。路内借顾小山之口，说了与姐姐交往的一些流浪诗人的离经叛道的故事，其中一个相貌古怪的诗人二十五岁就开始掉头发，他的人生目标是成为中国的金斯堡。他在和顾小妍说了这样的大话后，就开始调戏她。牛蒡的品性没有这位诗人那样坏，公安人员来抓朱常勇，他以为自己案发了，还不忘声明自己的事情和顾小妍一点关系也没有。他是作为逃犯住在顾小妍家，顾大宏受人欺负，他也能出手相救，这说明他不是怕事的人。当然，顾小山在牛蒡身上嗅到"中国的金斯堡"的气息，认为诗人很危险，流浪的诗人更危险，并非一点道理也没有。

顾小妍作为通信工程的毕业生，却成为一名邮递员。她成了任劳任怨的邮递员，也成了流氓害怕的美女，爱他的两个男人都在监狱。路内在小说中透露，十年后也就是21世纪，顾小妍将时来运转，或许包括顾小山在内，都还有生动的故事，他们将成为路内另一个长篇作品的主角。

顾小山的形象在《花街往事》中最为突出，这个天生歪头的孩子从小就不断受到伤害，幼年和街邻方屠户的儿子方小兵形影不离，倒不怎么孤独。方小兵是聋子，两个有残疾的人在一起，反而容易沟通。好景不长，方小兵被人贩子当健全孩子拐走了，小山变得更孤独了。小山的智力是没有问题的，却因为残疾不能到好学校上学，他只能到由可恶的老师和多少有些心理问题的坏孩子组成的长征小学读书。他的残疾成了同学的笑柄，老师、校长对他也没有什么爱心，他时常受到留级生康健的欺负，这个土霸王有两个更为霸道的哥哥，一个坐牢，一个在工读学校，这种家庭使他的恶劣行为不仅不能得到控制，还更加有恃无恐。长征小学很怪，学生受同伴欺负，还不敢告发，因为老师根本不管这种事情。顾小山的成绩很好，如果不是体育成绩不好，他应该是三好学生。在长征小学那样的环境下，小山的心智没出问题，这要归功于姐姐和同班同学罗佳。顾小妍从小人高马大，能跑能跳，有假小子的味道，在顾小山受欺负的时候，她能挺身而出，把长征小学一霸打得鬼哭狼嚎。有了姐姐这样的保护伞，小山才少了许多麻烦。罗佳是一个美丽并不聪明的女孩，她穿着干净，老师却不喜欢她。她爸爸是赌棍，输光了家里的一切，还把自己输进了监狱。这种家庭使罗佳有些自卑，加上成绩不好，她就变得更加自闭了。她本质不坏，又有这样的身世和性格，使得她对小山不排斥，还喜欢跟他玩，连到监狱探监，也带着他。小山上初中后，和罗佳不在一个学校，和小学同学野兔子在一个班。这个野兔子在小学就留过两次级，为了显示自己厉害，还撒谎说体育老师强奸罗佳，致使罗佳出丑，体育老师也调到了一个更糟糕的小学。到了初中，野兔子发育了，爱上了自己的生物老师，还织毛衣给他，生物老师没有回应。因为生物老师忌惮她爸爸，连可以帮她的事情也远远走开。于是，野兔子便把情感转向小山，在她眼里，小山虽然歪头，可父亲是个体户，家境一定不错，再不济，将来也可以子承父业。小山对她也不讨厌，要是心里没有罗佳，接受她也未可知。

  顾小山对自己的未来很悲观，人的自我塑造一般是在少年时期开始的，小山知道自己是不可能像父亲那样以开照相馆为生，想来想去，他认为捞尸人的工作比较适合他，他可以让聋子方小兵做自己的助手，因此他痴迷捞尸人的一举一动，后来，他又希望自己去烹饪技校学做厨子。初中毕业后，他上了化工技校。在初中阶段，他又和罗佳恢复了联系，二人和方小兵经常结伴闲逛。他和方小兵都爱罗佳，罗佳也乐得他们所献的殷勤。这些少男少女的游戏没有世俗气，纯情而好玩，不像正常人的爱情看起来浪漫，实际上功利得很。小说告诉我们，上了化工技校的小山并没有当技工，而是做起了买卖。这个技校也是令人感到绝望的地方，一个学生仅仅因为穿了花汗衫，就被老师罚去食堂铲煤，以便让他不丧失劳动人民的本色，吵架会受到警告处分，抽烟要扣津贴，扣的钱将成为老师的奖金，开除学生更是家常便饭。还好小山退学了，他的未来不会坏，心中有罗佳，他是有希望的，就是遭到拉门先生那样的命运，被罗佳拒绝，他也不会铤而走险。评论家张艳梅说：

> 无论怎样，这个歪头男孩，是一个丰富而独特的形象。或者换个角度，在那个多数人看起来不正常的世界，这个歪头男孩是最正常的。再换个角度，这个世界很疯狂，需要以偏离正常视角的眼光去看待生活，才能够找到活下去的方向。总之，路内选择"歪头"这个先天的意外，来对抗既有世界的全部病态，是我喜欢的。

《花街往事》不管是使用第三人称，还是第一人称，都是用顾小山的眼睛看世界。小山是不幸的，又是幸运的，他的善良最让人感动。一个在成长中遍体鳞伤的残疾人，心灵没有扭曲，没有丧失用智慧和劳动讨生活的勇气和力量，还以善意的目光打量这个世界，这是《花街往事》最大的亮点。其实，这份善良存在于《花街往事》中很多市民身上，顾大宏、顾小妍、方屠户、方小兵、关文梨他们都是这样的。他们是我们中国最平凡的底层人，通过《花街往事》，我们看到了底层的平庸和无奈，也看到了底层的温暖和人性光辉。

《花街往事》是写实的，戴城二十多年的平民生活纤毫毕现。像我们前面提到的跳舞，还有方屠户家在1980年拥有了蔷薇街上第一台电视机的热闹，而1991年毕业的通信工程专业的大学生顾小妍只能当邮递员，骑着二八女式自行车在城区送邮件和报纸，雪天摔跤是常事。这些都是很多人记忆长河中的细节，读它们，我们不少人会重新记起那些差不多忘却的往事。

田耳

1976年出生,本名田永,湖南省凤凰县人。1999年开始写作,2000年开始发表作品,迄今已在《人民文学》《收获》《钟山》《芙蓉》《天涯》《大家》《青年文学》《联合文学》等杂志发表小说三十余篇,多次被各种选刊、年选选载。曾就读于上海作家研究生班,获第十八届、二十届台湾联合文学新人奖,2006年获"湖南青年文学奖"。小说《一个人张灯结彩》获第四届"鲁迅文学奖"(2004—2006)优秀中篇小说奖,以及2007年度"人民文学奖",长篇小说《天体悬浮》获第12届(2014年)华语文学传媒大奖"年度小说家"奖。

草根众生相及毁灭的纯真

——田耳的《夏天糖》

田耳的《夏天糖》[①]叙述的是改革开放后尤其是21世纪的城市生活，写的都是日常生活的小事情。小说中的顾丰年、肖桂琴、范涤青、顾崖、铃兰、江标都是我们这个时代的小人物，他们的故事没有壮怀激烈，多的是柴米油盐的琐屑。

顾丰年是中学教师，看不惯从穷乡旮旯来的没有什么文化的妻子肖桂琴，两人的斗争从结婚开始持续进行了三十多年，终于在顾丰年六十九岁那年离婚了。他瞧不起妻子在市场上赚的几个钱，妻子倒腾货物，他认为是投机倒把，让儿子不要学母亲。其实他自己也想赚钱，只是苦于没有门路。他除了教数理化外，最拿手的是养蟋蟀。他养的蟋蟀，在佴城称王称霸。这些蟋蟀为他赢了不少翻盖的白沙烟，他很想把这些烟以七折的价格批给商贩，又觉太亏，于是就自己抽。与妻子离婚后，这个老单身汉喜好上了打牌，他开始一日糊涂一日地过。为了防止他变成老年痴呆，范涤青和顾崖商量，在婚介所为他找了个下岗的中年妇女沈莲英。他们见面后，顾丰年一颗不甘寂寞的心跳动了起来，他的生活变

[①] 田耳：《夏天糖》，《钟山》2011年第1期。

样了,既注重外在形象修饰,又参加了老年舞队,锻炼起了身体。在身体各项指标大有起色的时候,他和沈莲英再次见面,两人都满意对方。顾丰年觉得沈莲英会过日子,沈莲英觉得对方有文化,身体也可以。不想,半路上杀出了在老年舞领队的小曾老师。她人漂亮,年轻,没结过婚。顾丰年的感情天平马上倾斜,沈莲英只好退出。顾丰年和小曾老师结婚了,婚后,两人感情甜蜜。不料,尝到婚姻好处的小曾老师与人网恋,突然离开了顾丰年。顾丰年受不了这样的打击,突发脑出血,人是救过来了,可精气神没了,只能在床上和轮椅上接受儿子和前妻的照顾。

肖桂琴是个能折腾的人,市场经济还没有在中国兴起的时候,她就懂得通过创收来贴补家用。在贸易公司做剥蛇工时,她悄悄地把蛇苗带回家养,把避孕药拌到蛇食里,使蛇专长个儿,再把这些长大了的蛇卖给贸易公司。她又善于和掌秤的师傅搞好关系,时常递包烟给他们,如此一来,乌梢蛇也能卖出眼镜王的价钱。就这样,她的生意铺了开来,到了开放搞活的时候,她更是如鱼得水,做起了磁带盒的生意,赚了些钱后,她卖翻版磁带,一步一步地,她竟然承包起佴城的旅游项目——砌长城。肖桂琴的历史再现了中国民营企业家成长的历史,他们不怕吃苦,脑子活,从简单的小作坊起家,慢慢地财大气粗,能干需要资金和技术的大项目。

小说中的肖桂琴栽在了搞民间集资的骗子集团手里,弄得一身债务,前来讨债的人络绎不绝。她只好以要自杀的方式逃避债主的纠缠,此招果然灵爽。那些索债的人看一个女流这样,也不好意思找她要了。就这样,她硬是藏起了一些钱,休养一段时间,她又东山再起,投资新的项目。

范涤青在小说中先是顾崖的恋人,后成了顾崖的妻子。她比顾崖大四岁,两人从小在一起。顾崖母亲翻录磁带,她也帮忙。顾崖十三岁的时候就喜欢涤青。十七岁的涤青洗澡时,他偷看,这惊鸿一瞥注定了涤青和顾崖的情感有戏。涤青没有考上大学，十八岁就当起了北漂，进修了电影学院编导专业，拍了些不成功的地下电影。在北京不能发展后，她又转到南方的莞城。在莞城简陋的工棚里，她继续自己的导演事业，当年就拍出了一部电影，她把这部片子翻录了几十部，寄往世界各地，在国外某电影节上得了个小奖，获得的奖金还不够买机票出国参加影展，但因此也在莞城出名了，有人为她做访谈节目了。她在经历了一段感情纠葛后，还是和顾崖走到了一起，为他而怀孕，顾崖却背叛了她，和铃兰睡到了一块。她伤心至极，但没有离开顾崖，他们的婚姻仍然延续着。这种做法是草根阶层通常采取的，即"嫁鸡随鸡，嫁狗随狗"的千百年来我们民族的婚姻形式。范涤青这样做，是和大多数白领阶层、精英人士迥异的，要是她们，会毫不犹豫地离开顾崖，追求新生活新爱情的。

铃兰的父亲是养路工，母亲跟随父亲生活。她没念多少书，长相清纯而漂亮。她也有点追求精神生活的美好愿望，她要顾崖为自己拍裸体艺术照，说是给爱自己的人看，也有借此为自己留存美丽的想法。她在大学生的帮助下开通了博客，也是抱着多学一点，多会一点，总比不会，知道不多强的想法，这是一种无功利的追求。可她卷入风尘后，就没有脱离其中的坚强意志，哪怕江标给了她一些钱，她也没有把纯洁可爱保留多长时间。

顾崖是《夏天糖》的叙述者，他没有生就理科头脑，也未能上大学，靠父亲关系，在十五岁时，发表了几组散文诗歌、几张照片，混成了文艺青年。少年时期，他为母亲的生意忙过，成年时，他又依赖父亲进入了群艺馆，有了一份自由而清闲的工作，一年只要办两期刊物，写点小品剧，就把时间打发了。他从伢城来到莞城，先在涤青的公司干过，对地下文艺工作者的身份不感兴趣，于是在广告公司找了份工作，加上母亲时常补贴他一些钱，日子过得也逍遥。但这是一种自甘堕落自甘平庸的逍遥，无论是摄影，还是广告公司的工作，他都没有把它们当成事业来经营的人生理念。在爱情上，他已和涤青确定了关系，可看了铃兰饱满姣好的身材和面容，就没有什么过渡地和铃兰生活在了一起。这两人同居，除了做爱、看足球外，只是吃喝拉撒睡，完全是一种颓废的生活。如果说这个人还有点正面的内容，那就是对江标的失踪。他得到消息后，不要报酬地义务寻找江标和铃兰的下落，但要完全说是江湖义气，也不尽然，他的寻找也有在乎铃兰，怕她出事的原因。

这部小说算得上有精神性的人应属江标。江标经历坎坷，读高一那年，弟弟吼阿出事，从搭的车上摔了下来，人医好了，脑袋废了。司机是乡里乡亲，江标家也不好意思要人赔偿。江标父亲因这事一急，病了，江标看母亲要照顾两个病人，没有心情上学，便去学开车，挣点钱给母亲补贴家用。靠舅舅的关系，他进了商业局，依旧经常开车。他成家后，有了女儿，日子还过得去。开车时，他常把弟弟吼阿带在身边。出于传宗接代的考虑，他父母想为吼阿找个女人。女人是找到了，也和吼阿过了一段夫妻生活，使吼阿明白了男女之事，还上了瘾。但这个女人是别人放的鹞子，虽然逃跑的时候被逮到了，可人家是有丈夫的，也不好留，只好让他们走，白白地损失了一笔钱，还带来了严重后患。吼阿知道男女事情后就不老实了。一次，吼阿去喝喜酒，中途，他强奸了幼女，江标知道后，对吼阿又打又吼。吼阿知道是自己的鸡鸡闯了祸，就割了生殖器，死了。这件事使江标很自责，他觉得是自己疏忽大意才导致弟弟出了这种悲惨的事情。但此时江标心中还有一个美好的梦，这个梦有好多年了。那是他初当司机的时候，他看到一个小女孩躺在马路上，小女孩的脑门心点了一颗红痣，身上有一种水草的气味。江标每次见了小女孩都会停车，把女孩从马路上抱开，放到坡上草丛里。这时，小女孩是睡着的，醒来后要糖吃，她只要那种淡绿色的薄荷糖。那时，这种糖都是圆球形的,小女孩叫这种糖是"夏天糖"。因为小女孩每次在江标出车经过那一路段时,都躺在马路上,江标也就重复每次的动作。这引起了小女孩母亲的怀疑,以为江标是拐子,就报了警,警察抓了江标,又把他放了,可小女孩从此也不见了。江标若有所失,但吃夏天糖的嗜好却保留了下来。后来,那种薄荷糖变成长方形的,他就用小刀削成圆球形再吃。多年后,江标遇到成了女人的那个小女孩——铃兰,铃兰已经做小姐了。他说起了和铃兰初遇的那个故事,但铃兰不置可否。从此,江标时常包铃兰,但什么也不做,还给她钱,希望她能重新做人。吼阿死后,江标也确认了铃兰就是那个女孩。他也知道,不管他对铃兰多么好,铃兰也不会改变自己。他那个珍藏多年的清纯可人的小女孩形象毁灭了。这次,他下定决心,把铃兰带走,说要包一个月。这一个月,他带铃兰游览了很多地方。他在铃兰身上完成了男人的工作,那个美好的梦也彻底粉碎了。他还给铃兰买了绿色的连衣裙,要她还像小时候那样睡在马路上,他会把车慢慢开过去,把她抱起来。铃兰顺从了,但江标却加大油门,将车子从铃兰的身上碾过。

江标和铃兰的关系是一场悲剧。田耳说:

> 江标记忆中的小女孩和铃兰,实际上是完全对立的两种形象:一个是江标认为她应该是那个人,一个是她实际是的人。江标总是更愿意活在对过去的记忆中,而无法接受眼前的现实……江标力图将两种形象复合一体,却只能一步步导致自身的人格分裂,以致江标最后做出极端的举措,以表达他对"现实我"的扬弃和对"理想我"的遵从。

这种理想和现实的分离,也是20世纪70年代出生的田耳对自己这一代人的总体看法。他们的童年时代,"文革"已经结束,但仍然有理想主义的教育,可随着改革开放时代的到来,市场经济价值观念的确立,"理想的我"一点点被蚕食,向"现实的我"缴械投降。范涤青在这个时代,是以迎合来融入其中,只是她从南到北,再从北到南,竭力打拼,也没有意想的成功。顾崖有点"混世魔王"的味道,他的无目的漂泊,乃是对现实失望后的结果。江标不能顺从时代的变革,并亲手毁了代表纯真与美丽梦想的那个小女孩的载体——铃兰。顾丰年不是20世纪70年代的人,但对"文革"结束后的物质化是有抵触的。倒是从文化到地位都绝对草根的肖桂琴成了这个时代的弄潮儿。

江标对铃兰,如果按照西方的性学理论,那是"萝莉情节"。"萝莉"(Loli)一词,源自俄裔美国文学家弗拉基米尔·纳博科夫(1899—1977)的畅销小说《洛丽塔》(《Lolita》),该书描写了一位大学教授爱上一个十二岁的小女孩,此书曾被改编为同名电影《洛丽塔》,剧中女孩设定为十四岁。此后,凡是带有剧中女主角性格者,就被称为"Lolita"或"Loli"(萝莉),最初的Loli是指十二岁或十五岁左右的少女(源于小说和改编电影),而现在的Loli指的是八到十六岁的少女。Lolita Complex——萝莉控,指的是男性(今亦有指女性)比起对成年女性而言,对未成年的少女更具性方面兴趣的一种性向。

如此说来,江标的性心理是病态的。

总的来说,《夏天糖》这部作品所写的都是草根阶层的生活,他们是我们这个社会最普通的人。作者津津有味、不厌其烦地为我们讲述这些人的喜怒哀乐。他们在平庸的生活中有不如意,也有快乐。只有江标,内心还保留着一种纯洁的情怀。他不想"众人皆醉我独醒",只是他把美好放在幼女的身上,尽管这个女孩已经长大,他还希望她的纯真一如既往,这是极不现实的,也是必然要破灭的。梦醒了,无路可走,只能走向毁灭。

读《夏天糖》时，我感觉作者写得老实，文笔朴素，能把自己的感觉和想法用心地写出来。"吾手写吾口"虽然是写诗的要求，其实也是诗歌以外的任何一种文学体裁的要求。田耳本名田永，湘西人，据湖南作家姚筱琼说："这个人的名字也很奇怪——湘西很多很多水田就像耳朵一样小而弯曲，它们是湘西地域的一个特色，这种特色让人很怜惜，怜惜在这种地方耕耘的人有多么艰辛，多么技巧。"如此说来，田耳是个不忘根本的人，希望自己能像家乡的农夫一样，在文学的田地里耕耘。他已经凭小说《一个人张灯结彩》获第四届"鲁迅文学奖"，现在又向文坛奉献出不俗的长篇小说《夏天糖》，我真诚地祝贺他。

叶炜

1977年出生,原名刘业伟,出生于山东枣庄,1997年考入曲阜师范大学中文系,本科毕业后分配至曲阜师范大学工作。在《小说月报》等刊物发表各类文字三百余万字,出版有长篇小说《富矿》、学术论著《思想长征》《冷眼看文坛:在学院与媒体之间》等十五部作品。长篇小说《富矿》入选中国作家协会2007年重点扶持作品篇目,《山乡CEO》入选江苏省作家协会2009年"重点扶持文学创作与评论工程"。曾获中国十佳青年诗人奖、全国青春文学大赛长篇小说奖、晨报文学奖等奖项,现为中国作家协会会员、徐州市作家协会副主席、南京市文联签约作家,中国大陆首位创意写作文学博士,美国爱荷华大学访问学者(创意写作专业),中国海洋大学创意文化产业博士后,副教授,创意写作专业硕士生导师,致力于文学创作、文学评论与创意写作、文化产业研究工作。

90年代以来的乡村面貌
——叶炜的《后土》

叶炜认为，作家的创作归根结底是一次又一次精神的还乡。他的长篇小说《富矿》《后土》(《作家》2013年第6期)都是如此，都是对他出生的"血地"的精神考察和现实感悟后的文学描写，完全可以称得上是"在场写作"和"根性写作"。

《后土》写了苏北鲁南的小山村麻庄，这个村主要是刘姓、李姓和王姓居民。曹东风是外来户，父亲死后，在麻庄的他很长时间不能获得任何的亲情支援，他是和父亲逃荒来到麻庄的，父亲死了都不能进麻庄人的坟茔，只是出于怜悯，麻庄人才随便给了果园角落的一块地让东风草草葬了父亲。在麻庄长大的曹东风靠承包砖窑发了财，有了几个钱腰板便硬了，开始筹划在麻庄彻底翻身。本来他早已在经济上翻身了，现在他要的是政治上翻身。他瞄准了村长的位置，他知道自己在麻庄根基浅，很难赢得大面积选票，于是他看中了自己的邻居——麻庄队长刘青松。刘青松不仅在麻庄有许多同姓居民，还因为能力强，热心公务而在麻庄享有很高的威望。曹东风要刘青松在村长选举上帮他一把，刘青松答应了。这时的刘青松认为曹东风没戏，但他负责的那个组的选票还是主要给了他，没想到曹东风真的获胜了。曹东风知道，尽管这样，把刘青松变成自己的死党，他的大事才成，于是他和刘青松结拜成了兄弟。

小说主要写了这几件事。

一是曹东风接手村长后，就让刘青松负责砖窑厂，砖窑厂给曹东风带来了不少利润，刘青松也得到一些，麻庄人在砖窑厂打工也得点辛苦钱，不过不多。村庄的青壮年在曹东风当村长乃至书记的这些年中，陆陆续续地出去打工，村庄里剩下的几乎都是清一色的老人、孩子、妇女，人们戏称村庄只有一个电话号码386199。曹东风，尤其是刘青松还是负责的，在砖窑厂进一步征地，村民有意见时，他们果断地停了砖窑厂，将原来制砖用地留下的大坑改造成池塘养鱼，做到废地有所用。

二是曹东风利用政府建设新农村，打造小康楼的政策，申请到了低息贷款，后来来麻庄担任村官的在麻庄土生土长的居民刘兆平和去外打工发了财的麻庄村民王东周加入后，使得麻庄小康楼和度假村、绿色生态农庄等项目结合在一起，麻庄在将来必定崛起。

三是曹东风以及刘青松、小学教师（后来是小学校长）刘秋明和村支书王远的矛盾。王远不仅贪污，他的儿子们还很霸道，曹东风和刘青松想干事处处受到王远掣肘，而刘秋明因为和王远儿子发生纠纷，妻子受到王远儿子砖块的袭击，因此发誓要告倒王远一家。不过，曹东风在立脚未稳时，他并不和王远撕破脸皮，到他成了书记，看王远还在使绊子时，他才完全放手把王远种种劣行的材料转给上级有关部门，刘青松原先也是"倒王"干将，但王远救了自己的女儿，他就退出了这场政治和人际纷争。

第四是刘青松、王远、吴计划、高翔等人的男女关系。刘青松和翠香的男女关系是在刘青松负责砖窑之后，翠香是砖窑的打工者，她一个人带着两个未成年的孩子，生活艰难。曹东风和刘青松合计，要给翠香和老实人王傻子撮合，这看起来是个好事情。但曹东风在这门婚姻之外还有另外考虑，那就是等婚事成了，适当时候利用翠香，由翠香出来揭发王远，因为王远曾经和翠香有过肉体接触，在翠香是不得已，在王远是好色。刘青松和翠香通过砖窑的来往而达成男女关系，翠香希望得到刘青松照顾，是主动投怀，但刘青松的男子汉风度应该是翠香攀上刘青松的主要因素。刘青松一沾上翠香，就感到她的好，那种甜蜜和迷醉是妻子给不了他的，不过他还清醒，要她尽快和王傻子结婚，他就此退出。后来翠香虽然和王傻子结合了，但不想停止和刘青松原有的暧昧，于是两人继续暗中往来。翠香怀孕并生下的孩子也不是王傻子的，而是刘青松的。刘青松在王远下台、麻庄村政权又一次政治洗牌时，竟然提议翠香当妇联主任，而他在这届村委班子上是村长，根据他的人脉和能力，说不定哪一天就能取代曹东风，可他和翠香有个孩子的秘密是包不住的。小说结束时，曹东风已经知道了此事，还会有更多的人知道，为此而产生的矛盾不知哪一天爆发，但爆发是肯定的。

王远和麻庄很多女人有染，他就是麻庄的皇帝，想睡哪一个女人就睡哪一个女人。他和村妇联主任李春华是工作关系，也是情人关系，李春华先是屈服于王远的权力，继而成为王远长期的性伙伴和铁杆支持者。王远和村会计刘建设的老婆桂花也有一腿，而刘建设还是他的假账制造者，他的许多丑事都不瞒刘建设，从表面看，两人关系最铁，他照样当着醉酒不省人事的刘建设的面睡了桂花。他和如意睡觉就在玉米地里干，那是如意有求于他，如意的男人赌博，被关，如意要钱打点，要王远出面疏通，他就以此要挟，如意不得不听他的。吴计划作为村计生干部，虽然也借职权捞点钱财，使得村里超生很多，有"无计划"之名。他对如意蠢蠢欲动，凭着醉酒就敢上如意家门求欢，被如意丈夫和前妻的儿子王东周轰出，成为别人的笑谈，但是吴计划没有就此作罢，而是加大力度，终于得遂所愿。

麻庄的男女关系是有些乱，如果说王远以权力来使女人就范，刘青松以个人魅力来使翠香起意，吴计划和高翔则是利用女人的性饥渴来满足自己的色狼之心。

如意丈夫死了，她想男人了。麻庄的一批小媳妇的丈夫外出打工了，有的更是新婚没几日就扔下了女人。小学教师高翔貌不惊人，麻庄的许多小媳妇却追着他。杨老鸢儿的媳妇骨朵在事发后把公公也拖下了水，告骨朵的老公公成了爬灰之人，成了麻庄的大新闻。我想《后土》对乡村留守妇女问题的揭示是深刻的，如今很多文艺作品注意到留守儿童，而描写留守妇女的文艺作品不算多，留守妇女人数众多，牵涉乡村的方方面面。作为作家，要把笔触放到她们的身上，对她们多加关注。

第五是土地庙和天主教的问题。麻庄人原来是信奉土地神的，供奉土地爷的庙建在哪里以及祭祀事宜都是大事，这个信仰在天主教渗透到麻庄后，依然有众多的信仰者。刘青松是共产党员，可一有大事就到土地庙请示土地爷，有大事发生，土地爷也会托梦给他。刘兆平对麻庄的远景规划要动迁土地庙，刘青松坚决不允许，他要刘兆平改动方案，哪怕这样会造成资金缺口，他也在所不惜。村里发生什么坏事，甚至村民生病，大家都会请土地爷和他的人间代理人来处理，因为他和曹东风是干部，所以他要么偷偷地去拜，要么把事情交给村民去办，村里埋单。天主教来麻庄的时间不长，应该是20世纪90年代以后的事，但是它发展迅速，信众越来越多，信了主，好多妇女精神好了，家庭也和睦了，像如意信了主，就很少和吴计划做那事，直至一次也不做，变得清心寡欲，把家和土地收拾得齐齐整整，比那个好赌博吃喝、不爱弄庄稼的丈夫在世时还要好。她本来可以回娘家再找一个人，但她要等着王东周回来，让他在麻庄还有个家，她终于等到了王东周回来。小说把宗教的作用写得如此之大，如此之好，作为文学评论者的我，不免有些怀疑。

小说题目《后土》，就是"土地爷"或者"土地神"的意思，供奉土地神的土地庙在中国也叫"土谷祠"，鲁迅《阿Q正传》中的阿Q就住在土谷祠。土地神和土地庙都是中华民族传统的遗留物。伟大的乡土文学都离不开对民俗的描写，《后土》在这方面是有贡献的。通俗地说，这部小说的名字就叫"土地神"，从这个意义上来说，首先我们要把这部小说看成是对中国苏北鲁南乡村世界人们的精神信仰和风土人情的描写，有重建中国人精神寄托的努力。正如叶炜所说：

> 土地庙是乡土中国大地上的村庄的象征，土地神是中华民族特别是农民的精神寄托。它是皇天后土的精义之所在，是辽阔乡村的游灵所在，是华夏儿女的图腾崇拜。小说中有了它，就有了"神性"，有了精神的高度，有了思想的含量。

我以为叶炜的这段文字恰恰是这篇小说的灵魂所在，由此构成了《后土》的精神高度和思想含量。

这篇小说中，曹东风和刘青松、王远的性格是鲜明的。曹东风有能力，有计谋，是领军人物，可以预料，麻庄村民在他的带领下，是能有根本改观的，实现小康生活不是难事。刘青松讲义气，能干事，为人谋而忠，不死板，刘兆平的女朋友失过身，这在乡村是忌讳的，但刘青松听了刘兆平的解释后，并不反对他们确定关系。正因为如此，满脑子新观念、代表先进文化和麻庄未来的年轻人刘兆平有什么事也愿意和这个叔叔讲，和他商量。王远贪污成性，是乡村腐败分子，老奸巨猾。当然作家也不是脸谱化写人，比如曹东风好打小算盘，一步步地为自己登上麻庄的权力宝座而努力，他为麻庄人做事是与自己的政治野心分不开的，就是他为党、为村民清除腐败也是和他的野心联系在一起的。刘青松为人正直，可是在文化上，他脱离不了麻庄人祖祖辈辈的信仰，在麻庄未来的发展上，他是没有远大规划的，在这方面他比不上曹东风，更比不上侄子刘兆平。他要翠香出任妇联主任，说是给翠香增加点收入，是同情翠香和王傻子那个贫困的家庭，但也藏了私心，那就是翠香是自己的情人，是自己孩子的娘。王远的确是村级政权的败类，可他对麻庄也有感情，刘青松是曹东风的人，不跟自己一条心，说不定也参加了搞他的同盟，但刘青松的女儿苗苗落水，捞上来快没气了，他照样伸出援手，把苗苗倒背着，绕着鱼塘转圈圈，救了苗苗一命。

　　《后土》是反映20世纪90年代以来乡村面貌的一部不可多得的好小说，它对当今农村村级政权的运作情况和种种世相、问题的描绘是具体的，也是发人深省的。

李凤群

1973年出生,笔名格格,安徽无为人。2002年开始小说创作,中国作家协会会员,江苏省作家协会签约作家。曾获金陵文学奖、第三届紫金山文学奖等奖项。2011年长篇小说《骚江》获得第四届紫金山文学奖,2012年长篇小说《大江边》获江苏省"五个一工程"奖,并获安徽省首届鲁彦周文学奖长篇小说奖。

李凤群的《悲江》

经过李凤群的介绍,我在读过她的《骚江》以后,找来她的《悲江》(《作家》2009年第9期)读读,读完之后,与她随后创作的《骚江》联系在一起,故事完整了,人物的历史线索也更加清楚了。

《悲江》的主要人物是吴四章和马兰英。吴四章九岁时候的一天晚上,他和父亲一起参加抗洪,父亲丧生。他在和马兰英结婚后,又死了二儿子家宝。家宝是他最看重的儿子,虽只有小学文化,可在村子里也算文化人。吴四章满心希望这个儿子能像女婿田会计一样,也能当上大队甚至公社会计,为吴家光宗耀祖。他似乎已经看到了这个儿子的美好前程。可是,一次平常的割牛草却使家宝跌入水沟,被洪水冲走,葬送了他所有关于家宝的美丽想象。马兰英因家宝的死亡,在床上睡了三个月,嘴中的涎水淌了三个月,心肺肠绞了三个月,她不服这样的结局。她要讨个说法,找谁呢?她找的是算命的乡间术士。算命的说吴四章命太硬,注定克子,寿命不短,但无子送终。这让我想起上小学的时候,母亲在瞎子路过家门的时候,请他来为我算命,那人说我命里克父。父亲是全家的希望,我无法想象我那个兄弟姐妹众多的家庭,父亲会突然离我们而去,于是年幼的我从童年到青年,一直为父亲的身体惶恐不安,尽管理智告诉我,算命的话不能当真。因此,以我的经验,尽管吴四章嘴上说不相信命相之说,但马兰英每一次算命,尤其是家宝死后的算命还是给了他很大压力,他的猝死显然与此有关。

其实,这些算命的也精得很。他们的话都不会说死,在算命者的要求下,尤其是送上财物的情况下,命运也是可以修改的。但是吴四章从不相信命运,儿子死了,他就更不相信上天,他认为要是真有上天,在他儿子落水的危难之时,那些菩萨哪怕是递一根木头,他儿子也会得救。可马兰英信,她认为,菩萨没有救她儿子,是因为她没有拜,菩萨不认识她家的孩子,自然无法搭救。因此,很长时间的每月初一和十五,马兰英和吴四章,一个在堂屋里拜菩萨,一个在茅房里出恭,这样的情形持续了很多年。

可是算命的话真的在逐步验证。马兰英和吴四章的大儿子吴家财也走了,吴家财是上吊而死的。愤激中,马兰英将吴四章身上砍伤多处,后脑勺都削掉一块,可吴四章沉浸在丧子的悲伤中,浑然不觉,等觉察到自己满身鲜血的时候,他反而觉得这样很好,他是真的不愿意活了,也真的有点相信算命的胡说了。

当然,大儿子吴家财的死,吴四章也是有责任的。如果不是他老是看这个儿子不顺眼,时时骂他,使他养成了没有主张、畏葸不前的性格,吴家财的人生该是另一种模样。吴家财自己找了个媳妇王宝芝,这姑娘是因为饥饿而逃出来的,吴家财在集市上见到她,用两只大馍、一只烧饼、两个茶叶蛋就引得这姑娘到了吴家财家,一对新人就这样结合了。在这点上,吴家财还真有乃父风范,吴四章当年是凭着弟兄几个光棍的优势,才使逃难而来的马兰英和她父亲相中了这户人家,马兰英留下了,吴四章大哥让出一床被子,马兰英和吴四章就成了夫妇。

家财找的宝芝不是很精明,但也是苦出身,和家财十分恩爱。她人太老实,嘴巴不甜,无法讨得吴四章和马兰英的欢心。本来干苦力活的人能吃是正常的，吴四章和马兰英却怪这个媳妇能吃，看人眼色行事的宝芝就不敢多吃，更要命的是，吴四章屋子少，家财和宝芝夫妻两人睡在堂屋里，这是全家人白天黑夜共同出没的地方，全家人有一点响动，家财和宝芝知道，宝芝他们有一点动静，全家人也知道。在这种情况下，他们夫妻二人根本不敢亲热，宝芝自然不能受孕。一个过门的媳妇长时间不开怀，在把传宗接代看成人生头等大事的乡下，那是无法克服的污点，而且不问青红皂白，总要把问题归到女人身上。宝芝就因为这，更遭吴四章和马兰英咒骂，她只好选择离开。失去了宝芝，家财一并失去了人世的温暖。他更沉默了，只晓得干活，在寂寞中，他的灵魂不得安宁，他主动结束了自己的生命，那是一种抗争，抗争这个无情的世界，是对无情的父母的一种无声谴责。

《悲江》中的很多事情写得很真实，也很有趣。如吴四章在二儿子和大儿子相继死去后，变得十分谨小慎微，火暴脾气没有了，他仅对剩下的唯一的儿子——家富的安危感兴趣。他从早到晚，眼珠子都不从小儿子身上错开，生怕眼一眨小儿子就没了。有一次，家富和几个精壮劳力到新洲大队挑沙，忙到天黑的时候才回来。他父亲早就去找他了，他妹妹家秀也出去找了。家富再去找父亲和妹妹，沿路找到新洲大队，家富和家秀才接上头。家秀是哑巴，她一比画，才知吴四章已走了另一条路。他们再找到吴四章时，吴四章已陷在齐腰深的烂泥里，二人动用了一只牛和五个劳力才把吴四章拽上来。打这以后，只要大家在地里打牌，家富在旁边一站，就有人笑他，要他赶快回家，不然的话，他爸爸又要掉到烂泥里去了。

《悲江》对中国农村计划生育政策实行的描写也很客观。史桂花生了多胎，属于结扎的对象。但她只养了一个儿子，对吴四章来说，意味着他只有一个孙子，他显然不愿就此罢休。一个孙子，谁能保证他能正常成人，结婚生子呢？吴家的血脉有中断的危险，这还得了？就是吴胜水无灾无病，安然无恙，将来一个人撑门户，很容易被人欺负，因此，对这种有可能使他绝孙的计划生育，吴四章坚决反对。面对计生办一拨又一拨的人来抓人，吴四章一家人想出了比当年对付日本鬼子坚壁清野还要聪明的办法，只要听闻到计划生育工作组人员的走动声，他们一家就行动起来，把大锅端起来，把史桂花送到锅洞里，每次都能做到神不知，鬼不觉。吴四章的这点计谋害了女婿田会计，田会计被人告发，说他包庇史桂花，为她通风报信，使得史桂花逃脱计生办严密的抓捕。上面将田会计清理出工作组，连大队会计的职务也给撸掉了，让他回生产队当普通社员。后来，田会计在四十九岁就死于胃癌，显然与这个处分有关。他可是吴四章一家的大恩人，要不是田会计，在困难时期，吴家肯定有人要挨饿，要不是田会计，吴四章不可能在江心洲安家，还建了四间房屋，三间还盖上了瓦。是吴四章坑了女婿，后来，他总要到女婿坟头和女婿说话，忏悔自己的过失，那是良心发现。

　　田会计不当大队干部了，吴四章要再生一个孙子的决心没有变。在那个农村普遍缺粮的20世纪70年代后期，他接受了计生办提出的苛刻条件：要么交人，要么认罚五百斤粮食，等到来年五月再将史桂花结扎。他一想到交了粮食，到明年媳妇结扎前能再生一胎，他认了。可到第二年五月，史桂花还是没有怀上。六月初的一天夜里，公社来了一帮人，直扑吴四章家，逮住了史桂花，把江心洲计划生育的最后一个堡垒成功地攻克了。这段描写富有戏剧性，那是中国计生领域无数情景戏剧中的一幕。计划生育在中国从20世纪70年代开始启动，"一人结扎，全家光荣""少养孩子多养猪"的20世纪70年代的计生口号到了80年代就变成"一对夫妇只养一个孩子"的独生子女政策，但一胎化在广大乡村基本上只是一个口号，所以，才有黄宏和宋丹丹的《超生游击队》的小品。国家不允许农民多生，不少夫妻踏上逃乡之路，或在家乡几千里外的云南生一个，或在更遥远的新疆生一个，造成既成事实。为了养个儿子，好多农民表现出来的智慧和意志力、吃苦耐劳的精神是惊人的。而到了20世纪90年代，有些地方的农民交了一万元，就可以生第二胎。在当时，农民在外打一年工，也挣不到这个数目。但许多人和吴四章一样，不说二话，认罚。把这些计生故事与史桂花结扎的故事连在一起，我们就可以大致了解中国20世纪70年代以来的农村计生工作的全貌。

史桂花是《骚江》中的主要人物，如果把她和《悲江》中的史桂花连读，史桂花的形象更加鲜明。她是一个爱笑的姑娘，农活和家务活样样拿得起，她也有农村姑娘的虚荣心，希望嫁个富裕人家，过上有吃有穿的生活。吴家富家为了结这门亲，频繁地给她和她家送东西，以致史桂花和史桂花家的人都产生了错觉，以为他们攀上了新社会财主。在得到吴家富说史桂花嫁过去，可以到镇上开裁缝铺的允诺后，史桂花和吴家富成亲了。自然，史桂花当裁缝的愿望落空了，那本就是用来哄人的话语。史桂花在成亲后，要和别人一样风里来，雨里去，在生产队出工。她本就是做农活的好手，这点苦算不了什么，可吴家顿顿吃发霉的陈米，使她痛苦万分，每顿饭后，她都要拉稀。她哭闹过，赌气回娘家过，经过无数次反抗，她的胃背叛了她，和吴家人站到了一起，对陈米不再有生理反应。一般来说，在20世纪六七十年代，农村人精打细算，常年吃陈米的人家不是没有，可是吴家的陈米是因为不敢翻晒粮食，生怕露粮的情况下才发生的，这就极其个别了，而且如果吴家将多余的米卖掉，或者在青黄不接的情况下把米换给人家，都可以使吃的米保持新鲜状态，可马兰英把"积谷防饥"这一古训绝对化了，她永远要使粮食存在自己家中，由自己亲手掌握才放心。她可以雪中送炭，接济族人，但她不会卖出和借出粮食。这一病态的心理，虽然难以让人理解，但从那个年代过来的人就知道,她这样做是对饥荒的过度反应。粮食对那个时期的中国农民来说,太重要了。马兰英作为一个家庭主妇,更加明白,只有把粮食抓在手里,才是硬道理。虽说有"一朝被蛇咬,十年怕井绳"之说,饥荒不应该是年年有啊,过了荒年,不就好了吗?但在20世纪70年代,中国农村只有很少的家庭才能从这个季节接到那个季节,从这一年接到下一年。

在《骚江》中,吴家富是江心洲走出去的传奇人物,读了《悲江》,才知在吴家富之前,吴家义就以自己的商业经历成为江心洲人效仿的对象。他第一次经商还不如吴家富。他这次出行的全部本钱都是借贷来的,他用拜访三十九户村民,游说成功十三次的方式募得二百九十块资金。这在当时的农村算是一笔巨款,可到了目的地,他才知没有三百五十块,根本买不到一头好牛。快到天黑时,他的发财梦眼看就要破灭,他不愿空手而回。此时,一个人将一条瘦弱不堪的牛往回赶,这人知道吴家义是来买牛的,就糊弄他,说他的牛是一头壮牛,只是没人识货。在暮色掩映下,那牛在吴家义眼里慢慢地大起来,壮起来。他动心了,牵走了这头牛。三天后,这头牛倒地不起,吴家义靠饿了在人家园子里偷口吃的,累了往牛栏里躲一夜的方式,狼狈地回家了。从此以后,他成了江心洲许多人家索要欠债的对象。弄清了这个事实,我们方明白,为什么《骚江》中的吴家义那样爱打老婆。家里有那么多张嘴要吃,又欠了那么多人家的债,他要承受多大的压力,他怎么会有好心情。可他就靠贩卖小猪、嫩玉米、青黄豆、黄豆、菜刀等,把欠的一百多家的债还清了。江心洲早期经商的人就是被吴家义带动的,连吴家富也不例外。

无论是《悲江》,还是《骚江》,都取自李凤群生命深处的记忆。正如她在《大江的谛听与注视》中所说:

写完这部小说，我仿佛立于大江边上。闻到了童年的气息，听到了来自于童年的气味，在这股巨大的阒静与宽阔之中，真切地感受到大江的谛听与注视。大江的注视就是生活的注视。大江的流淌正是岁月的声音，大江的深厚更是生命的深厚。①

吴四章几代人的历史正是李凤群家族的历史，她把亲人和家乡的信息酝酿成一坛美酒，让人沉醉和回味。我们可以把书中的人物与李凤群的亲人一一对应，吴四章和马兰英像她的爷爷和奶奶，吴家富和史桂花像她的父亲和母亲，田会计和吴家珍像她的姑父和姑姑。就连吴家财因为和媳妇只能睡在堂屋，后来上吊，那也是真实的。家财就是她大伯。

李凤群说："每个写作的人其实都在遵守自己的内心法则，有的人站得高，有大法则，所以有大文章，有的人只有内心的忧郁，所以只有小小的哭泣。"

李凤群的内心法则就是生活本身，她不会违背自己的记忆，为现实粉饰，其实，她"小小的哭泣"记载了江心洲的历史，那也是我们民族的一段历史。她的心永远留在故乡，留给农民，成年后，她成了城市人，享受着城市文明，却对睡在马路上的民工看了又看，她多么希望自己有能力邀请这些民工睡在家中，哪怕是睡地板，因为这些人是和她的父老乡亲一样来自同样的土地，同样的村庄。

作家的悲悯，作家的同情心不是可有可无的，它会化为潜在的笔墨，滋润作品中的人物，使他们变得鲜活。

《悲江》和《骚江》发在不同的刊物上，两部作品的内容有重复的地方。

---

① 李凤群：《悲江》，《作家》2009年第9期。

我们时代的传奇——《骚江》

李凤群的《骚江》(《大家》2009年第5期)是《悲江》和即将创作的《离江》(后来改为《大江边》,整个三部曲也叫《大江边》)三部曲的中部。该作品描写的是改革开放后的农村生活,展现出的生活图景极为鲜活。

故事发生在某江心洲,如果要坐实的话,那应该是作者的故乡安徽无为乡村的生活图景。小说以革美、田会计和保国三家为主要叙述对象。该江心洲在农村分田到户时还比较闭塞,村民只知养鸡、养猪、种棉花、种麦,村民交易农村土产品才离开小岛到镇上。平时,给村民展现外部世界的人是停靠在洲边的船民。船民生活是流动性的,他们见多识广,当洲上人在地里汗流浃背地劳作时,大白天,男人在船上打盹,女人和孩子在船上打扑克,悠闲自在,还顿顿吃肉。这种情形刺激了革美的母亲史桂花,她希望自己的家庭也能过上这样的日子,便鼓动丈夫吴家富外出做生意。在她看来,丈夫要是在家里做活,就是把刚分到手的五亩三分地供起来,每天磕三个头,也收不到多少棉花。在史桂花的唠叨下,吴家富终于鼓起了勇气,带着东拼西借的一百元在腊月出了门,到了近乎传说中的木材生产地——江西。可是一个月过去了,吴家富杳无音信,到了二月初二，史桂花彻底放弃幻想，认为丈夫已遇不测，心生悔意，痛骂自己财迷心窍，害了丈夫。

1981年农历三月初三，吴家富终于撑着木头扎成的木排和合伙人回来了，他父亲吴四章在极度兴奋中一命呜呼！因为他好多儿女死在他前面，人们都说是他命太硬，克死了儿女。吴家富也生死不明地走上了这条路，可他又不信命，但也因此背上了巨大的精神负担。吴家富几乎在想象中死去，又在现实中活过来了，反差太大了。吴老爷如范进一般狂喜过后，便永久地跌入了死亡之谷。

吴家富第一次出行极富传奇色彩。他和合伙人到了目的地后，他还剩下六十元，而合伙人只有十元，当他们找到待卖的山林时，两人加起来只剩下五十元钱。吴家富使出无师自通的精明手段，一边摸着自己的口袋，露出一张十块钱的小小一角，一边和卖主说，他们是来探路的，如果贵了，其他的人就不会来了，价钱合理，还有很多人会来，他们这片山不愁卖不出去。这话打动了卖主，他在接过吴家富的五十元钱后，将一块打麦场那么大面积的地上的木材卖给了他们。这时，他们腰中已无分文。两人徒步下山，走了几十里地，找到一处靠水不靠山的村庄，跟村民说："你们给我到山上砍十根树，我送你们一根。"几十位村民被鼓动了，他们自带工具，跟着两人上山，几百根木头很快被放倒。接着，他们又用同样的价码，使木头从山上搬到江边，从江边搬到船上。一路上，他们就用木材和船上人换来肉盐，用木材孝敬检查站的工作人员，应付检查。到了芜湖，离家近了，他们只剩下一百多根木头了。他们再也不想这到手的钱财再花去一些，便买来铁丝和麻绳，将这些木头编扎成木排，沿江漂流到家。吴家富分得四十多根木头，三十多根还了高利贷，其他的做了父亲的棺木。他首次出行，从经商的角度而言，并不成功。可对于江心洲的人来说，他的事迹被人传道，甚至可以说，他是先行者，他的事迹鼓舞了开放后的江心洲人走出家乡，到外面去闯世界。

但孝子吴家富在经历了父亲因自己外出而丧命的巨大悲痛后，再也不忍心母亲为自己担心，从此洗心革面，在家种地，守着老婆孩子过日子。

当母亲马兰英死后，吴家富重出江湖。依然是贩木材，但此时的他对木材的种类已了解了不少，知道杉木、红木、杨树木、柳木、桑木、槐树木、苦楝和泡桐木的区别，做木材生意精明多了。几趟下来，家里有了收音机，买了皮鞋，连女儿吴革美想要的《故事会》也买了。吴革美十分惊讶父亲怎么知道自己隐秘的愿望，其实，哪个做父亲的不知道女儿所想，人的很多所想都涉及金钱，就是人们精神食粮的书本也要钱来购买。

吴家富成了万元户，很快在形象和语言上向乡村干部看齐。他穿衣服也像干部，是四个兜的，和孩子打招呼也像干部。金钱改变了一个人的气质。

吴家富用做生意赚来的钱盖起了楼房，那是20世纪80年代前期的楼房，比乡村90年代普遍的"楼房热"要早近十年。吴家富的楼房引得好多人眼热，区里和公社的干部都来参观。老婆史桂花在家里也想赚钱，村干部在她家开会、招待上面的干部，打的是白条，但数字也很喜人。仅一个月，在她家吃三次饭，她竟赚了八十元，相当于当时一个中学语文老师的月工资，这是新上任的村主任沈国友带给史桂花的好事。沈国友的字很漂亮，年轻时写的歌颂祖国大好河山的诗歌被广播站广播过。他做生意没有本钱，一直窝在家中，被领导作为江心洲人才挖掘了出来。在史桂花宽敞明亮的楼房里喝酒吃饭是他的梦想，这下实现了。在吃过几次用白条换来的好酒好菜后，他的胆子开始大了起来，暗地里摸起了史桂花的屁股，尽管史桂花没有回应，但也没有明显地拒绝，他们这些私下的举动，自然免不了风言风语，孩子们编成儿歌："沈国友，大瓦房里灌烧酒，左手夹鱼，右手捞肉，恨不得再长一只手摸史桂花奶头！"①吴家富从外面回来，这些话传到他的耳朵里，其打击足以把这个农民兼商人的汉子击垮。他和史桂花打算离婚。到了乡政府门口，吴家富问了一句办离婚的人在不在，得到的答复是不在后，吴家富坐在门槛上，始终用草帽盖住脸，生怕到过他家的干部认出他。等到天快黑，乡里要关大门了，他们又问办离婚的人在不在，人家说，来了又走了，两人再次回家，心里放松多了。史桂花的胆子也大了，在路上大声地说，老娘要是做了对不起吴家富的事情，吴家富就不得好死。

吴家富病了一场，放弃了离婚的打算，他再次外出，临走时叮嘱女儿革美，不要人到家里吃饭，母亲出门，要随后跟着。尽管史桂花没有红杏出墙，吴家富的反应有些过头，但对于挽救一个家庭来说，吴家富的预防措施还算得当，否则，以沈国友的色胆，事态进一步发展，他真的会睡到史桂花床上。

史桂花作为农村妇女，其形象虽说不上是光彩照人，但她绝对会给你留下深刻印象。她想发财，要丈夫实现自己的发财梦想，但是丈夫第一次出门做生意，几个月不归，她又后悔，认为自己不该怂恿丈夫出门，毕竟钱财事小，丈夫命大。她与婆婆马兰英相处几十年，斗争几十年，短暂的和平只出现在吴家富第一次出门做生意的那段日子里。史桂花对吴革美、吴胜水、吴贵珠三个儿女，像农村的很多妇女一样，她把更多的心思放在儿子吴胜水身上，给吴胜水吃好的，穿好的，家里大小事情不要吴胜水伸手，她最不喜欢的是女儿吴革美，但恰恰吴革美帮她最多，是家里家外的劳力，她对吴革美的所作所为使我想起年少时和我们年龄相仿的孩子嘴边常冒出的一句话"父母偏心"，无论是当时，还是以后很

---

① 李凤群：《骚江》，《大家》2009年第5期：第163页。

长时间，我都对此不以为然，当我读到吴革美那样拼死拼活为家里忙上忙下，只念了四年级就歇书，为了弟弟和家庭，她成了家里最主要的劳力，她的牺牲仅次于父母，而她母亲依然对她没有一句好言，我觉得，儿时伙伴的话真不能简单地说是少不更事。

吴革美是作家倾注感情最多的人物，在经历了那样多的苦难之后，她依然对爱情充满期待，终于在1994年，当一个秀气的小木匠给她写了情书后，她挺起了胸膛，爱情的力量使她意识到自己美好自我的存在。这个时候，母亲的无端谩骂是那样地刺耳。她开始和母亲对骂，母亲用一只和泥浆的铁钩子劈头盖脸向她打来，在她头顶心和耳朵边留下喷血伤口的三天后，她离开了家。

> 她发誓："无论如何都不回来，就是死，也要死在外头，死在他们望不到的地方，死在水泥路上。总之，我永远不会再回来。"①

当然，这是极度伤心的决绝之语。我们理解革美的心情。

吴保国是《骚江》中的另一个奇特人物，他是吴家富同宗兄弟吴家义的儿子，十二岁的时候，他的父亲打他的母亲，他把棒槌敲到了吴家义头上。事后，吴家义的鼻梁骨缝了六针，掉了两颗牙。因为做缝补手术的顾医生是自学成才，技术不到位，那条疤痕疙疙瘩瘩地从左边扭到鼻梁中间，像一条纳鞋底的麻线。

吴保国铸成大错后，跑到外面蹲了二十多天，再回到家里，像换了一个人的样子，说话是大人的口气，一进门就说："大，你要是再敢打我妈，我马上就走，你要是不打我妈，也不打老子，老子好好挣钱帮你还债。"开饭的时候，吴家义等得不耐烦，又用筷子敲老婆头，吴保国马上

---

① 同上书，第192页。

冷冰冰地站到父亲面前，对父亲说："你再敲，老子就拆了你的骨头。"

看吴保国打父亲的样子，按照传统社会的观点，吴保国长大后必定是犯上作乱之辈，流为祸害一方的恶人。但保国除了偶尔爆发出的蛮劲和怒火外，平时很少跟人说话，只知干活。就其心地而言，他是非常善良的。他在和大凤热恋时也要大凤允诺给自己的父亲打酒，服侍他妈，还有当他看到弟弟保地自己住瓦房，父亲母亲还住草房时的那份发自内心的鄙夷，都表明他价值观的正确。

和父亲闹僵后，慢慢地，吴保国也和父亲和解了。和父亲贩过黄豆和菜刀后，保国又回到了江心洲。他成人了，还有了自己的心上人，那就是田会计的大女儿大凤。他们偷偷摸摸地相爱了，他们的爱情和言语被吴革美暗地里知道了。在吴革美看来，那是男女之间最温馨的语言，习惯父母争吵时的那种最粗暴、原始语言的吴革美，被保国和大凤那种温情的对话感动着，温暖着，这使她在灰暗的人生中瞥见了天堂的光辉，也许，正是这点闪光激励着她在漫漫长夜中坚守着。其实，保国和大凤的情话是非常简单的语言，具有一种朴素的美。

  大凤问保国：
  保国表哥，你喜欢我什么？
  我喜欢你皮肤白，你喜欢我什么？
  我喜欢你皮肤黑。
  我喜欢你胳膊细。
  我喜欢你膀子粗。
  我喜欢你头发长。
  我喜欢你头发短。
  我喜欢你说话声音细。

> 我喜欢你说话嗓门大。①

保国和大凤相爱的那年冬天，一场冰雹把一地的麦苗变成了枯草。为了来年的生计，保国去了江西。这一去，好长时间没有回来，但大凤再也等不得了，她怀孕了。女人没出嫁就走了这一步，没有人给她开解，她只好选择喝农药。

在大凤死后的十三天，保国回来了，但一切已无法改变。失去大凤的保国，人在故乡，心在异乡。心灵上，他和革美相通，故乡给了他无比的苦难。他心灰意冷地生活着，和行尸走肉差不多。当江心洲来了一批小痞子，专门找农民要吃要喝要用时，吴保国挺身而出，制服了这批为害乡里的小青年。他因此再度出名，四乡八里请他去主持正义，以他的智慧，他也无法分清正义和邪恶。因此，在一趟趟地为人出头中，他可能锄强扶弱，也可能助纣为虐。更重要的是，就是匡扶正义，那也是政府公安部门的职责，他的行为无意中触犯了司法，公安带走了他，坐了不长时间的牢后，又把他释放了。回家的路上，保国遇到了一个四川来的女人，如前所述，叫秀来。这个女人不仅和大凤长得像，连命运也和大凤有几分相像，她也是未婚先孕，从家里逃出来的路上，生下了孩子。生下孩子后，她准备捏死孩子再自尽，突发奇想打算吃一顿霸王餐后，等着人把自己打死。她被人揪着头发扔到马路上，在头破血流之际，幸运从天而降。五大三粗的保国把她抱起，保国对着她端详半天，又抱起她的孩子，拉着她就走。她不知道自己的幸运只是因为自己和一个叫大凤的女人相似罢了，吴保国相信，这是大凤以另一种形式和他还乡。秀来后来和保国又生了个儿子。有一天，她还是走了。她再也不能忍受自己总是作为一个死去多年的女人替身，不管她怎么向吴保国和他家人

---

① 同上书，第144页。

及邻居说，她叫秀来，不是大凤，但保国和周围的人都把她叫作大凤，这太伤自尊了。在这件事上，没有一个人表现出对秀来的人道。而保国在这一阶段也显示出了性情的残忍，尽管这是出自对另一个女人的爱。他要秀来不管自己什么时候喊大凤，她都要回应，连同房也不例外。这是非人性的。

　　读小说有什么用？我常常读着小说，沉溺于其中的细节，觉得这是对自己见过的人世间场景的回放，是那样的美好。《骚江》中，吴保国的媳妇带来的那个儿子后来取名吴武，当秀来走后，吴保国也外出了。几年后，吴武还是个孩子，但已经明白些事理了。当吴保国远行回来，吴武在奶奶范文梅的要求下，扭扭捏捏地喊吴保国"大"，吴保国当然满心欢喜，他对儿子说，你长得真像你妈。吴武感到惊奇，说你认识我妈，吴保国说，我和你妈一块长大。这孩子马上扔开吴保国的膀子，跑出一丈开外，吐一口唾沫到地下，恶狠狠地说，老子是秀来生的，秀来是我妈。我妈没死。

　　这一番无忌的童言博得了吴保国的好感，他从吴武的身上找到了昔日情人大凤的眉目，又找到了童年的自己。

　　在小说叙述不断轮回的时光中，成人生活与儿童生活重叠，我们目睹过的生活被小说家收揽到小说中，就成了后人不断传说的故事，就像《红楼梦》《水浒传》，《骚江》无疑也具备很好的故事品格，它可能成为我们这个时代的传奇，被人品说。

故乡的悲歌和恋歌——《大江边》

李凤群的《大江边》(《芳草》2011年第2期)原定反映的是故乡江心洲生活三部曲的《离江》部分,与《悲江》《骚江》不同,这部长篇没有中心人物,而是主要写了吴氏家族第三代以及第四代的一组人物,通过描写他们20世纪90年代以来的生活,写出故乡的变化。

马小翠嫁给了老实巴交的吴保地,她是保地妹子吴保霞在北京做保姆期间认识的。小翠大概是认识了有钱人,有了身孕,急于把自己嫁掉,吴保霞不知小翠这方面的事情,看她要嫁人,就把她带回了江心洲。保地一见小翠,眼睛都直了,他觉得小翠太漂亮了!这桩婚事成了。在小翠的调理和训导下,吴保地像换了个人,先前邋遢,现在衣着整洁;先前是"眯眯眼",现在戴上了眼镜。尽管保地不怎么认得字,小翠还是决定让保地竞选村主任,她自己也打算当村妇女主任。她找来了四年级语文课本,教保地认字。那时的江心洲外出打工的人少,小翠俨然成了见过世面的权威,江心洲妇女有什么事情都找她。

搞笑的是,为了能当上村干部,小翠要保地给乡长送礼,第一次,保地看乡里一个办公室门是开的,进去就把烟酒摆在桌子上,哪知这间屋子的瘦老头只是负责安全保卫的一般工作人员，第二次，小翠要保地把"乡长办公室"这几个字瞅准，礼才送对了。

没有不透风的墙，小翠在北京的不良行为败露了，人们不再瞧得起小翠和保地。保地开始无端地和村人打架，险些出了人命。年底村里的差额选举变成等额选举，吴保地连参选的资格都没有，这对夫妻丢下了四岁的儿子吴双全，双双外出打工。

小翠和保地的故事很真实，泥土味十足，妙趣横生。

吴双全的死亡揭示了留守儿童的悲剧，读来令人心酸。这孩子一觉醒来，就找不到父母了。他奶奶范文梅为了转移他的视线，说太阳从西边出来了，而且还拉来邻人证明。可这孩子就是不吃饭，他要妈妈，在众人的轮番劝说下，勉强吃了点糯米粥。双全本是个乖孩子，父母突然离开，他性情大变，父母走后的第二天，他就和别的孩子打架，村人都很奇怪。在马小翠的调教下，这孩子要多斯文有多斯文，现在怎么就像换了个人一样呢？因为吴双全晓得了大人的把戏，他们说走就走了，不是几天或者一个月就能回来，可他还是希望母亲能早一点回来。电话里的马小翠一次次骗他，半年就回来，过年的时候回来，再过半年……吴双全愤怒了，在电话里骂起了母亲：马小翠，我干你妈！我干你祖宗！尽管这样，他还是个好孩子。上学后，他相信了母亲不回来是为了省路费的谎言，一次又一次地和母亲通话，他为自己同意母亲不回来省出了一笔又一笔钱而高兴，可母亲三四年都不回来，他受不了了。母亲为他寄来了机器狗，可玩具能代表亲情吗？机器狗到了吴双全手上的第二天，就被开膛破肚了。他是在江边一棵树上掉下来而死的，那时，他已经烧糊涂了。他跌跌撞撞地来到江边，爬上树高高举起双臂，要飞过江去，飞到母亲打工的银川，飞前还不忘给奶奶许诺，在母亲那儿拿钱给她治眼睛。吴双全的悲剧在千千万万的留守儿童中是极端的，是个别的，但在广大乡村，许多儿童因为长年得不到父母的照顾，而留下了心灵创伤，这一现象则是普遍的。从某种程度上说，中国的现代化是以牺牲千千万万儿童亲情为代价的。

吴保国在《骚江》中是主要人物。《大江边》中写了他两次回家的所作所为，第一次回家，他没挣多少钱，给父母留了一些，给了小叔吴家富一些，给了大凤母亲吴家珍一些，连那个懒惰的小姑父方达林，他也给了一百元。第二次回家时，吴保国已成了百万富翁，他要为江心洲人建一座通向江对面小镇的跨江大桥，解决江心洲人世世代代出行难的问题。亲人们都反对他这么做，最理解他的吴革美也认为桥修好了，江心洲的安宁就没有了。其他亲人多半是出于江心洲人并不善待吴保国的考虑，连他母亲范文梅也扬言，儿子要造桥，她就喝敌敌畏。在他的努力下，母亲还是同意了。但这座桥在造了个半成品后就停工了，原因是工程监管者吴文把钱投到了股市，血本无归。吴保国的心愿不仅没有达成，还欠了一屁股债。为了还债，他倾家荡产，只得又一次离开故乡，去都市从头再来。

吴革美是怀着对母亲史桂花的悲愤离开江心洲，离开家乡的。在城市，她学技术，凭本事吃饭。四年后，她得知父亲为了给吴胜水买房，债台高筑，她回来了，带回了几万元给父母，也带回了希望。她还打算把哑巴小姑带回城里去享福，不在江心洲受罪。人们都说吴家出了女中豪杰，可惜小姑晕车，怕城市的霓虹灯和疾驰而过的汽车，坚决要求回家，她只好把姑姑送回了家。

吴革美在城里结婚，立足，她走得很远，算是离开了大江，可她的心永远留在了大江。大江塑造了她吃苦耐劳的坚强性格，不管她将来走到哪里，都不会忘记大江，她与她的堂哥吴保国一样，是大江的好儿女。

吴胜水得父母的照顾最多，他是儿子，是家里的重点保护对象。他生在农村,也不种田,考了几次大学,没有考上。父亲花了几万元在城里给他买了份工作。到他找对象需要房子时,吴家富又举债为他买房。小说结束时,他当上了铜城规划局副科长。吴胜水的故事在农村有相当的典型性。如今农村一儿一女的家庭很多,牺牲女儿,成全儿子,这是乡村做父母的普遍选择。

  在我看来,吴保国的儿子吴文是"无根的一代(The Generation of the Rootless)"的代表,他们出生在农村,随父母在城市长大,乡村没有在他们身上留下刻骨铭心的记忆,城市的生活方式却彻底改造了他们。保国把造桥工程丢给他负责,是想锻炼他,他却毁掉了父亲多年打工的全部心血。他不懂也不屑于学习乡村的礼节和经验,很少和人打招呼,哪怕是抚养过他的爷爷奶奶。他不主动去了解、协调工程的事情,而是等着别人去找他。他整天躲在屋里上网、打游戏,晨昏颠倒,想几点睡就几点睡,想什么时候起床就什么时候起床,奶奶给他准备的饭食,他有时吃,有时不吃,从不事先通知,吃饭的时间也不准时。他把父亲的钱糟蹋完了,就玩起了失踪,他不知道"责任"二字的含义。

  保国和革美的姑父方达林在农村虽说稀罕,但并非特例。他能言善道,也读了一些书(主要是小说),说起古今中外,滔滔不绝。他的故事吸引了许多成年人尤其是孩子的注意。他从不离开家乡去挣钱,搞副业成风的时候是这样,打工潮汹涌的时候也是这样。他不要钱吗?不!没有钱的时候,他到处借,也向政府伸手。他高尚吗?他连侄媳妇的床都敢上,还有什么廉耻。他知道农民在外面挣的钱是苦出来的,是累出来的,他怕这份罪,所以宁愿窝在家中,每每还有借口,说哑巴老婆离了他,没办法过日子。同时,他又极力宣扬在外面做活的坏处,哪家的姑娘跟人私奔了,哪个人在外面辛辛苦苦什么钱也没有搞到,连儿女都养不活。他甚至跟自己的岳父大人比,为自己无儿无女辩护,说岳父有三儿两女，却有白发人送黑发人的悲剧。阿Q的精神胜利法，他学得比什么人都好。不过，他还算有点良心，临死前，还考虑到哑巴老婆的可怜，将基督教友捐给他的六百元当着老婆的面藏起来，希望到时能给老婆救急。

吴保霞之死令人悲哀。她和丈夫去北京打工，她给人做保姆，丈夫在建筑工地，一个礼拜有一天休息时间，可保霞却没有休息时间。星期天，保霞的丈夫只有当保霞的主人不在时，他们才可以见一面。有一次，保霞的丈夫去找保霞，开门的是男主人，当他说自己是保霞男人时，这家男人没让他进门，从厨房里出来的保霞只能望着丈夫，也没有叫他进来。这以后，他再去，保霞嫌他穿得脏，不会讲话。她丈夫怀疑她做了见不得人的事，两人不断地争吵。保霞只好回农村，以此证明她的清白。回来后，保霞总是说北京的好，这使丈夫更加误解她。他觉得自己是人人耻笑的王八，是窝囊废，一气之下就喝了杀虫剂。快要死时，丈夫才解开心结，原来妻子在乎北京，更在乎他。当保霞大喊救命引来了村人后，村人以为他们都喝了农药，给两人都灌了一脸盆肥皂水，把他们送到了医院。丈夫抢救过来了，保霞死了。吴保霞之死反映出农民工的情感问题，他们这些人在城市打工，两人往往近在咫尺，却如牛郎织女；他们生在农村，想的却是城市的好处。城市需要的只是他们的劳动力，对他们的感情和精神需求，却漠然视之。城市的繁华是他们创造的，但他们不是这种文明的享用者。尽管现在许多城市也出台了相关的落户政策，可往往门槛太高，也没有多少实惠。如在北京，拥有高级技术职称，或者受过市级表彰，或当选过全国劳模，满足条件之一的农民工就能获得北京市户口。且不说这个条件的苛刻，就是有关部门真的发给农民工闪闪发光的户口簿，如果没有这份城市户口的权利和福利——就业、低保、医保等，那他们还不如有农村户口。现在每亩田一年还能得到政府一百元左右的补贴。

《大江边》的吴家子孙除了老人和孩子都离开了江心洲，他们有的一年往返一次城乡，有的在城市扎下了根，也有的因为出嫁和其他原因到了他乡生活。吴家义去世时，吴保国因为债务，不能公开露面，吴保地从儿子吴双全死后，就和家人失去了联系，保霞也死了。正当范文梅为丈夫下葬发愁时，吴家富用电话通知亲友，村主任在网上发了消息，结果"家"字辈和"保"字辈应该来的都来了，没有料到回来的也来了，他们出钱出力，把吴家义的葬礼办得风风光光，这是吴氏家族的大团圆，也是故乡——江心洲所拥有的巨大的感召力。正如作者所说："这个朴素的小村子，这个包裹着小村子的大江，就是我们的故乡。故乡是时间留给漂泊者的礼物，是夜行者的月亮，是大海里的灯塔，是人心里永远不被替代的神圣堡垒。"

我们觉得，李凤群在《悲江》中通过吴氏家族第一代吴四章和马兰英的贫穷落后和愚昧的生活，表达了作者对故乡和大江的悲哀；在《骚江》中，李凤群通过吴家富和史桂花、吴家义和范文梅的生活及吴革美的出走，表达了对故乡的希望和忧愁，"骚"本身就有不安、忧愁之意；在《离江》中，吴氏家族的第三代儿女纷纷离开故土，在别样的世界里打拼，这样一来，必然有离乡的痛苦、打工乃至创业的艰难。的确，保霞和吴双全之死都和离乡有关系。可在《大江边》收尾时，李凤群却安排了一个亲情浓得化不开和对故土深深依恋的结局。我觉得，这不是李凤群写作之前考虑到的，而是写着写着突然产生的。《大江边》三部曲说是埋葬过去也好，说是深情回顾也好，都调动了李凤群乡村生活的全部经验，是作者人生历程中的一次感情大释放，因此，我说这部作品以及前两部的《悲江》《骚江》是李凤群对故乡的恋歌和悲歌。只是责编在对《大江边》统稿时，已将三部曲改为《风》《雅》《颂》，从"悲歌和恋歌"

这个主题来讲，这样改，也没有违背作者的原意，但在我看来，原来作者拟定的题目，感情色彩更浓，也比较容易为读者理解。不管怎样，这个三部曲有他人不可代替的个人经验和记忆，是一部中国当代农民的生存史、苦难史、奋斗史，它是成功的，中国当代乡土小说中应该有它的一席之地。

《悲江》《骚江》《大江边》发在不同的杂志上，略微有些重复，如其中关于马小翠和吴保地的描写。

迥然不同的血缘之情

——李凤群《良霞》和子薇《血脉》的比较

文学作品尤其是小说,在描写血缘关系时既有爱,也有怨恨等复杂情感。比如高建群的《大平原》、田中禾的《十七岁》写出了亲人之间那种浓得化不开的亲情。而《家》虽然有觉新、觉民、觉慧兄弟之间的手足之情,但也有他们对爷爷的反抗和仇视之情。卡夫卡的小说中父亲的形象是令儿子害怕的,这与他的家庭有联系。他本人就说过,他的全部文学作品都可看成是对强势父亲畏惧的表达,或者是他那令人生畏的父亲导致的结果。卡夫卡说:"在巴尔扎克的手杖上写着:'我在摧毁一切障碍。'而我的手杖上则是:'一切障碍在摧毁我。'"在我看来,卡夫卡的障碍主要来自父亲那无所不在的压得他不敢喘气的权威。《雷雨》基本上写的是家庭成员之间的无法和解,直至毁灭,其中的爱也有原始的不合乎道德伦理的自然情感。可以说,小说中的血缘之情的描写往往呈现为几乎相反的两种模式,下面我们从李凤群的小说《良霞》(《人民文学》2014年第7期)和作家子薇的小说《血脉》(《安徽文学》2014年第10期)来具体展现两种迥然不同的血缘之情。

李凤群的《良霞》是一部写家庭成员充满爱意的小说。小说从20世纪80年代末期一直写到农民打工、移民进城的当下。主人公良霞出生在江心洲，1988年，她二十岁，人出落得异常漂亮，像从电影中走出的美女，江心洲三大家族都争着要娶她做媳妇。良霞自己相中了在县城工厂上班的小伙子，这家人许诺只要两人定亲，就把良霞弄到城里上班。那时还是商品粮、城镇户口无上光荣的时代，良霞的美好前程马上就要实现了，整个江心洲的人都很羡慕，包括三大家族。可就在这个时候，一场肾病，击倒了良霞和良霞的家庭。经过治疗，良霞几乎脱落了所有的秀发，昔日的美貌也不见了踪影。因为她只能在病床上躺着，县城的小伙子离她而去，倒是谁也瞧不起的光棍懒汉愿意娶她，八成是因为良霞原来的美给人留下的印象太深了。良霞的病耗尽了家里所有的钱财，但父母和两个哥哥都没有放弃，他们送良霞到医院，找偏方，到良霞床前嘘寒问暖，服侍她。因为良霞的拖累，心高气傲的大哥仓促间和一口龅牙的女子结了婚，二哥也只和一个个子矮小、眼睛小的老姑娘结婚了。良霞父亲为了积攒几个钱给女儿看病，起早贪黑，种菜卖菜。一日，他起早坐船到县城买菜，一头栽进水里碰到锚上，死了，母亲也为良霞活活累死了。全家努力的结果是良霞在母亲死前，终于能坐起来了，做一点轻微的活计，这是她母亲临终前最大的安慰。

　　父母不在了，良霞和哥嫂的日子有了转机。想不到大哥好赌，输光了家业，在县城念书的儿子因为没有生活费也只能退学，大嫂绝望得要自杀，病弱的良霞十分清醒，毕竟她有初中文化，她一方面安慰嫂子，一方面分析家庭现状，令嫂子明白只有一家人团结在一起，共渡难关，才有希望摆脱困局。这个时候，良霞俨然成了家人的主心骨。经过一番奋斗，大嫂还清了债务，家里又有了欢笑。良霞的坚强不仅赢得了家人的尊敬，也使江心洲人由衷地敬服她。小说结束时，虽然江心洲人走得差不多了，只在春节时才像个有人烟的村庄，可他们都把钥匙交给良霞保管，良霞由家人的姑姑变成整个江心洲人的姑姑。尽管疾病最终还是夺走了良霞的生命，可她在苦难面前超脱出来，变得大度、明理，镇定自若，还有良霞一家互相扶持的亲情都让人感动。鲁迅因父亲的疾病，看透了世人势利的嘴脸，良霞却从个人的病痛中反省到自己未生病前仗着漂亮，不把人放在眼里的狂妄，她因此原谅了所有人，包括离自己而去的恋人。她真诚地向由于自己的骄傲而伤害过的人道歉，这种由疾病而生长出来的智慧和宽容，是良霞这个形象散发出来的光辉。

《良霞》不仅通过描写良霞生病、治病、病情好转的全部过程表达了平民百姓的血脉深情，还从良霞与疾病的搏斗中凸显出女性像大地一样绵绵不绝的生命力，这种生命力一点也不比圣地亚哥的硬汉的精神差。圣地亚哥是打不倒的，良霞也是压不垮的。良霞的意志力让她在无可抗拒的疾病面前认真地活着，慢慢地成为一个普通农民家庭的智囊和依靠，并拯救了这个险些崩溃的家庭。她的活着超越了余华《活着》中的福贵，福贵是逆来顺受地活着，而良霞的一生充满着抗争，有一种本体论和形而上的意义。小说从亲情出发，归结到人性的尊严，归结到女性伟大的力量。

子薇《血脉》从母女的感情出发，写了一个"被毁灭的女性人生"（方维保语）。小说中的带娣仅存的对父母的记忆是二者之间没完没了的争吵，父亲因此而离家出走，两年后离婚，这一年，带娣十岁。母亲带着她和弟弟兴旺生活，并将她和弟弟都改成了母姓"朱"，按理说，这个失去了父爱的姐弟俩在母亲的独立关照下长大，弟弟还成家立业并有了儿子，即此能够证明母亲的要强，这个不幸的女性似乎应该得到人们足够的尊重。可是剥开来娣兄妹的生活史，我们看到的是一个令人诧异甚至愕然、愤怒的母亲形象。这个女人在失去丈夫后，把全部的希望都放在儿子身上，女儿成了兴旺一家三口的牺牲品。因为溺爱，兴旺好吃懒做，而且风流成性，妻子九红实在忍受不了他和其他女人偷情，一再地警告他，并向婆婆和来娣告状，但都无法使其收敛。于是，九红选择杀死兴旺，自己自杀这样一种极端的方式结束这种痛苦。在此之前，母命难违，为了兴旺能调离濒临破产的肥皂厂，带娣只好拉下脸面，去求她的上司、单位的财务部长黄前生。其实，更早的时候，为了母亲能提前退休，拿到比全市在岗职位高出十个百分点的工资，带娣已经求过黄前生一次，并如母所愿。带娣后来和黄前生发展成情人关系，并卷入他的侵吞社保金案，就是与一次又一次为了自己母亲和弟弟向黄前生请托有关。看带娣的面子，黄前生找了自己当副市长的同学，把兴旺安排到烟厂当门卫，兴旺嫌这份工作没面子，出于母亲的压力，来娣只好又去求黄前生。可当兴旺被妻子杀死，母亲反而说都是姓黄的害了兴旺，这话是当着带娣的面说的，自然也有埋怨带娣之意。

从带娣成为青春女孩起，母亲否决了带娣一次又一次的爱情。第一次是柳树鸣，她说人家长得太好看了，第二次是汪天淼，她说人家太穷了，这人后来成为一家企业的老总，产品供不应求，又准备开分厂。这两次反对，带娣还以为母亲是为她的人生幸福着想，后来一而再再而三的这样，带娣才明白，母亲是不放心兴旺，在兴旺死后，是不放心孙子。她把带娣拴在这个家，是为了让她的儿子和孙子有保障，这种保障既是经济上的，也是日常生活的。

带娣就这样到了三十六岁，错过了一个女人最好的年华。她一次次地欠黄前生的，出于内疚，出于一个女人需要男性的安慰和温情，她成了黄前生的情人，还帮他做假账。关键时，带娣劝黄前生自首，自己也主动投案，退还涉案金额，虽免于刑事处罚，但失去了工作。案前，带娣宫外孕，母亲不顾女儿的反对，向黄前生开价二十万。母亲直到女儿庭审，才说自己害了带娣，而带娣也原谅了这个幼年丧母、中年失偶，老年丧子，一辈子没有安全感，只知向唯一的女儿索取的可怜母亲。可是带娣的人生幸福已很大程度丧失了，谁之罪？无论怎么说，这个自私的母亲都脱不了干系。

在文学作品中，许多父母只想把女儿嫁到豪门，或者纯粹为了金钱把女儿近乎狠心卖掉。像带娣母亲这样对女儿绝情的人，似乎很难找到，它让我们看到亲情背后的不人道（当然这是个案，不具有普遍性）。可是说到底，母亲也是一个令人同情的角色，没有了丈夫，她"在家从子"的父权制纲常文化只能使她从儿子和孙子的角度考虑问题，为了儿子和孙子，她可以牺牲自己，事实上，她已经这么做了，含辛茹苦地抚养儿子长大，不再改嫁。她还拉上女儿，那也是不得已而为之的事，但凡有一点办法，她怎能拉女儿垫背？男尊女卑，这种逃不掉的命运才是带娣和母亲被毁灭的原因，也才是张翎的《唐山大地震》中的母亲元妮在决定儿子和女儿生命的那一刻，选择了儿子的原因。如果说百年"五四"的现代文化在带娣母亲身上有一点作用，那仅仅是她敢于将两个孩子改成己姓。当然，今日之中国是现代之中国，"五四"所倡导的科学、民主、个性解放等观念的积极一面已被大多数国人所接受。

点评《耐月》

女性的尊严是李凤群小说的一个主题。《大江边》的革美因受母亲的忽视而离开江心洲,秀来因为保国和众人把她当成大凤而出走,《良霞》中的良霞与疾病作斗争乃至成为家人的主心骨,可以说是个把尊严发展到极致的人。李凤群新作《耐月》(《安徽文学》2016年第6期)也是其女性尊严主题的延续。

《耐月》中的许耐月上过高中,丈夫是自己的高中同学,她在县政府招待所做服务员。一次,管文教的副县长张文浩醉酒后回办公室,许耐月去服侍,被张文浩霸占。从此之后,两人不即不离,也维持过几次性关系。张文浩是看许耐月安静,也是寻找刺激,缓解工作和生活的压力;耐月是被张文浩的风度吸引,张文浩的做派是做包工头的丈夫包括和其发生关系的邮递员所不能给的。

与一般女性尤其是和耐月一起工作的在开水间闲聊的服务员不同,耐月作为张副县长的秘密情人,她不图任何物质回报,甚至一个民工将张文浩四千八百元的西装烫坏了一个洞,她都主动赔偿。其实只要她和张文浩说一下,什么事都没有了。

可以说，耐月和张文浩保持这种关系，不是因为物质，而是因为精神。尽管在这过程中，她摆脱不了卑微，但耐月却坚守着这份感情，这就使她超脱出与她同一层次的服务员，甚至有点茶花女、杜十娘那种轻物质、重精神的情怀。如果《耐月》不是止步于西装赔偿事件，而是继续发展，耐月的人格尊严将会进一步提升。当然，李凤群的结尾止于耐月超出自己消费能力的数倍，也要赔张文浩西装，令人感到其自虐到何等程度。不过，一切爱情在某种意义上都是自虐的，耐月的不求回报在当前这个物质化的时代的确少见。

大风吹过

——读李凤群长篇小说《大风》

与《大江边》一样,《大风》①虽然不是多卷本的长篇小说,但有"长河小说"的容量,即有史诗般的恢宏。该小说选取张子豪太爷爷、爷爷、父亲到自己四代人从土地改革到21世纪的历史,写出了新中国农村从农业社会到现代化的波澜壮阔的进程。

第一代人是张长工,本名梅先声,一个很有文化内涵的名字,可他却不得不隐姓埋名,改为张长工。这样的改动是为了隐瞒自己曾是地主的经历。他是在闹土改、斗地主的大潮中踏入逃亡之路的,与浩然《艳阳天》中那个从老家逃出,后做区委大院厨子的范克明不同,也与《山乡巨变》中那个逃亡地主龚子元有别。范克明有枪,杀了名叫范克明的长工,把自己的衣服和真范克明对换,在芳草地潜伏了下来,一心和共产党对着干,最后又开枪杀人而拒捕。龚子元作为逃亡地主,和姨太太扮成穷人逃到了清溪乡,把枪支和定时炸弹埋在了屋后堤沟,子弹用国民党党旗包着一同埋下。在清溪乡,他只要找着机会就反对共产党的合作化政策。李凤群笔下的张长工一点也没有恢复原状的想法,反而真实

---

① 李凤群:《大风》,北京十月文艺出版社,2016年。

得多，他只想和老婆、孩子苟且生存下来，尤其是希望儿子张广深能够活下来，以使梅家血脉不中断。他一路上小心翼翼，扔掉了能够代表自己过去身份，哪怕是引起一星半点怀疑的物什，比如板车、新衣服等，九死一生，来到了穷山恶水的乌源沟。因为他受过教育（根据书中他认识外文的叙述，他应该读过大学），能说会道，而当时盛行忆苦思甜，批斗地主时需要控诉，张长工那张本来可以传播现代文明的嘴巴派上了用场，这是历史的吊诡和莫大的讽刺。他给儿子编了一套身世说明，好不容易才在这民风还尚纯朴的地方安顿了下来。后来，他跟着儿子张广深来到江心洲，此时已经有了第三代张文亮、第四代张子豪和梅子杰。尽管在儿子张广深长大后，他有点怕儿子，但他总能在和孙子张文亮，甚至与玄孙梅子杰的对话中找到快乐，一有机会，他就向张文亮夸耀自己家族的光荣史。他的生命力是顽强的，看似衰老的躯体一年又一年地延续了下来。从小说看，第四代张子豪会出国，老爷子的光荣似乎能够恢复。只是这个从小学武术、奥数、小提琴、篮球，又上新东方、朗阁，穿各种各样名牌的张子豪离江心洲越来越远，更不用说颖上村了。马尔克斯《百年孤独》中的马孔多在一夜间消失，表面看起来是一场飓风所为，实际是西方列强进行文明掠夺、征服的结果，而《大风》中那个代表传统耕读文明的颖上村已在土改中支离破碎，而江心洲的人民在今天的城市化浪潮的裹挟下，纷纷选择到都市，到异国生活。家园的丧失是《大风》之痛，第一代张长工也在这种痛苦中离开了人世。

张广深作为第二代，在童年时期，与故乡、亲戚的记忆就彻底断裂了，命运把他抛到了和父母一起逃亡的路上。从此，他必须彻底忘却故乡的记忆，不能说出一星半点，他有了虚假的身份和名字。他实在忍受不了这种虚假的折磨，以致行为乖张，直至十八岁时，他抓住机会，永远离开了这个令他失去自我的地方。这中间，他几乎不和村人说话，成了外人嘲笑的傻子。他最喜欢做的就是挖地洞，在地洞中建房，那是他家过去豪宅的微缩版。我觉得张广深挖地洞的行为有较强的寓意，这表面上看是一种发泄，实际上也是寻找安全感的行为，恰如卡夫卡《地洞》中的主角，愈觉得在外面世界没有安全感，愈加拼命地挖掘地下世界，只有在地洞里，在挖掘中，他才有暂时的安宁。张广深在挖洞中与世人越来越远。

张广深弃绝乌源沟，来到安徽江心洲，靠一身蛮力得以安家。在一个崇尚体力的前工业社会的乡村，张广深受人尊敬，同时也让人惧怕。他妻子死于他的无知，他也因此越来越穷，此前他好上了酒，此后他似乎振作了起来，和江心洲的许多人一样，通过经商走出了江心洲。但他根本没有商业头脑，不懂得成本核算。他迷信病中的父亲是否哭过，一旦哭了，那趟生意就好。其实，这纯属偶然，他却认为这是必然的。靠着儿子和儿媳一次又一次地给钱，他的商业活动才得以维持，直至老朽。对于他，原来的故乡是一场梦幻，乌源沟是一场可怕的浩劫。江心洲呢？他始终是个外人，别人没有接纳他，他也没有融入其中。到了晚年，他才和江心洲这个村庄平和相处。与父亲强大的故乡记忆相比，他是孱弱的。倒是在旺盛的生命力上，他和父亲有得一比。除了对儿子张文亮有过舐犊之情，他的一生无可称道。说到底，他那有些病态的性格也是大时代浪潮作用的结果。如果他有安稳的童年，受过正常的教育，以他的家世，未来不是漂洋过海，续写家族的辉煌，至少也是个知识分子，不会成为眼光狭隘的江心洲异类。

张文亮自幼丧母，因为父亲的古怪和力气超人，他从小就没有朋友，与陈芬的爱情给了他一点尘世的幸福。与祖父逃离颖上村，父亲逃离乌源沟一样，他注定也有一场逃离。爷爷张长工虽然有故乡难回，但心中是有故乡的。张文亮也有这种根的意识，因为他有了好老婆孟梅，成了有钱人。但他的心在寻根上，一番寻找无果，他的心回到了做生意上，回到了儿子的教育上。只是我喜欢那个借着做生意之名，寻找故乡的张文亮，而不喜欢那个为着生意和客户喝酒，一心要给孩子贵族教育，要孩子留洋成为人上人的张文亮。

梅子杰作为张文亮的私生子，一出生便背负着野种的骂名。因为张文亮毫不负责地抛弃了他的母亲陈芬，使其母令家族、亲戚蒙羞，为亲人遗弃。孤儿寡母，生存的艰难可想而知。由此而累积下来的对张文亮和其家人的怨气，每一个读者都会理解。当梅子杰还是孩子的时候，其母就怂恿儿子去杀张文亮的爷爷。她知道一个孩子是不可能做到这一点的，或许她只是以这样一种方式希望张家能认下这个孩子。如果没有这种善意，她不会总是叮嘱儿子要做一个有用的人。她一次又一次地自杀，一次又一次地被儿子和江心洲人救下。江心洲人对这个不幸的女人确实表现出了最大的善良，而张长工对梅子杰这个玄孙也有来自血缘的亲昵。梅子杰最终没有沦为抢银行之类的歹徒，就是这份善良感化的结果。《大风》对亲情的礼赞超过了《大江边》。在《大江边》里，我们既感叹吴四章对儿子的无限牵挂，也惋惜史桂花对吴革美的忽视。正是这种忽视甚至打骂，导致吴革美离家出走，使得她发誓永远也不要回到江心洲，死也要死在城市的水泥地上。而在《大风》中，不管是张长工对张广深，还是张广深对张文亮，张文亮对张子豪，张长工、陈芬对梅子杰，都有一份基于血缘的牵肠挂肚。正是这份感情使他们有了奋斗的动力，有了在苦难日子里坚持下来的勇气。《大风》中陈芬对张文亮的那份痴情也令人想起《大江边》中大凤对吴保国的那份挚爱。我们在《大江边》中读着大凤对吴保国的甜言蜜语，觉得朴素而真切。在《大风》中，我们为陈芬带着干粮约会而感动。

  恋爱中的人，喜欢没人的地方。他们逮到机会，就避开耳目，并排坐在江崖的凹陷处，瞧着眼前的江水，透过黄昏的氤氲，江心洲一片朦胧，白云贴在江边，芦柴头轻轻地摆动，小鸟在暗处啾啾啾，这情景既像一幅画，又像一首歌。他们谁也不说话，想说的话挂在树梢上，明明白白地在那里呢，她是永远也忘不掉这样安宁的黄昏。在这样的地方坐久了，她感觉到一种永远，只要感觉到永远，屁股底下垫着的干茅草她都喜欢……①

  读这样的文字，我们觉得李凤群是描写爱情的圣手。

  程永新认为《大风》是70后女作家李凤群以众声喧哗的多声部叙述，处理了重大的文学伦理问题，我认为这种观点是对的。②相对于《大江边》的那种作者全知的叙述，《大风》中，李凤群改变了叙事策略，让不同的人物最大限度地表述自己。这种不断更换叙述人的写作方法，我们在福克纳的《喧哗与骚动》和许多中国摹本上见过这种写法。但李凤群不是简单地模仿，而是有所变化。《喧哗与骚动》只是四个叙述人各自倾诉自己的感觉、观察、思考，而《大风》则是四代人不断地交叉、对话乃至自言自语。《喧哗与骚动》那种某个人物出场一次性的叙述，严格地讲，还有传统现实主义小说的痕迹，而李凤群这种把每个人物的叙述切割成多次叙述，随意地编排在小说的各个部分的写法具有现代主义和后现代主义色彩。从技巧上看，从《大江边》到《大风》，李凤群还在探索，还在求新求变，这种艺术变革的胆识是值得称道的。这是《大风》的一个亮点。不过，在人物塑造上，我觉得《大风》中第一代的张长工的形象还可以细化。这位饱经风霜有可能近百岁高龄的老人事实上是张

---

① 同上书，第174页。
② 同上书，封底。

（梅）家的核心，他一生的辛苦和坚忍最能代表中华人民共和国从1949年以来发生的天翻地覆的变化。但他的面目还有些模糊，从小说看，他应该受过西方教育，识得洋文，作者完全可以通过他的自叙，把这段历史浓墨重彩地写出来。从一个饱读诗书、中西兼通的乡村绅士变成东躲西藏、靠谎言掩盖自己和家庭的村人，这种悲剧恰恰是中国现当代史的悲剧。对此，作者写得越具体，就越具有发人深思的历史意义和文学价值。尽管这样，我们还是要说《大风》中地主张长工的形象是对当代文学史的贡献，因为在当代文学史上，中华人民共和国成立后的地主在文学作品中要么是改造的对象，如秦兆阳的《改造》中的王有德，要么是一心搞破坏的阶级敌人，前面提到的周立波、浩然的小说就是如此。在我看来，成功把地主塑造成正面形象的例子却很少，《大风》写了一个地主在中华人民共和国天空下六十年的生活，这就很难得。

　　题目《大风》显然是一种象征，中华人民共和国成立后的历次运动都是一场场时代之风，它改变了中国，也改变了《大风》中许许多多的人物，他们身不由己，随着时代之河流动着，沉浮着。

弋 舟

1972年出生,原名邹弋舟。江苏无锡人,现居甘肃兰州,大学学历。2000年开始发表小说作品,2008年加入中国作家协会。有大量长中短篇小说见于重要文学刊物、被选刊转载并辑入年选;作品入选中国小说学会年度小说排行榜,中国当代文学最新作品排行榜,获《小说选刊》年度大奖,第二、三、四届黄河文学奖中短篇小说一等奖,第六、七届敦煌文艺奖等多种奖项;著有长篇小说《跛足之年》《蝌蚪》《战事》《春秋误》,小说集《我们的底牌》《所有的故事》等。

女性的爱情和成长史
——弋舟的《战事》

弋舟的《战事》(《清明》2012年第3期)令人想起林白的《一个人的战争》。二者不同的是林白是女性,她以自己为原型写女人的身体和精神的成长史,书中的感觉、心理、情绪要多于故事、时代、事件。《战事》是男人写女人,女性的成长和爱情是在流畅的故事和情节中完成的。

《战事》从1990年写起,写到2003年美军俘获萨达姆结束。小说的主人公名叫丛好,1990年,她十七岁,她的父亲是一个有点猥琐的男人,他曾亲眼见老婆和别的男人通奸,却只能用杀鸡的方式来宣泄愤怒,等到女人回来,鸡被加工成一盘香气四溢的鸡块,他讨好地夹了鸡块给女人吃。尽管他这样小心翼翼地讨好女人,女人还是跟着自己的相好走了,丛好从此失去了母爱。她忍受不了父亲看黄色画报,在厕所手淫,就搬到了同属一个齿轮厂的只比她大两岁的不良青年张树家。

张树只读了初中就在社会上浪荡,偷东西,打架,见到丛好就想把她当"花儿"摘了,如果不是张树主动和丛好交往,丛好在家中再难以忍耐,也不会离家。她会上到技校毕业,成为一个女工,和一个同龄的正经工人结婚,在兰城过着庸常的生活。张树的出现打乱了这一切,她偏离了生活的轨道,住到了张树家。在此之前,他们就有些身体的亲热,不过，当张树有进一步的要求时，丛好以"我怕羞"为理由拒绝了他，想不到粗鲁、野蛮的张树竟然因此停止了已经发动的欲望快车。这个大大咧咧的男孩在丛好面前，时不时表现出那个年代好男人宋大成的那种对女人的温柔和心疼，比如他会让丛好坐在自行车上，自己推着她走，会给她煮面，触摸她的身体时，还会怕她疼。也许是这点怜爱，也许是经验的不够，他和丛好同居了一段时间，丛好竟然还是处女。

没过多长时间，张树的父母接受了丛好，他的母亲已把菜金交给了丛好，并训练她掌握在菜市场讨价还价的主妇才能，要是张树不犯事，丛好和张树会复制张树父母的生活也未可知。

张树用刀刺穿了另一个少年的肺，这种鲁莽和残忍给他带来了十年的牢狱之灾，也结束了他和丛好的出于本能和日常经验的没有精神深度的低俗生活。丛好回到了父亲家，正好南方的柳市老板潘向宇来兰城招聘熟练技术工人，老丛就带着丛好奔着新生活而去。在柳市，丛好遇到了工人小丁。小丁不同于一般工人，他只把工厂工作当作衣食饭碗，在工作之外，他还有精神飞翔之地。他认为，人可以自己提高自己，他自己就是这样做的，他热爱读书，热爱文学，勤奋笔耕。丛好把小丁和父亲作比较，认为同是男人，二人简直处在对立面，同钻在汽车轮子下的两个人却看着不同的书。与张树的那种明火执仗的匪气相比，小丁的阴柔强劲自有一种魅力，那是匪徒和小资、文人的不同。可是随着进一步的交往，小丁那种身体的单薄和由文明塑造的压抑及处事的小心翼翼都与丛好的性格相差甚远。在张树面前，丛好是被动的，在小丁面前，丛好是主动的。面对肉体的接触，张树显示出的是霸气和不顾一切，而小丁则是进一步退两步，黏黏糊糊。

也许男女之间，大男子主义要不得，阴盛阳衰更要不得，两者相较，女人从本性上习惯的还是大男子主义。因此，就是没有公园的突发事件，小丁和丛好也难走到一起，即使组成了家庭，也始终是不和谐的。

小丁和丛好的关系定格在公园的一次亲热。两个劫匪的出现使小丁丢下丛好，落荒而逃。不是狼狗的出现，丛好就会被歹人强奸。这件事对丛好的伤害几乎是致命的，它会把女人的无助嵌入生命和心灵深处，终其一生都难以摆脱。

小丁消失了，丛好继续住在小丁的那间宿舍里，读完了小丁留下的书，并尝试着用文字表达自己的感觉和情绪，因此，她成了柳市小有名气的作家。老丛的老板潘向宇通过朋友知道了丛好，出于好奇和对作家这一头衔的好奇，潘向宇和丛好开始交往，为她的青涩，为她的从容，为她的"人是可以自己提高自己"的主张所吸引。他开始找人包装丛好，使丛好成名，并让丛好在作协有了一份轻松的工作。后来，丛好嫁给了潘向宇。

潘向宇有钱，有生活品位。在潘向宇的熏陶下，丛好变得成熟、雅致，有女人味。但潘向宇并不是真的爱丛好，他认为娶一个作家当老婆，把她当花瓶在家里供着，带出去社交也体面。因此，他不考虑丛好的感受，不仅在外面和不同女人发生肉体关系，还把相好的女人带回家，连丛好的闺蜜也照单全收。丛好在冷落中，两次打掉了孩子，显然，她没有和潘向宇长期生活下去的感觉和愿望。当潘向宇确认丛好在和他结婚时是处女，想让丛好回到她身边时，丛好已经在男女感情中百孔千疮了。

丛好的偶像是萨达姆。她希望这个外表强悍的男人能带领自己的国家和人民，战胜美帝国主义。她连每天洗两次澡的习惯也是受萨达姆的启发，因为萨达姆认为，一个人一天应冲两次澡，至少得有一次，男人每天洗一次，女人就应该洗两次，女人的嗅觉比男人灵敏。

小说中，张树和小丁在丛好的生命中出现了两次，对丛好来说都是悲剧性的。再次相遇，小丁把丛好当老师，对她俯首帖耳，言听计从，仿佛是她的牵线木偶;而张树的到来,虽然给她的身体带来巨大的激情,却给她的精神带来了毁灭。这个男人是来要钞票的,这个男人把她当成了妓女。

丛好的成长是在和三个男人的交往中完成的,在这过程中,她饱受摧残,小说结束时,她自认为自己是枯枝败叶,是残花败柳。但她对爱情还有渴望,希望有一个男人走来,对她说:"我认识你,永远记得你。那时候,你还很年轻,人人都说你美,现在,我是特为来告诉你,对我来说,我觉得现在你比年轻的时候更美,那时你是年轻女人,与你那时的面貌相比,我更爱你现在备受摧残的面容……"①弋舟说,这是杜拉斯式的句式,也是真正对女人从精神上的怜惜。爱情与美丽的容颜无关,是不遗不弃。从这个意义上说,《战事》中真爱丛好的只有老丛,为了女儿,他可以蹲在张树的楼下,为了女儿,他可以把私下攒来防老防病的十万元给张树,只求他离开丛好。

男人写女性,往往把女人当成引领精神上升的工具。弋舟站在女性的角度写男人,男人对女人除了父爱,其余无一例外是伤害。这实际上依然是同一种女性观,如曹雪芹所言,男人是泥做的,女人是水做的,男人是肮脏的,女性是干净的。

弋舟的小说好用象征的手法,诚如人们所说,在《跛足之年》中,抽屉和马鞍是两个最重要的物象符号。抽屉表明自由受到限制,马鞍表示身体的飞腾,即自由。《怀雨人》中的"雨人"也是某种精神的象征,雨人的精神看起来"不正常",实际上,有病的是我们这个时代,当"雨人"按照正常人的思维趋利避害,从女友遭强奸的现场逃离时,得到的却是灾难性的后果。《战事》中的象征比比皆是,丛好骑的"二八"自行车和老丛的女式自行车象征着他们家庭关系的颠倒,小丁房间那个电焊

---

① 弋舟:《战事》,《清明》2012年第3期:第103页。

时戴着的面罩说明小丁的精神是被束缚的，文明以种种观念强制着他，他文雅的外表下掩盖的是不堪一击的脆弱。所以当丛好把电焊面罩扣在他脸上时，他居然还没有停止看书，任其戴着。如果丛好不发话，他肯定不拿掉。《战事》中，小说题记中引用的保罗·策兰的一句话"你总是在挑选着钥匙"也有象征的意味。小说把男人比作钥匙，这是从色情的意义上来理解的，不能算是抵达了这句诗的精神内核。保罗·策兰的这句话出自他的诗歌《带上一把可变的钥匙》：

> 带上一把可变的钥匙
> 你打开房子，在那留下来的
> 未说出的，吹积成堆的雪中。
> 你总是在挑选着钥匙
> 靠着这奔突的血从你的眼
> 或你的嘴或你的耳朵。
> 你变换这钥匙，你变换着词
> 一种随着飞雪的自由漂流。
> 而什么样的雪球将渗出词的四周
> 靠着这漠然拒绝你的风。[1]

译者王家新认为，诗中所体现的那种罕见的对苦难内心和语言内核的抵达，那种对一个诗人命运的承担，那种词语间显现的"痛苦的精确性"深深地激励着他。"词"的艰难形成与冰雪的暴力、顶风而行的诗人与语言的结晶——对他来说，这是"20世纪最不可磨灭的一首诗"，那从艰难困苦中产生的语言之力久久地拍打着他。因此，挑选钥匙就是挑选

---

[1] 王家新译。

词语来表达世界。弋舟说，这是一个才子泛滥的时代，并且不可避免，才子们在这个时代多少都会将才华用于了混世，不是说才华可以忽略，是说我们今天不应矫枉过正，应当盼望匠人的出现。铁匠、木匠、锻工，乃至诗人、小说家，把这些行当放在一个序列里来考察，兢兢业业、严肃认真的从业态度，想必是基本的常识吧？而《战事》就是他这种文学观的体现，在《战事》中，从容的叙事节奏显示出作家锻造词语表达现实的耐心，把远在天边的两场海湾战争与一个女人的爱情和成长对应起来的这种结构安排更体现出弋舟的文学天赋和才能。同时，随着美军对伊战争的胜利，丛好的男性偶像萨达姆轰然倒下，伴随而来的是她对张树、小丁、潘向宇这三个中国男人的彻底失望。这表明，女性把希望寄托在男人身上是不靠谱的，女性的未来不能从男人身上寻找，只能自强自立。这就使"五四"以来的女性启蒙话语在21世纪依然有合法性，依然是女性的启明星。到此，这篇小说在结构方面的用意也就一目了然了。

  弋舟和叶舟同是甘肃人，并且二人互相熟悉。我去年读弋舟的《怀雨人》时，以为弋舟和叶舟是同一个人。的确，两人在写作风格即通过小说抒发自己的人间情怀上有比较接近的地方。

石一枫

1979年出生于北京,现居北京。1998年考入北京大学中文系,文学硕士,《当代》主编助理。原创作品有长篇小说《红旗下的果儿》《节节最爱声光电》等,译作有《猜火车》等,小说《世间已无陈金芳》获第七届鲁迅文学奖中篇小说奖。

石一枫小说论

《地球之眼》(《十月》2015年第3期)是我读的石一枫的第一本中篇小说。

《地球之眼》的故事在安小男、"我"——庄博益、李牧光这三个人之间展开。安小男大学时是学电子的,标准的理工男,却对历史有浓厚的兴趣,他想在历史中找出中国人道德意识衰败的原因,一度想转到历史系,他有这个想法起源于父亲的自杀。他父亲是正直的搞技术的知识分子,只因不愿同流合污,而被他人诬告。安小男在整个大学期间都没有找到这一困扰自己问题的答案,毕业时出于生计到银行求职。没过多长时间,他就被领导劝退了,原因是不配合领导工作。领导是想用他的技术帮自己监控不喜欢的人,因为道德感的约束,他拒绝了领导的要求。没有工作的安小男只好靠为人代考挣母亲治病的钱以及自己的生活费。后来,他在"我"的帮助下进入了李牧光的公司,做跨国监控。安小男在这个过程中发现了李牧光做生意是假,为曾经是国企老总的父亲洗钱是真。知晓这个秘密后,安小男顾忌"我"的友情,暂时隐忍,最终还是把这一丑闻捅了出去,为国家挖出了蛀虫,确立了自己道德英雄的形象。只是安小男这个英雄形象有漏洞,那就是他曾经以帮人代考为生,还能再充当揭发他人的英雄吗？小说在这个问题上稍微改一下就完美了，比如让安小男做家教。

李牧光是富二代，靠他父亲才进了大学，睡了四年，又被他父亲弄到美国留学。美国人治好了他的嗜睡症，让他有了人的模样。他的财大气粗源于其父获得的不义之财。

庄博益不是正人君子，但有情有义，小说由他充当故事的讲述人和本没有交集的安小男和李牧光两人的联系人，这才有了一系列故事。

"地球之眼"从表面看是安小男发明的监控系统，通过它，人在中国可以看到美国某个仓库的一切并能进行报警。从深层次看，地球之眼是人的良知即道德感，有了它，人类才有希望。人类的道德感是最好的监控系统，技术统治只能维系一时。当然，技术也是必要的。

这篇小说给我的另一个深刻的感受就是作品涉及理科专业和高科技的知识，作者应该在这方面有不错的素养。石一枫当年能进北京大学，其文理兼容的素质比一般写小说的人肯定要强一些。

石一枫的中篇小说《世间已无陈金芳》（《十月》2014年第3期）和他的《地球之眼》一样，都是一篇主题深远、意蕴丰富的小说。

陈金芳在小说一开头时是一个来自农村、在北京城借读初中的孩子。刚到北京，她脸上的两片"农村红"很明显，穿着土气，被同学嘲笑、排斥。为了融入集体，她学习化妆甚至偷穿姐姐的较为时尚的服装，同时偷听"我"拉小提琴。这固然反映出她爱慕虚荣的一面，但也表现出她是一个有追求的姑娘。她借居在姐夫家，姐夫是食堂的临时工。随着父亲的故去，母亲的生病，作为家里主要劳动力的陈金芳面临着回乡的命运，接受过现代文明洗礼的陈金芳自然不愿意回到原来那闭塞落后的环境。任家人打骂，不让住宿，她也竭力抗争，一副死都死在北京街头的样子。为此，她被打伤，也因此得以留在北京。或许与路遥《人生》

中的热爱农村，热爱农业劳动，愿意和自己不爱但朴实的马栓结婚的刘巧珍相比，人们会赞颂巧珍，批判陈金芳，尤其是联系到陈金芳为了留在城市，不断依傍不同的男人，谴责她的人们可能更多。但是历史不能用简单的道德来评判，城市文明代表着中国20世纪80年代以来的前进方向，陈金芳有缺点，但是她始终与命运抗争，希望在城市像个人一样生活，这一基本要求是合理的，历史需要的是陈金芳，而不是刘巧珍。

当然，陈金芳要求的合理性和不可能实现之间构成了冲突，酿成了悲剧。她用换男人的方式使自己时尚，这注定是不归路，最后她用诈骗的手段非法集资上千万，投资太阳能企业却因国际形势的变化而竹篮打水一场空。她自杀未遂，面临法律惩罚，此时，她早已更名为陈予倩，世上已无陈金芳，从此再无陈金芳。

《世间已无陈金芳》这个题目套用的是"世间已无张居正"这句话。这句话出自黄仁宇的《万历十五年》。20世纪90年代以来，人们用得最多的是"世间已无陈寅恪""世间已无蔡元培"，以此表达对这两位民国学者的尊敬，同时还有对我们现实中已没有这样的人物的遗憾。这个题目用在陈金芳身上，我觉得也有尊敬和遗憾之意，当然与对陈寅恪、蔡元培的尊敬与遗憾不同，后者同情的因素更多。

为什么我要说我们不仅要同情陈金芳，还要尊敬她呢？她倔强，她义气，比如"我"受到流氓围攻，她出来解围。她向往现代文明，如学钢琴，投资艺术品，为"我"花重资开一场室内小提琴演奏会，一再劝"我"不要放弃小提琴，哪怕当作一种技艺、一种爱好也好，因为这都是高尚的东西、美好的情感。尽管陈金芳有赌徒的性格、商人的狡诈，但她还是与B哥乃至小说中的画家以及她的跟班胡马尼不一样，这些人有小义气，但没有高尚的追求。

小说中的"我"和陈金芳一样都是边缘人物，他们有时走得很远，有时又走得很近，相互吸引，"我"帮过陈金芳，陈金芳也帮过"我"，"我"曾经扑倒在陈金芳的怀抱里寻求温暖，也曾为陈金芳的付出而感动——为"我"举行一场演奏会，当"我"发觉自己为陈金芳感动时，马上又骂起了陈金芳，这种瞬间出现的相反的情感，我们在陀思妥耶夫斯基的小说中经常看到。"我"从被家人逼学小提琴，到没有考上艺术院校，直至上了一般院校，靠吃老婆软饭生活，看上去没有什么人生追求，但"我"不搅到别人的生意中去。"我"同情陈金芳，出手相助，说明"我"有小人物的正义感，陈金芳的生活是"漂"的，"我"也是。这种"漂"是因为我们都不愿意完全融入周围污浊的环境，内心中还有一种坚守。

陈金芳的命运与追求和德莱塞的小说《嘉莉妹妹》中的嘉莉妹妹很相似，她们都是从农村来到城市，渴望过一种富裕的生活，为此吃尽苦头，在她们感到走正途无法成功时，都不约而同地违背良心和道德，不同的是，嘉莉妹妹成功了，而陈金芳失败了。嘉莉妹妹是美国梦的代表，中国梦呢？当然我们不希望千千万万的陈金芳成为全球化时代的牺牲品。

石一枫的《营救麦克黄》（《小说选刊》2016年第5期）与他的《世间已无陈金芳》《地球之眼》一样，关注的都是道德问题，而且主要人物都是出自底层。《世间已无陈金芳》中的陈金芳来自农村，只有初中文化，想留在北京，混出人样，最终成了骗取乡亲钱财的人。而《地球之眼》中的主人公安小男出生于普通城市家庭，他秉持道德，利用现代科技，揭发国家蛀虫。这两篇小说一无道德底线，一有道德良知。《营救麦克黄》中的颜小莉也是一个有道德情怀的人。

颜小莉在北京一个没有名气的学校上学，她贪恋京城的光环，毕业后不想回到西北老家。一家公司的副总黄蔚妮看她适合做自己的跟班，就力主录取了她。从此她也知恩图报，不仅办好自己的事情，还竭诚为黄蔚妮提供私人服务。当被卷进了营救麦克黄事件时，她发现这些人对狗的同情心远远超过了人，就远离了黄蔚妮和她的圈子，并从公司辞职。事情是这样的，麦克黄是黄蔚妮养的一条狗，被人偷卖到京郊，黄蔚妮等人去拦截，致使运狗卡车撞上了路边的小女孩郁彩彩。孩子严重受伤，要三万元手术费，但是黄蔚妮等人得知那一路没有监控，就毫不理会这事，生怕致伤家庭索要更多的钱。不得已，颜小莉在网上发布麦克黄受虐的视频，黄蔚妮才答应出钱。

  小说呈现出强烈的对比，一边是开奥迪、保时捷的京城白领和有钱人对宠物狗的无限爱心，却漠视被撞伤的郁彩彩，明知无辜小女孩郁彩彩会因为他们的错误而一生残废，却不施以援手；一边是刚从学校出来的蚁族颜小莉和连驾照都没钱考的打工仔于刚的同情心。要说于刚多少还有些责任，想法补救。两相对照，平民的光辉和所谓中产阶级的虚伪就一目了然了。当然小说也没有把黄蔚妮写成女恶魔，她招颜小莉进公司有施舍心理，但未必没有同情心，在逮到颜小莉和于刚用非法手段取得钱财（为郁彩彩治病）后，还是放过了他们，并给了郁彩彩治病需要的三万块钱。而对于颜小莉，作者也写下了她对黄蔚妮的嫉妒，这是贫穷且地位低下的人对富有且位置显赫者的嫉妒，正是这种心理，她才发麦克黄受虐的视频，好从情感、心理上折磨黄蔚妮。黄蔚妮越痛苦，她就越开心。可见她也想在黄蔚妮面前显示一次优越的姿态。她在黄蔚妮对待郁彩彩的冰冷中采取反击，有正义感，也想借此展示优越感。

余同友

1971年出生,安徽省石台县人,中国作协会员,现供职于安徽省作协。鲁迅文学院中青年作家高级研修班第七届学员,中国文联首届编剧高级研修班学员,若干中短篇小说被《小说选刊》及其他年度选本选载。

现实的关切和质疑者　人性的探索者
——读余同友中短篇小说集《站在稻田里的旗》

读完余同友的中短篇小说集《站在稻田里的旗》[①]，我觉得他是现实的关切和质疑者、人性的探索者。

《欢喜团》是现今中国农村小家庭的缩影。大约还在上小学的小砖是小说的主人公，其父亲身体有病，在医院住了一个星期，花了四千块钱，相当于大女儿一年的工钱，因为治不起，只好回家扛着。可前村后村，除了跛子赵金豹，家家都垒起了二层小楼。母亲王翠花只好和大女儿一样，也外出打工挣钱。小砖几乎一年都见不到母亲和姐姐，那份想念可想而知。小说从腊月二十七小砖在村头等远方的亲人写起，村里的人家大抵团圆了，小砖还眼巴巴地等着母亲和姐姐归来。腊月二十八早晨，小砖醒来，母亲和姐姐刚刚回来。小砖想吃欢喜团，母亲和姐姐经过一番努力，小砖如愿以偿。小说叙述了小砖姐姐的痛苦，她本来有一个在农村学校教书的恋人，可是她在城市当小姐的消息传到家乡，男朋友就和她断绝关系了。这个家庭多灾多难，希望或许就在小砖身上。这孩子还有家庭的庇护和温暖，在家人的帮助下，说不定能使全家走出泥

[①] 余同友：《站在稻田里的旗》，合肥工业大学出版社，2009年。

潭沼泽，这是我作为读者的祝福。整个小说的基调是灰色的，唯一的亮色是又好看又香的欢喜团在小砖家厨房缭绕的水蒸气中快要诞生的那一刻。欢喜团就是汤圆，中国人在元宵节时吃它，有团团圆圆的寓意。小砖家苦难和希望并存，这是小砖自己还意识不到的。

《暗劲》讲的是一个送礼的故事。张克胜为了给妻子调动工作，三番五次给领导送礼，要命的是还需侍候领导家的斑点狗，忍受它那腥臭的嘴巴一次又一次的哈气、亲吻。他把领导一家送到家，狗却舔他的脸，于是他暗地里踢了狗一脚，女主人开门看到了。所谓暗劲表面上看就是和狗较劲，张克胜比契诃夫笔下的小公务员好不了多少。《暗劲》是对现实的讽刺，讽刺者显然对现实有关切，有爱心，但对细节、人物性格的处理不够饱满。

《燃烧的草垛》体现的是现实和历史的交织。瓦庄风景如画，人们爱堆草垛，村子出美女，且都性情刚烈。在抗日战争时期，日本鬼子进村，三十八个女子躲进草垛，其中一个被发现，导致十三个草垛都被日本人放火烧了。这些藏在草垛的女人没有一个出来让日本人糟蹋，宁愿被活活烧死。

这部小说的第二个故事发生在知青下乡时，一个叫礼奇的小伙子和瓦庄美女在草垛里爱得死去活来。礼奇要回城，两人商定服安眠药在草垛里自燃殉情，但在关键时刻，知青逃走了，美女死了。如果要把这桩风流案和入侵者的野蛮进行对比，得出的结论是触目惊心的。作者似乎也暗示人们做这种比较，因为美女都是瓦庄人，都叫小红。从作者写这篇小说的时间算，这两个故事都过去好多年了。到了新世纪，风景依旧，草垛依然，又有一个叫小红的瓦庄美女出现了，她是被生活在城市的摄影发烧友"我"雇来的，"我"要拍摄瓦庄美女在月色中依傍草垛的各种美妙动人的姿态，随着美女的配合，"我"进一步要小红脱衣服拍裸照。

小红答应了,美色当前,"我"不能自已,将小红扑倒,小红顺从了——因为这场性交易有报酬。瓦庄变了,美女的刚烈不见了,这是令人悲哀的。曾经的礼奇——陪同"我"到瓦庄的亚光出于悔恨,烧了草垛,坏了"我"的好事。我认为,"我"看起来是这篇小说的叙述者,一个大约二十来岁的青年,但实际的主角是亚光,他放火是希望历史不要重演,也希望把沦陷到金钱和情欲的瓦庄拯救出来。从这个意义上来说,《燃烧的草垛》类似于后知青小说。

《野鸭汤》是余同友的另一篇知青题材的小说,这是做过知青的父亲对儿子讲的故事。故事主角是马行和费高生、费小倩兄妹。马行爱费小倩,费小倩也爱马行,这对有情人不仅没有成为眷属,还双双死亡。马行是被费高生设计杀死的,费高生是被妹妹毒死的,费小倩是自杀的。这对兄妹乱伦,哥哥嫉妒妹妹和马行的感情,在他看来,妹妹只能跟他一个人好,出现情敌,他当然要复仇。这种故事出现在古希腊,人们并不震惊,可在当代中国,就使人惊讶莫名。费氏兄妹都有相当的文化修养和天赋,如果不是因为父亲是国民党军官,母亲是地主的女儿,他们都会是我们这个社会的精英。后来,他们的父亲被发配到新疆,母亲和一对儿女被遣送回故乡,母亲被迫下嫁给乡村无赖,兄妹二人只能在远离村庄的小草棚子里相依为命。狭小的空间、与村人隔绝的生活使他们稀里糊涂地睡到了一起,人间惨剧随之发生。小说有控诉,有反思,故事紧密,有悬念的设置,和王松的后知青小说有点相似。

《乡村瓷器》是余同友的成名作,使他获得安徽省首届小说对抗大奖赛的银奖,这是一个农村留守男和留守女情欲未遂的故事。王翠花和瘸子四喜就要成就好事,儿子小五醒了,两人慌忙分开,翠花怕儿子告诉丈夫,就编出了一个四喜偷她家古董的故事,害四喜白白损失两千元,但私下里翠花愿意把瓷瓶给四喜,算是补偿。不巧的是,四喜取瓷瓶时,碰倒了铁锄头，宝贝碎了。这还不算多大的事情，接下来两家的孩子也被大人强制不要往来，但他们还是偷偷地去池塘洗澡。一个孩子掉进了深水，另一个孩子准备回村里叫人，但想想这会让大人知道，就打消了这个念头，自己慢慢走向塘中心去找，两个可爱的生命就此结束。如果仅从农村留守男女的角度理解这个故事，那是只看到表面的东西，小说真正引人深思的是人性，是男女对偷情的掩饰造成了不可挽回的严重后果。

《小秘密》和《乡村瓷器》一样，也是一个情欲未遂的故事。两部小说的男女主角的身份类似，都是留守男女。留守女巧珍和来家做衣服的小裁缝眼看就要释放各自心中的魔鬼，却因为小裁缝的娘跌倒了的消息传来而中止。思想内容相似的故事，余同友却能讲出两个版本，这是余同友的聪明。

有意思的是，与爱写不顾一切实现情欲的西方作家不同，比如写《一个女人一生中的二十四小时》的茨威格，写《情人》的杜拉斯，余同友的这两个故事有着东方禁欲的特点，只是随着农民工进城，中国人对性欲的保守也一点一点地被剥除。前面提到的《欢喜团》，小砖的姐姐就在城里做小姐；《燃烧的草垛》中，如今的"小红"也失去了传统女性的刚烈，在金钱面前开放自己的身体。我们后面要讲的《夏娃是个什么娃》中的杨利文、苏眉和李光荣都是性欲的奴隶；《我们村庄好风景》中，梅溪的女性都抢着去城里的洗头房工作；余同友的新作《天花板上的狐精》中的"小红"赶着丈夫外出打工，自己就在农村家中出轨。

我觉得同样是写当今农村孤男寡女的故事，余同友的《小秘密》没有晓苏的《花被窝》好，后者一波三折，尤其是除了一对偷情者外，还有婆婆这个偷情过来人对媳妇从监视到原谅并因此事而和解、往来、亲近的部分，这部分写得比较出色。当然，余同友这个短篇小说也有亮点，那就是题目《小秘密》所揭示的内容。巧珍的秘密是什么呢？是家门大雀舌树上的翠鸟筑巢，这个秘密听起来毫无意义，但巧珍把它视作愿意和情人交换的属于心灵的东西，这表明像巧珍这样的乡村妇女也有美好的精神世界。事实上巧珍准备出轨，也是外面丈夫的过失，他在外面有人了，还长期不回家，独守空房的巧珍才打算红杏出墙。

《站在稻田里的旗》中的张生全老汉在"文革"时修水库成了劳动模范，省委书记给他颁发了一面锦旗，老人一直把这看成是自己的光荣。在那个时代，人们也认同老人的想法，只是到了改革开放时期，集体不存在了，一家一户过日子，老人家新盖了楼房，还是很希望把锦旗挂在新房子里，但家里人包括孙子都不是他的同盟军。他想把锦旗送学校、送人，都遭到了拒绝。这面锦旗最后在老汉的稻田里有了用场，让它飘扬起来吓唬庄稼的野猪。故事是轻松的，叙述的语调是幽默的，但传达出的思想内容是沉重的。它实际反映的是集体化时代和改革开放时代之间的巨大的鸿沟。前者强调精神，后者注重物质，后者的成功造成前者的尴尬，这也是《艳阳天》《金光大道》等作品遭到否定的原因。

《77张烟壳》通过七岁的丁伟的视角，隐约地表现了一个还没有松动和开放的时代。"我"和爸爸在一起，住在爸爸的单位里，妈妈在农村。肖阿姨对爸爸有好感，她丈夫为此大打出手，"我"的父亲只能轻声辩解，但还是因此事被流放到偏远的乡村。生活就是这样，有阴谋和斗争，这是丁伟的爸爸的话，但出现在他生活中的阴谋和斗争与时代有关。作为一个知识分子，他是生活中的失败者和弱者，而强者则是如肖阿姨丈夫那样长着一双牛眼睛的粗鲁者。这是一篇叙述作者童年和家史的小说，朦胧而又能给人猜出一些信息。如果把1977年这个年份考虑进去，丁伟的家庭和遭遇还是可以想象的。

《青蛙搬家》描写的是人的贪欲。葛庄拆迁，所有家庭哪怕是老头子老奶奶都去办离婚手续，因为这样就可以找国家或者开发商再要一套房子。于是有的老头子去世了，老奶奶要和阴间的人复婚；有的离婚者因此真的重组家庭，原来的家庭破裂了。欲望是历史的动力，但贪欲往往给社会造成动荡，给人的心灵造成难以平复的伤害。

《我们村庄好风景》中的李国良生活的梅溪庄白墙黑瓦，雕梁画栋，又有山林和流泉，各种小动物出没，是一个适合开发旅游资源的好地方。但是村民没有这种眼光，他们把老房子拆掉，为的是雕花的老门窗有人收。生活在村里又外出打工过的李国良有这种意识，决定办好这件事，但他在标牌店做的指示旅游的牌子却被人偷偷拆掉了一半。和李国良对着干的是靠在城里开洗头房赚了钱的方金钟，村里姑娘都愿意跟他走。所谓的洗头房就是卖淫的场所，这样的"老板"却成了村人的榜样。本来梅溪人手里有金饭碗，张罗的人却遭嘲笑、反对。这样的事例在这些年，我们并不陌生。很多人和梅溪人一样，心中没有风景。

《夏娃是个什么娃》也是写发生在瓦庄的事情。打工盛行的农村，大部分时间只剩下老人和孩子，偶尔的热闹是因为在外面做活的人回来了，作为农民，他们不把回乡的时间交给土地，而是给了麻将桌。同在瓦庄长大的杨利文和苏眉算得上是青梅竹马，但命运使二人一个成了老板，一个成了小姐。他们在家乡的麻将桌上相遇，勾搭上了。与其说是旧情复燃，不如说是赤裸裸的情欲所致。老光棍李光荣也卖开了塑料仿真人夏娃——自慰的工具，不仅自己用，还用它创收。小说里的瓦庄是精神的荒漠。

《点灯》是一个现实社会的鬼故事。小说中的堂姐之所以弄出鬼神异事，恐怕是希望已成鬼的丈夫不要忘记她们母子，看着别人去她搞出的奇怪景象面前祭拜，她生活的寂寞也有所减轻。乡人没有精神寄托，堂姐生活的悲惨令人印象深刻。作者是想借鬼故事反映乡人精神世界的简陋和空虚。

《蜗牛班》塑造出了一个乡村教师的形象，中央电视台曾有寻找最美乡村教师的节目，我觉得《蜗牛班》中的齐建成老师当之无愧。小说与刘醒龙的《凤凰琴》和崔莫愁的《走入枫香地》有点类似。九井乡头井村的老师齐建成一个人带四个年级的课，共十四个孩子。他常到处为孩子求取课外书，在县城遇到了在报社工作的"我"，其时"我"在休假，想避开家庭矛盾，换换心情，就和齐建成结伴，来到这个风光秀美的小村，恰好一个刚刚失恋的女孩也来到了这里。"我"和女孩见证了一位献身教育的传奇乡村教师的经历。"我"和女孩一个教孩子武术，一个教孩子音乐，在女孩的教导下，头井村小学的"蜗牛乐队"诞生了。对于乐队在课余时间的演奏，本来校长兼教师的齐建成是反对的。因为音乐是副课，不在孩子将来升学考试的范围内。可是，当"我"——张铁林把这个小学的事情报道后，不断有人来捐款捐物，"蜗牛班"成了学校的亮点。齐校长改变了对乐队的态度。看着他陪着上面和外地来的人吃吃喝喝，我们以为这个齐校长也是见利忘义的主儿。实际上，"我"和那个教音乐的女孩都误会了他，把他看成搂钱进个人腰包的家伙。但这些吃喝的钱都是校长自己出的，他是想通过招待的方式引起更多人的关注，吸引更多捐款，重建已经是危房的教室。小说的结局是齐校长在背人们的捐赠物回学校的路上，被突发的山洪冲走，意外牺牲。齐校长这个典型可能没有《凤凰琴》中的主人公那样感人，在生活流的呈现下也不能和那个名篇相比，但故事在读者没有预料的情况下向另一个方向发展，从而使齐校长的形象高大起来，这一点还是值得肯定的。小说的题目《蜗牛班》是什么意思呢？这是教音乐的李素老师为孩子的口琴演奏班所取的名字。她说蜗牛虽然小，爬得慢，可天天坚持，终于爬上了树梢。只要孩子们坚持，也能把曲子吹得呱呱叫。我们也可以说，齐校长就是蜗牛，他是通过艰苦卓绝的行动一点一点地使乡村教育存在和发展。从这个意义上说，他就是"民族魂"的体现。这是一篇富有理想和与主旋律合拍的小说，齐校长朴实的外表丝毫没有掩盖他人格的高洁。文学对人性的塑造和探索既可以向人的黑暗王国进军，写出人性的丑恶，也可以向圣洁光辉的理想世界前进，写出可以教育人、感动人的高大形象，人性的探索不是单向度的。

我觉得余同友的小说现实性强，他写出了乡村世界的变化，从重精神到重物质，从性保守到性开放，写出了这个世界的眼花缭乱和陌生。他虽然写出了人性的黑暗、权势的骄横，但也写出了只要小砖家庭的温暖还在，生活在乡村中的李国良还能发现家乡的美丽，齐校长那样的人还在默默地奉献，中华民族的希望就在。余同友在质疑乡村灰暗的同时，也在挖掘乡村的力量和美。

余同友小说中的许多主人公和故事地点是同名的，如瓦庄，如小红，地名的相同表示余同友有建立故事据点的愿望，或者表示他对历史的看法，如《燃烧的草垛》；或者表示某一个人物是一个系列故事中的人物，如胡芋藤。

从《站在稻田里的旗》看，余同友的小说不乏稚嫩，但表达的思想内容是多方面的，除了《暗劲》，再现的都是乡村世界，韩进评价余同友是"乡村文明的孤独守望者"，这是有道理的。在《站在稻田里的旗》出版后，余同友陆续有一些新作问世，我看了短篇小说《另外的那个西湖以及小青》《天花板上的狐精》后，我觉得余同友的小说创作在不断进步，《天花板上的狐精》中狐精的重复出现，令人想到《乡村瓷器》，但这个故事主要发生在城市，空间比《乡村瓷器》大；《另外的那个西湖以及小青》的复调叙事和解构都证明余同友在小说思想内容和艺术技巧上的讲究。我建议他多读刘庆邦、晓苏、王松的小说，以丰富自己的创作题材。刘庆邦和晓苏的乡村世界各有特点,前者开阔,具有历史感,从20世纪50年代到新世纪,各个时期的农村人物和场景都有所表现,后者的农村人物虽然以新时期和新世纪为主,诙谐而独特,故事性强。而王松是后知青文学的代表人物,他的作品故事情节环环相扣,发人深思。

作为一个创作小说十五年(2005年开始)的人,余同友能有这样的成绩是值得祝贺的。我们祝愿他在小说创作的天地里,不断超越自己。

讲究短篇小说写作技巧的余同友

早就知道余同友是写小说的,我在《安徽文学》(2014年第6期)上看过他的两部短篇小说,觉得他的作品有技巧,有生活,主题虽无独特之处,但表现主题的方法极具个人特点。

《另外的那个西湖以及小青》这个题目就有意思,小说中的西湖不是杭州西湖,小青也不是《白蛇传》中陪伴白娘子的小青,只是刚好同名罢了。小说中的"我"厌倦了单位的钩心斗角,便去西湖钓鱼,随意地走到了西湖的僻静之处。这里有三间瓦房,一片菜园,更有一个可人的姑娘——小青。她把一畦畦菜地修整得非常漂亮,还种了各种花卉,屋子简陋却十分干净,有着一种闺阁气息。小青姑娘的父母本是这里的渔民,在一次破圩后放弃了渔民工作,去往城市打工,说要挣到能给女儿在市区买一套房子的钱。小青也到过城市,但不习惯,觉得还是西湖的房子好,平时她一个人住在这儿,奶奶偶尔过来照应她。读到这儿,我以为这是一个现代的《边城》,奶奶和小青就是爷爷和小翠,可故事的发展却出乎我的意料。事情是这样的,"我"每次来钓鱼,都帮助小青侍弄菜地,顺便吃顿饭,看点闲书。"我"随意将钓鱼竿甩到湖中,即使没有鱼饵,也会有所收获,就这样从头年九月到了第二年春天。在"我"与小青相遇之前，西湖已被填了一半，此时，城市主管者想把另一半也填掉，将这里开发成楼盘。经过"我"的努力，填湖计划被搁置。"我"斗争胜利，再到小青的住处时，这里却只剩小青的奶奶，而小青三年前就打工去了。这样说来，"我"和小青的相遇，不过是聊斋中的鬼故事，更要命的是，小青奶奶也希望早点填湖，好换一套城里的大房子。作者没有说小青的结局，但从屋中摆着的一张小青比着V手势的背景是摩天大厦的照片来看，这姑娘也是喜欢城市的主儿。小说到这里就把前面的一切全部颠覆了。敢情田园风光只是"我"这样的书生所向往的啊！或者在如今的现代化的大潮中，田园梦只能做做而已，当不得真。"我"这次来西湖，没有钓到一条鱼，郁闷而回。到了城市的家中，"我"还想着"小青该是回来了吧"。《边城》中小翠想的那个人可能明天回来，可能永远也不回来，小青呢？她是不会回来的，也回不来了。小说批判的力度至此达到了高峰。这个小说实际有两个并列的主题，即复调小说，一为田园梦的粉碎，一为对田园梦的解构。

《天花板上的狐精》与《另外的那个西湖以及小青》一样，故事很简单。村人潘安迫于生活，到城里当保安，结识了女工小红。他们婚后，小红留在农村，潘安继续到城市当保安。从此，潘安一年回来两次，这两次是他一年的期盼和打工的动力。没想到，小红出轨了，他们离婚了。离婚后的潘安隔三岔五跑到女工宿舍，找幻觉中的小红，小说到此结束。这样的故事在当今的农村有很多，留守妇女另筑爱巢，打工的丈夫另觅新欢。在《天花板上的狐精》中，小红和潘安的初次结合是因为小红说她们宿舍的人在晚上能听到屋内有走路的声音，有时那声音就在被子上，一摸，又什么都没有，就像狐精一样！小红这些话是在她宿舍说的，潘安是被她引到宿舍的。他们一边说着，一边就睡到了小红的床上接吻，对潘安来说，这是他第一次接吻。在接吻时，潘安发现小红宿舍的天花板上有一处水渍，形状像狐狸精，这是点题之笔。天花板上的狐狸精是小红这样的女工臆想出来的，而这对潘安这样单身在外的打工者来说有种说不出的诱惑，所以必然有故事发生。到潘安和小红离婚后，潘安又被这种东西带到了女工宿舍，他发现狐狸精还是如小红一样漂亮，并且并不固定在哪个宿舍，这种拈花惹草的生活得到了不少女工的配合，可是这样的日子注定不会长久，等厌恶这种性骚扰的女工们找来一群保安抓他时，潘安的快活结束了，等待他的是牢狱之灾。狐狸精第一次出现时是喜剧，再一次出现时就是悲剧。小说的主题谈不上深刻，进城打工造成的农村男女分居引起的婚姻和人生的悲剧被作家们写滥了，余同友用一个新瓶把别人讲过的故事又讲了一遍，使得这篇小说有了看点。读余同友的小说，我想起了先锋小说的技巧革命和语言革命，当然余同友把这种技巧和语言的探索与当今现实联系在一起，没有产生早期先锋作家唯形式唯语言（包括叙述方式）的毛病。先锋小说后来走向故事，走向对现实的批判，这一点对余同友而言不是难事，就如这两个短篇，有故事，有批判，但还是给我们似曾相识的感觉。

余同友发表的《转世》（《小说月报》2014年第8期转载），风格一如既往，小说中刘胡兰转世和瓦市村企业严重污染指向的是同一主题——农村人物质和精神的贫乏。所以，刘胡兰愿意给城里人当女儿，刘文海对前来采访企业污染问题的"我"充满敌视。小说的结构是精致的，提出的问题也引人深思。

上面说到余同友的作品中也包含着早期先锋作家在语言上的探索，这里仅举《另外的那个西湖以及小青》的开头：

> 我所说的西湖是另外一个西湖，它不是杭州的那个著名的西湖……它也确实就在我们这个城市的西边，而且比较大，据说面积是

杭州西湖的两倍大，本城的人叫它西湖叫了很多年了，叫久了就没有感觉了，也很少把它与杭州那个著名的湖联系起来，这就好比邻居家的女儿叫刘晓庆的，你从小看着她长大，一直叫她刘晓庆，所以你嘴里喊着晓庆晓庆的，你心里一般很少会想起另外那个著名的女演员刘晓庆来的。小青呢，当然也就不是在杭州西湖上陪着白娘子与许仙好合，与和尚法海斗法的那个小青了。

说老实话，我就是被这特别的语言或者说叙述方式所吸引，走进了余同友的小说世界。

哲 贵

1973年出生,本名黄哲贵,浙江温州人。媒体工作者,中国作家协会会员,温州市作家协会副主席。2006年以来,在《人民文学》《收获》《当代》《十月》《山花》《江南》等杂志发表《金属心》《责任人》《住酒店的人》等小说。中短篇小说集《金属心》入选2010年度21世纪文学之星丛书。

哲贵小说论

20世纪60年代出生的人中有不少我喜爱的作家，这固然是因为这一代作家目前十分活跃，已成为中国文坛的中坚力量，但也与本人出生于60年代有关。相同的人生背景，使我很清楚这些作家描写的生活，看他们的小说，在某种程度上，成了对我过往人生的回放。

江山代有才人出，文坛的变化很大，20世纪70年代出生的作家已悄悄地占领了江山一角。2009年五一前，我阅读了哲贵的《责任人》（《人民文学》2009年第4期）、《金属心》（《中篇小说选刊》2009年第1期），就其小说家的才能，我看不出生在70年代的哲贵比生在60年代的作家差什么，甚至我可以说，我看到了一个大作家横空出世的可能。

《责任人》中的黄徒手和郭娅尼是一对夫妇，二人是私企的老板，拥有恒明眼镜厂和恒明眼镜配件厂。开厂发了财后，黄徒手看不惯老婆为做生意用一种像是勾引男人的声音和客户说话，更要紧的是他自己的心理出了问题，产生了头痛、失眠、情绪低落等症状，医生说他得了抑郁症；他不能进车间，一靠近车间，酸酸的镍片气味使他难受；他也不能碰老婆的身体，老婆身上也有他怕闻的酸酸的镍片气味；他现在每天都觉得自己十分不幸。其实，这些都是他长期生活紧张造成的，这些年来，他白天要监督工人，保证工厂运转，晚上还要加班工作，自己动手做六千张限流片（眼镜的关键部件）。

人不是机器，把人当机器使用，时间长了，肯定会出问题，黄徒手就是这种情况。为了使自己正常起来，黄徒手和妻子协议分居一段时间，在这段时间里，除了生意来往和特殊情况，他们二人不再碰面。分居前，郭娅尼还为黄徒手找了心理医生董小萱，董小萱认为黄徒手的病叫应激反应症，只能靠个人意志力去克服。

在分居的日子里，郭娅尼上了EMBA。在班上，郭娅尼的人缘很好，她和原来就认识的企业家刘可特关系发展迅速，两人无话不谈。郭娅尼耐心地听孤独的刘可特诉说自己的烦恼，关心并照顾刘可特的生活，为了使两人的关系止于友情，郭娅尼拜刘可特为义兄。

心理医生董小萱原来是小学语文老师，曾主持过如思念、失恋、友情等属于心理话题的节目，后来干脆考了国家二级心理咨询师。对黄徒手的病，她看得很清楚，能说出一套一套的话语。在给黄徒手催眠几次后，黄徒手的状况有了改变，人放松多了，那种挥之不去的气味也在变淡。为了报答董小萱，黄徒手根据董小萱的脸型，自己动手配了一副眼镜送给董小萱。董小萱戴了这副眼镜，还平添了几分韵味，董小萱欢喜得不得了。这副眼镜中充满了黄徒手对董小萱的感激和爱慕之情。事实上，在治疗的过程中，黄徒手和董小萱各自对对方产生了感情，就像刘可特爱上了郭娅尼，郭娅尼也说不清自己和刘可特的关系一样。

小说的结尾是董小萱退回了黄徒手送给她的眼镜，关闭了诊所，离开了黄徒手。作为心理医生，她让病人不要逃避事情，可事情到了自己的头上，她也只能逃避。黄徒手在感情世界里也只能到此为止，是强烈的责任意识驱使他这么做的。黄徒手对郭娅尼有责任，妻子是那般好，他没有理由离开她,尽管他已经不爱郭娅尼了,但他知道,人活世间,感情重要,责任更重要,为了责任,有时不得不舍弃感情。这就是这部中篇小说的主题。黄徒手出于这种目的,对自己的感情作了决断。董小萱也是这样,作为红尘男女,她不能无视自己的感情,黄徒手是病人,黄小萱爱上了自己的病人,变得依赖自己的病人。可她还是医生,要对自己的病人负责,不能陷在个人感情漩涡里不能自拔。同样,刘可特和郭娅尼也是病人,刘可特本是大学老师,辞职当了一家大公司的副经理,后来,他离开了这家公司,自己当老板,带走了原来任职的那家公司的客户,致使那家公司倒闭,一想到这事,他的心里就格外难受。这成了他的心结,怎么也解不开。郭娅尼出现之前,他先是靠听歌厅女孩说故事缓解心理压力,老是这样,当然不是事情,他便换了谈话对象,找自己公司的女工谈话,他喜欢这些女工的故事,更重要的是这些女性身上散发出来的柔情使他有了暂时的依靠。认识了郭娅尼后,郭娅尼的女性温柔满足了他的感情需要,这是一种男人对母性和异性的需要。当然,郭娅尼不知不觉间流露出的温情,则是天性的自然释放。小说中这群男女都有心理问题,可是他们之间充满了温情,尽管这种温情给他们带来了更大的困惑,使他们的世俗的责任观念受到了挑战,但他们都守住了这一做人的底线。或许作者是要告诉我们,有情有义,人间才温暖;有情有义,生活才阳光。

《金属心》的主要人物霍科在儿时查出有先天的心脏病,但他在乒乓球上很有天赋,按他的技术,继续打下去,进国家队不是不可能。查出病情后,他不仅不能在乒乓球上发展,一切剧烈运动皆不能为,他的生命随时可能消亡。

霍科大学毕业后,进了房地产公司。他知道自己的病情是不适合结婚的,但遇到来自郊区的姑娘苏尼娜后,苏尼娜的白净和洋气征服了霍科，霍科很快就和苏尼娜领了结婚证。

结婚后，苏尼娜不断地换相好的，这让霍科十分屈辱。可一想到自己的病情，他就觉得自己不是一个完整的人，站在苏尼娜的角度，是一种不幸。他想到了离婚，但苏尼娜身上的香味和气息又使他很迷恋，这让他难以下定决心。

就在这时，霍科的人生发生了很大的变化，他在供职的房地产部门拥有的特权使他有了一笔金钱。他干脆脱离单位下海，专心做房地产，很快就身价过亿。他也为自己换了金属心脏，手术后，他似乎真的成了"无心之人"，对苏尼娜不再有欲望，连那些过去令自己热血沸腾的打乒乓球的照片，他看了也无感觉。即使开车经过车祸现场，他也无动于衷。苏尼娜要离婚，他也不同意，这种不同意是冷漠、冷血的表现。

事情在偶然间发生了转折，少儿乒乓球女教练盖丽丽办了一所培养乒乓球小运动员的学校，其中有几个孩子球感特别好，极有可能进入国家队（或许正是这一点触动了霍科，他也有过这样的梦想）。正好有一个全国少儿乒乓球大赛，国家队要在这个比赛中选拔队员，要参加这个比赛，需要十万块钱，霍科听了这个情况后，撇开中间人，直接找到了盖丽丽。他答应帮助盖丽丽，但不是赞助，而是借款，这十万元需要盖丽丽分十年偿还，一年还一万，一年偿还两次，一次还五千元，盖丽丽还需要陪霍科练习一年乒乓球。

有了这笔钱，盖丽丽带领孩子参加比赛，结果得了一个女单冠军，一个团体第三名，国家队教练主动找她，要在她的队员中挑选两个队员。比赛结束后，盖丽丽就将剩下的五万元还给了霍科。霍科的心被触动了，毕竟他们是有合同的，盖丽丽完全可以不这么急着还钱，这笔钱即使不投资，存在银行也会给盖丽丽带来可观的利息。后来，霍科在和盖丽丽练习乒乓球时，对她产生了感情，他的金属心仿佛像肉体心脏一样有了震动，他对人和物不再冷漠，而是有了同情、温情，金属心脏似乎有了温度。哲贵这样说霍科和盖丽丽的故事："这是一次心灵的旅行，霍科给了盖丽丽一个机会，同时也给了他自己一个机会，一个几乎不可能的机会。"

人需要互相帮助，生命在互相帮助中才会产生温暖。如果每个人都自私地生活在这个世界上，人生便没有意义，只有孤独和寒冷。哲贵说，这些年，经济发展了，人与人之间冷漠了。连公共汽车上给老弱病残让座这点基本的道德都打了折扣，有感于此，哲贵选取的故事严格意义上都不能算"助人为乐"的范畴，因为，霍科的帮助是有条件的，当然哲贵对这个世界没有绝望，他的故事中，金属心也和肉体一样，不是冰冷的，这是哲贵爱心灌注的结果。在爱心的驱动下，哲贵创造了一个人们之间手牵手的故事，你的手伸出来，我的手伸出来，大家的手连在一起，人生就有希望，生命就有了热度。

哲贵的小说有故事，充分调动了小说家谋篇布局的才华，如盖丽丽的父亲恰好是年幼时霍科的乒乓球教练。随着霍科运动生命的结束，盖丽丽的父亲消失了。可盖丽丽出现了，盖教练也就重新成了霍科故事的一员。"无巧不成书"，这句话在哲贵的手中成了现实。就凭这一点，哲贵的小说绝对有味道。

俞 胜

1971年出生,安徽桐城人,科学技术哲学硕士,《中国作家》编辑部主任,业余从事文学创作。有散文、小小说60余篇散见于全国报刊,2008年起在《钟山》《山花》《北京文学》《鸭绿江》《阳光》《黄河文学》《翠苑》等杂志发表中、短篇小说。作品曾获大连市建国五十周年散文、报告文学优秀奖。

俞胜新作点击

《安徽文学》2013年第8期的小说栏目主打俞胜的作品，这是安徽桐城籍作家，现在是《中国作家》的编辑，海南张浩文的长篇小说《绝秦书》的责任编辑就是他。俞胜供职于《中国作家》杂志社，以前是新华网副刊的主编，他的中篇小说《水乳交融》获得了鲁彦周文学奖中篇小说奖，有中短篇小说集《城里的月亮》面世。他的小说创作起步于2008年，作为70后，他的小说不多，但是从创作潜力看，他和路内、乔叶、哲贵、李师江、田耳、李凤群、石一枫等人是可以排在一起的，他们共同组成中国文坛70后的创作生力军。

2013年第8期的《安徽文学》发表了俞胜的两篇小说，一个中篇，一个短篇。中篇《我叫杨焕明》是以当下农村村选为题材，时代感很强。关于村选题材，我接触过杨少衡的《村选》、康志刚的《天天都有大太阳》，这两个都是长篇，容量要高于《我叫杨焕明》，不过，就反映村选所存在问题的深刻性而言，俞胜的这篇小说与前两个长篇相比，也有自己鲜明的特色。三篇小说的主人公都是离开家乡打工，然后回乡竞选村级干部的带头人。《村选》的汤金山和《天天都有大太阳》的李连春在村选过程中都一波三折，但都成功了，并且开始带领村民在致富的道路上迈进。《我叫杨焕明》中的杨焕明竞选也成功了，可是原来的村主任江四海财大气粗，硬是通过自己的活动使得杨焕明的任命书迟迟不公布。江四海耗得起，但只算温饱家庭的杨焕明却耗不起。在家等了几个月的杨焕明尽管空有一腔抱负，有着切实可行的使村民不离乡背井，在家乡种菜种粮，农闲时发展手工艺品就可以富起来的计划，但这一切要付诸东流了。只要把他的任命书一拖再拖，再用"集中"的名义使民选作废，江四海便可以堂而皇之地继续当村主任。江四海已经干了两届了，却依旧暗箱操作，图谋第三届，这种不公正也是导致如今乡村年轻人乃至中年人不关心选举和村政的一个原因。虽然在杨少衡、康志刚、俞胜的小说中，外出打工者如汤金山、李连春、杨焕明都意识到在城市的乡下人总有一天还是要回到乡村的，与其迟回，不如早回，而参加选举则是回乡建设的一条好路，但只要村选不加大公开公正的透明度，一代又一代来城市打工的农民还是村政的漠视者，从这个意义说，《我叫杨焕明》之类的小说不是短命的作品，而是有着不可忽视的时代价值。

好在杨焕明懂网络，懂电脑操作，他把他们村的选举后续情形写成文档，发到了县长的网上公开信箱，石桥子乡的党政要员再也不敢胡来了。这个结尾不完全是光明尾巴，而是有一定的现实性，使人在不太如意的中国村选中看到希望。

《我叫杨焕明》的细节十分真实，比如杨焕明的父亲杨老汉不希望儿子和现任村主任硬碰硬，那是他担心儿子失败，因此他总是给儿子泼冷水，但在关键时刻，他还是投了儿子一票，同时他提醒儿子不必得罪费小满，也显出老汉的务实、精明、老辣；还有杨焕明的母亲在得知儿子有了对象，看到手机里准儿媳的照片后流出幸福的眼泪的细节；另外，杨焕明与以前同学杨凤仙的情感关系以及杨焕明的出现引起杨凤仙丈夫梁国瑞的警惕的细节等，都带有浓厚的乡村气息。小说开头岗后村现任村主任江四海在安排选举事项，费小满没话找话，一再追问江四海选举那天下雨怎么办？刮风怎么办？江四海不高兴，还取笑他。费小满这么做，是希望江四海能注意到他，能私下许诺让他当模具厂厂长。江四海不接这个茬，他就成了"倒江"的干将。前后联系起来，读者就能看出俞胜对细节的注重。

《我叫杨焕明》有一个数字方面的小问题，杨焕明从苏州打工回来，和父亲说苏州物价贵，黄瓜都卖一块五毛钱一斤，显然说的是零售价，可后面说在岗后村种黄瓜，运到苏州至少一块五毛钱一斤，这是不可能的，整车的黄瓜运到苏州只能批发卖，能卖到一块一毛钱就不错了。

《人在京城》的故事很简单，乡村小学教师周令申和京城某公司总经理鲍福长是老同学。周令申平时喜欢吹自己有一个在北京工作的同学，很了不得，人们就撺掇他到北京发展，再加上他不满足于当一个小学教师，于是就打电话给鲍福长，说他准备利用暑假到北京去看他。鲍福长非常热情地答应了，其实他只是随口这么一说，根本没把这话当真。而他也不是像回乡时吹的那样，家就在北京站附近。其实，他家在河北，公司在北京。当周令申真的说自己到了北京，鲍福长只好撒谎说自己出差了。而周令申这次到北京，是想通过鲍福长找工作，就真的在北京找了个便宜的旅馆住下了。他白天出去看风景，找工作，晚上回旅馆，间或给鲍福长打电话，鲍福长总是说到时就回来。周令申的工作好不容易有了眉目，却发现是个陷阱。在北京，他才知道人人都可以开皮包公司，说自己是总裁、副总裁，如是说来，鲍福长还算低调的。他看清了这个事实，知道再也不能等鲍福长了，买了回程的火车票，用原本买给鲍福长的酒将自己灌醉，打算第二天回家。鲍福长也在这天晚上派人来周令申的旅馆，结清了他的旅费，外送了两瓶飞天的茅台，算是赔罪。这篇小说看题目是写城市的，但有着浓烈的乡村气息。如今，每个村庄都有人在大城市工作,这些在大城市工作的人往往是这个村庄的骄傲,随着"笑贫不笑娼"的风气盛行,大家将自己的工作、收入都往大里说,混得不好不仅自己,连家里人和亲戚都被人瞧不起。鲍福长在这种环境下,本只是公司在北京,也夸大成家在北京;他其实只是公司的一般员工,却说成是总裁助理。这是风气使然,从某种意义上说,鲍福长还算不上是这种社会风气的推波助澜者。在这种大环境下,如果有人真的想要通过家乡在城市工作的人办诸如找工作的事情,就可能闹出周令申这样的笑话。

这篇小说还有一个特别的地方,虽然主要人物是周令申,但是从俞胜想要揭示的主题看,鲍福长比周令申更重要。我们上面所讲的浮夸现象的承载者是鲍福长,但这个人物着墨不多,基本上是通过侧面描写来展示。小说如剥笋一样,把鲍福长的真面目和精神状态逐渐呈现出来。

俞胜的小说有味,朴实而不失明快,不拖泥带水,围绕一个事件,迅速把人带入所要营造的故事之中,进入所揭示的主题之中。对乡土中国和乡土社会,他有很深的体会,循着他的经验,他未来会写出更好的作品。

王新宇

1973年出生,安徽人。幼时在乡村野长,皖北非旱即涝的流年记忆成为其半生行走的底色。1995年毕业于安徽师范大学,长期在《安徽法制报》供职,目前参加援疆工作。

一次对故乡的深情回望

——读王新宇的《风吹云散》

王新宇的长篇小说《风吹云散》①的形式有点特别，它每章一个题目，每一章都是对发生在一个叫马蹄郢子村的某一件事的概括，章节与章节之间基本是按时间顺序叙述的。中国的史书有两种编纂体例，一是编年体，如《春秋》《资治通鉴》，以时间为中心，按年月日编排史实；一是纪事本末体，以历史事件来结构历史，如《宋史纪事本末》《明史纪事本末》等。王新宇写的是小说，却也用了类似的史学方法。我觉得王新宇这种向历史方法靠拢的做法是基于自己的写作野心，他要写出马蹄郢子村，一个比福克纳所说的"邮票大小的地方"还要小得多的地方，用历史学的方法可以显示出作者有意识地为村庄存史的写作目的。

20世纪70年代后半期的马蹄郢子村的一千多个日日夜夜，王新宇只选取了两件事，一件是麦田风波，一件是单干传闻。《麦田风波》中的牛永富为了孩子能多一口吃的，工余开荒种了一点麦子，大队书记马献忠却说这是公然与党中央对抗，走资本主义道路，硬是逼迫牛永富将快要灌浆的麦子毁掉。牛永富想把麦子算成生产队的提议也被马献忠坚决拒

---

① 王新宇：《风吹云散》，合肥工业大学出版社，2013。

绝了。这是那个年代通行的割资本主义尾巴的手段。王新宇不仅写出"宁要社会主义的草,不要资本主义的苗"的荒谬,还借此写出了农村中从古代中国一直持续到今天的宗族斗争。马献忠的不通人情引起杨老实的大儿子杨立树的不满,而杨马两姓早在1950年就结下了梁子。

在《单干传闻》中,杨立树的弟弟杨立庭结识了温州人祁海,通过他知道,单干已悄悄在中国一些地方实行,这让杨家兄弟看到了希望,他们开始勾画粮食成堆,自己的土地自己种,不用别人指手画脚的美好蓝图。显然,王新宇表现历史的方式明显和史书有别,如果是史书,那要写某年某月,小岗村人分田单干;某年某月,某村庄或自发或学小岗村人也包田到户。王新宇是以两个农民在集市相遇闲谈的方式带出了这一重大历史事件。

在王新宇写的马蹄郢子村20世纪80和90年代的历史中,我们对分田到户、百万民夫兴修水利、计划生育、农村青年入伍,农民交提留款等村庄大事有了大致了解。其中《悲情薄葬》应该发生在20世纪80年代初,那是个农民刚刚能吃饱饭的时期,久病的马根法死后用苇席草草裹着就下葬了,弟弟马根财只能狠心地劝嫂子要顾活的,马根法老婆也以"活着没有留下啥,死了也就算了"的想法草草了结了丈夫的丧事。这种陋葬不是因为丧葬改革,不是墨家提倡的节用,而是因为贫困,是我们过去文学作品中经常出现的苦人家遇到此等事情,不得已而为之的办法,那时的作家用这种场面来表示对万恶的旧社会和地主老财主的痛恨,王新宇写出这一点,读者可以从中感知,中国农村脱贫的历史并不长,贫困至少在四十岁以上的乡村人的记忆中还是非常具体而鲜活的。

《风吹云散》的新世纪部分,我们看到种庄稼免税给农民带来的喜悦。背驼眼花、走路颤巍巍的马根财碰到了此等千载未有的大好事,老人在充满稻香味和翠绿喜人的甘蔗林的旷野,追思为交不起提留款而让人牵走牛的尴尬,想起孩子他娘因为没钱治病而早早辞世的痛苦,如今这些苦难远去了。孙子叫他吃早饭,发现在温暖的阳光下睡着的爷爷虽然面有泪痕,但面带微笑。马根财的故事是中国当今老一代农民的缩影,他们告别了几千年来农民种地交粮纳税的历史,迈入了一个前所未有的新时代。然而历史和社会不是单向度的,表面的繁华背后也存在着各种各样的问题,因此,进入新世纪的马蹄郢子村依然有这样那样的不如意或者看起来的不和谐。比如离婚成潮现象,村民大成子在老婆生了几个丫头后和老婆离婚,说是等和别人结婚生了儿子后再和老婆复婚,以达到延续香火的目的,没想到老婆真的铁了心和别人走了,弄假成真。这种事情,村民能理解,外国人尤其西方人就不那么容易理解。在西方人看来,离婚是因为两人性格的不合,或者出现了第三者,不存在香火的问题。大成子离婚完完全全可以称得上是中国式离婚。在旧中国,遇到这样的事情,大抵用纳妾来解决,落后的地方也有借种的现象。大成子的设计是这种古老方式的变种,但刘文学和兽医女儿的离婚令人匪夷所思。因为两人是中学同学,虽然也有媒婆牵线,但那是走过场,重要的是两人从相知到相爱,婚后好得跟一个人似的,打工都在一个城市,一个工厂,突然间就离婚了,难免让人惊讶。为了能早早落实离婚这桩事,双方都要走后门,送钱给人,以求法院早判。走出法院,女方送了一张银联卡给男方,说爹娘年龄大了,生活不容易,这几万块钱给爹娘和孩子,并要孩子奶奶注意女儿挑食的毛病。刘学农不要这钱,还要女方不要太劳累,注意自己肠胃不好的毛病。这种不失情义的分手,是文明、和平的,仿佛发生在西方。这种离婚和中国社会打工潮带动了社会发展是分不开的,如果没有打工,像刘学农这样的夫妻不会出现情感问题,正因为他们走出了家乡,才发现了二人在思想和性格上的不合,才都找到了更适合自己的人,而他们友好地解除婚姻关系,也是城市文明影响和塑造的结果，从这个意义上说，与大成子的离婚相比，刘学农的离婚固然令人伤感，但体现出了一种进步。

如果说20世纪80年代是乡镇企业的大发展时期，到了90年代尤其是21世纪，在建设新农村口号的要求下，一些村级企业涌现出来。马蹄郢子村也是这样，支书王武龙上任后，想和前任支书有所区别，决定在村中开办企业，为此出去考察了几次，随后他就以村委会的名义贷款，办了烧红砖的吊窑。由于产权归属不当、管理人责任心缺乏、竞争激烈等原因，吊窑发展并不好。到了挂职的钟先成来到马蹄郢子村，他请回了已是企业家的杨立庭以及与村民有渊源关系的祁海，办起了服装厂。由于是私企，产权明确，厂子的效益很快就上来了。这种私企能给村民带来就业机会，提高收入水平，但还是存在集资难、村民不信任的难题，因此壮大乡村私企、做大集体经济依旧困难重重。连群众信赖，对办企业有思路，又被村民重新选举担任村主任的牛前进也只能做点拉回信访人员等这种不影响政府面子的琐碎事务。村镇干部腐败，长期霸占村政权，获取个人权力和财富等，都令人担忧。这是王新宇对马蹄郢子村这类乡村长期观察和思考所达到的深度。我们前面说王新宇对历史方法的借鉴令人耳目一新，我们更要说，王新宇还将历史学重视反思的观念融进了自己的文学描写之中，使其笔下呈现的乡村具有丰富性和多面性。

小说要表达的东西还是要靠人物展示出来，《风吹云散》虽不是用一个乃至几个人物为主角贯穿始终的结构方法，但还是写了不少令人印象深刻的人物，像要饭、杨立庭、郎克仁等，他们或是因奇特身世引人注意，或是以跌宕起伏的人生际遇和鲜明的个性给读者以启发。

要饭出生在大年三十的晚上，家中已有三个哥哥和一个姐姐，在那个连饭都吃不饱的时代，这个孩子来得真不是时候。还没有满月，要饭娘就出去乞讨，在外县的一个村庄碰到一家孩子因为奶水不够，啼哭不止，要饭娘就好心给小家伙喂了一个饱，这家两口子做了一大碗粉丝、白菜、豆腐感谢要饭娘。要饭娘以为是可以带走的，就没有吃。当她要把放在自己面前的饭带走时，那女子说，这是给她吃的，不能带走，弄得要饭娘连人家原本给的一个馒头都差点忘记带。回家的路上，要饭娘十分懊悔，一回家，说什么也要把孩子取名为要饭，似乎在提醒自己要撕下脸面。人穷气短啊！要饭在这种艰难的环境下长大了，还收获了同村二妮子的爱情，因为家贫，他不好意思找人去她家提亲。为了给二妮子的哥哥娶媳妇，家里决定用二妮子换亲，二妮子纵有千般不愿，也只好委曲求全地答应了。婚嫁前，二妮子在深秋的田野里与要饭告别，从此二人视同路人。不久，要饭就疯了。求医问药费了不少钱，也不见好，这对要饭的家来说，无疑是雪上加霜。要饭疯病发作时，把人家制砖的机器搞坏了，人家牵走了家里的耕牛，要饭也落水而死。我们在《悲情薄葬》中看到了因为贫困而草草下葬的故事，而要饭的经历更悲哀。一个在三餐难继中长大的农村青年，婚姻与他无缘，还没有尝到做人的诸如成家、立业等这些基本的幸福，就匆匆离开了人世。王新宇在要饭的身上寄予了无限的同情。小说里有一个人物叫柱子，像是王新宇的自况，至少是"我"的自况，而要饭曾是柱子最要好的伙伴。像要饭这种乡村的边缘人和在乡村长大的文化人的投缘，是很有意味的，既能说明文化人对故乡深厚的感情，也能彰显文化人在故乡的边缘化地位。

杨立庭是王新宇喜爱的人物，在大集体时期，他就不愿意被土地和村庄捆住，时常到集市赚几个小钱。他的手艺类似于江湖中人用白腰文鸟（算命鸟）算命的把戏，只不过他是用训练有素的鸽子去衔写着吉凶婚丧宜出行或不宜栽种等方面内容的纸牌，吸引那些有求吉祥、避灾意愿的顾客。这项生意没给他带来多大财运，但扩大了他的视野，他也因此获得了不少外部世界的信息，更重要的是，他认识了像祁海这种后来改变了他人生命运的朋友。马蹄郢子村和周边地区特别适合种植红麻，而且质量好。分田到户以后，大家粮食够了，钱却不够花，种红麻是来钱的事，可本地收购量有限。杨立庭这时想起祁海曾经说他愿意收购红麻，就联系了祁海。祁海应约而来，一年一年的，收了许多红麻，村人收益不少，小小的村庄那几年比集镇还要热闹。然而随着红麻的滞销和市场份额的减少，给人们带来钱财的红麻成了家家头疼的东西，尽管祁海事先通过杨立庭向村人有过暗示，可是村人还是把杨家当成了仇人，整个村庄的人都冷落杨立庭一家，骂他们是"害人精"，还暗地里毒杀了他家仅有的几只母鸡。这几只母鸡是杨家吃盐和孩子们穿件衣服的指望，一下子全没了。杨立庭真是条汉子，他没有骂村人，也没让老婆骂村人，而是平静地把母鸡捡回家，天黑的时候，他家厨房的香味飘向村庄的每一个角落。几天后，他举家投奔祁海。村人这样薄情，也许是因为小农的劣根性，只图眼前利益，不知道反省自己，记仇不记恩。而杨立庭是大度的，到了温州，他先给祁海打工，后来有了自己的工厂，还回去招聘一批乡亲去自己工厂打工，掀起了马蹄郢子村第一波打工潮，这些打工的人也成了第一批经济情况好转的人。

村民郎克仁因没出嫁的妹子误被计生人员当成他的老婆结扎而绝望自杀，老母亲伤心过世。他本来是个嗜赌嗜酒成性的人，面对此等遭遇，想痛改前非，举家去找杨立庭。杨立庭从郎克仁身上看到了当年的自己，就收留了他。钟书记邀请杨立庭回乡投资，杨立庭看见钟书记命人修缮了自己的房子，一感动就回乡办厂了。说大点，杨立庭这样的人代表了中国乡村的力量和希望。

郎克仁大概是《风吹云散》中性格比较复杂的一个形象，在经过妹妹和母亲的事变后，他确实变成了另一个人，开始脚踏实地了，在杨立庭手下认认真真做事，当杨立庭让他负责一些事情时，他也尽心尽力，为此，杨立庭对他另眼相待。他后来在杨立庭于家乡开办的人力资源公司出任负责人，后来，他脱离杨立庭，另开公司，成了乡人面前的成功人士。虽然他给人抽好烟，自己抽更好的软壳中华的做法有些张扬，不够厚道，但人们对这位变了模样的老板还是充满敬畏的。大家没想到他的公司做的都是传销之类的坑蒙拐骗的勾当。郎克仁被绳之以法，虽有点出人意料，但也并非不可理解。郎克仁在一无所有时，能够从零做起，洗心革面，可随着赚的钱越来越多后，他开始违法乱纪，到头来锒铛入狱。浪子回头金不换，回头的浪子又成浪子，再也不能回头，这样的人在我们的生活中不是个例。

小说在前面写到了和父亲一起到亲戚家近乎讨粮的柱子，后半段就几乎没写柱子或者一笔带过，结尾时把"我"——柱子回家作为全篇的结余，告诉人们，"我"和马蹄郢子村的关系，这种草蛇灰线，伏脉千里的写作手法是老道的。

《风吹云散》是王新宇的长篇小说处女作，能够有这样的思想含量和艺术水准，实属不易。《风吹云散》中的"风"应该是改革开放之风，而"云"则是指20世纪70年代以来困扰农民的各种难题，这些问题在分田到户后慢慢消散。说这部作品是改革开放的颂歌，大概不为过。作家潘军说，他的想法未必和王新宇相合，那就是风吹过之后，云真的散了吗？这是对近几十年来农村、农民的一种忧虑，悲观也不一定就是消极的，前面我们也说到，王新宇也看到了当前农村的痼疾，这表明他并非是盲目的乐观主义者。马蹄郢子村在很大程度上说的就是王新宇的故乡，那里有他年迈的父母和亲人，有他刻骨铭心的童年记忆，当乡村时光一次次撞击心灵，写出这些就不单纯是一种创作冲动，也是对故乡的深情回望。

小说中有一个细节值得考究，书中说1950年分浮财，保长马大英被枪决，他的两个女人也不见踪影，他家的几间瓦房被充公当作生产队的仓库。人民公社以后才有生产队，那时还没有生产队，皖北农村连农业社都还没有，村政权恐怕还叫村公所吧！书中还提到当生产队的牛、粮食被分到一家一户后，大家发现还剩一口水井，马献忠父亲利用自己当队长的权力宣布这水井是他家的，这显然不是20世纪70年代末80年代初的分田，如果是土改时，说是生产队分田和牛，这是说不通的。另外从小说的角度来说，杨立庭到温州后成为老板的经历，不能几句话完事，这是塑造杨立庭性格的关键处。当然，作者在前面用三分之二的篇幅写杨立庭是不错的，甚至我要说，这是这部小说中写得最好的人物，但还是处理得仓促，有虎头蛇尾之嫌。还有刘学农离婚是在到城市后，他们夫妻感情的逆转是在这以后发生的，这也应该是浓墨重彩的地方。同时，以事件来写村庄的历史和以人物命运来写村庄的历史不一样，后者可能会制约人物描写，或者说难以沉浸到一个个人物的内心世界。作家在写村庄的一件件大事时，要时时不忘对人物命运的刻画。最后一点，以精品的尺度衡量，作者还可以增强关于皖北农村的风光和自然地貌的摹写。作为乡土小说，作者不在这方面用笔，不能打动读者。乡土的诗意、朴实皆附着于此。遗憾的是，如今当代作家描写这一题材多聚焦于乡村精神的衰败和凋敝，风景成了可有可无的东西，或者是点缀。本来它应该成为一个重要的元素，一个相对于城市生活的独特之处。每一样庄稼，每一棵树，每一朵野花，每一只牲畜，每一座池塘、水库，甚至天气的变化在乡村的体现，都是可以大书特书的。同时，写乡村风景要有逻辑，物候的观察要细致准确。在这方面，《风吹云散》是有瑕疵的，如"这一年的雪历史罕见，这一年的春天也为村庄的老人所惊异。雪还没有化尽的时候，池塘已经能听到青蛙的叫声。柳树更是突然在一个清晨，爆米花般地爆出芽蕾并柳絮飘飞"[1]，从芽蕾到柳絮飘飞在淮河湾也要一个月，所以，要删去"并柳絮飘飞"几个字，而且柳树刚发出芽蕾，青蛙是不可能叫的。

---

[1] 同上书，第65页。

娜彧

70后江苏女作家,南京大学戏剧专业硕士,在《收获》《人民文学》《十月》《花城》等杂志发表中短篇小说若干。入选2011年中国作协21世纪文学之星,出版小说集《薄如蝉翼》,获得西湖·中国新锐文学奖和金陵文学奖中篇小说奖。

母性的光辉

——读娜彧《母亲的花样年华》

娜彧的中篇小说《母亲的花样年华》(《清明》2013年第1期)和孙敏瑛的中篇小说《女人》(《清明》2013年第1期)都是写女人的,《女人》中的韩晓惠,《母亲的花样年华》中的母亲,她们的坚强,令人由衷地生发出敬意。她们是中华民族女性的优秀代表,是中国女性的光荣,而《母亲的花样年华》中的母性的光辉,更是让人感受到天下母亲对儿女的浓浓爱意。

《母亲的花样年华》写了一个伟大的母亲,虽然这个母亲不像高尔基《母亲》中的母亲,沿着儿子的足迹,将革命进行到底。她只是一个普通的农家妇女,照顾丈夫,抚养一双儿女。在丈夫瘫痪前,她把家收拾得整整齐齐,面对丈夫的暴力,她默默地忍受着,她认为只要有她在,这个家就散不了。以她的相貌、性情,她完全可以追求自己的幸福,离开喜怒无常、不负责任的丈夫。她也有钟情的人,但她从来没有产生过离婚的念头,为了孩子,她什么苦都能吃。丈夫瘫痪后,她扛起了全家生活的重担,种菜、卖菜、养猪,加上肖经理的帮扶,她凭劳动挣到了给丈夫买药和孩子上学的钱。当肖经理为了她出了车祸,她的心真的碎了。后来,我们读到母亲生前对自己死后的交代,让把骨灰撒在肖经理翻车的那条河中,她说自己时常能听到肖经理在那儿叫她的名字。我们真的悲从中来。

肖经理死了,丈夫的医药费和养家的重担还在那儿。没有了肖经理从经济到精神上的支持,母亲的猪没法养了。菜还在种,但长得不好,为了能让这些菜卖一个不错的价钱,母亲只好用肉体来报答那些帮助自己的男人。当她的男人死了,她再次守身如玉,因为经济的压力没有了。可以说,她的爱在孩子身上,她的情只在肖经理身上。

可能有人要说,母亲是一个传统的女人,她的美德都是传统妇女的美德,家是她们生活的全部。如果是一个现代女性,她完全不会活得那样苦,她的生命即使在丈夫得病后也还可以绽放出美丽的花朵。这样的说法并非没有道理,但母亲的坚守维持了一个完整的家,使"我"的学业得以完成,纠正了"我"偏斜的心灵,小说结束时说:"我很后怕,如果没有等我回到家,我母亲就死了。我不知道现在我在哪里?"其实,母亲要是只顾自己的幸福,"我"的弟弟肯定废掉了,以这个孩子的调皮捣蛋,如果不是母亲管束,他的归宿只能是牢房;同样,"我"的灵魂无处栖息的问题同样存在,用母亲一生的悲苦换得儿女灵魂的完整,其中的得失,每一个读者都算得出来。

娜彧的《母亲的花样年华》在前面三分之二的篇幅中,都把母亲描写成忠于家庭、忠于丈夫的形象,只是在后面三分之一的篇幅中才颠覆了这一形象。但是随着母亲在生命垂危时告诉"我"她用身体和一些男人交易的原因,母亲的形象又高大起来。小说写得一波三折,既吸引人,又动人。

小说中,父亲对母亲的污蔑、母亲的不贞,使"我"讨厌男人。"我"从不和男人亲昵,和"我"接触的男人一旦有了性的表露,"我"便冷若冰霜,"我"就这样成了大龄未婚女青年,成了在男女关系上有一种病态表现的女人，如果不是母亲在弥留时告诉了"我"真相，告诉"我"家是什么，"我"可能会终生孤寡，郁郁而终。在母亲眼里，家是一份责任，是一种守望，是一种女人为什么活着的尊严。可惜的是，这种责任一直都由母亲一个人承担，她不能指望丈夫，不能依靠长女，只能在丈夫的辱骂、女儿和众人的误解中，独立支撑一个家。在生命的最后时刻，她还等着女儿，她要解开女儿的心结，她终于等到了，女儿的心结解了，她才放心地离去。她一生苦苦经营的是她的小家，从没有想过自己。

《母亲的花样年华》写得很真实，像"我"在上初中时，为了节省伙食费，常常在最后时刻才到食堂，为的是获得一份免费菜饭。母亲为了答谢这些食堂师傅，总要在各种农作物成熟时背点送给这些师傅，这些师傅在知道母亲的艰难后，对"我"的帮助更加一如既往。而"我"既要这份免费的伙食，又想保持一个少女的尊严，得知母亲背着自己找食堂师傅，对母亲多少有些怨恨。这些细节生动自然，食堂师傅虽然以群体的形象出现，但这些普通人心甘情愿怜悯弱小的可贵情怀令人尊敬。

娜彧是江苏南京的作家，她的作品没有因袭这个六朝古都的脂粉气，而是以感情为作品的主线。她在《神仰傅小石——读徐良文传记文学新著〈左手拈花〉》中说："仰望傅小石，不仅是因为对他艺术追求的高山仰止，更因为他对爱的理解。"我们可以说，《母亲的花样年华》诠释了娜彧对"爱"的理解。爱是奉献，爱是牺牲，爱是包容。《母亲的花样年华》中的母亲是个真正懂得爱的人，她有一颗"历经磨难却天真无邪的心灵"。

麦村人物传
——娜彧的《麦村》

娜彧的长篇小说《麦村》(《十月·长篇小说》2013年第2期)从麦村这个普通乡村的人物着笔,反映了从民国到当下的中国乡村历史。

周家两个大小姐

周家有两个大小姐,一个叫雁如,一个叫雪如,雁如沉静,雪如活泼,都有沉鱼落雁之美。乡人都说,她们是东宫西宫的人物,只有皇帝才能消受得起。周家经过精挑细选,终于为雁如选定了对象,对方祖上做过清朝知府,现今也是书香门第。没承想在雁如要嫁过去的前一个月,即将成为雁如丈夫的那人却死了。雁如痛彻心扉,精神好不容易恢复过来,开始迷上到家门前圩埂对面树荫下的外河去洗衣服。一个家中一贫如洗,名叫王喜子的小伙子乘船经过,看到貌美的雁如,听了撑船人对她的介绍,就动了心思。撑船的说,如果你想要她,可以抢亲,抢这种望门寡,不算犯法。王喜子在朋友的帮助下得手,朋友还想进一步帮他生米做成熟饭,但被王喜子拒绝了。王喜子可不想这样强迫雁如,就扇了朋友一巴掌,朋友一气之下就向周家告发了。而王喜子不仅小心服侍雁如,还说雁如如果不愿意,吃过油条豆浆以后就送她回去。周家来人将王喜子绑了回去，想着怕小姐以后不好做人，就将雁如嫁给了王喜子。王喜子除雁如的嫁妆外，其他什么都不要，而雁如看起来也很中意这个凭力气吃饭的小伙子，一桩好姻缘就此成了。

雪如比雁如嫁得早，只不过她是自己把自己嫁了。雁如的婚姻是从被迫走向主动，而雪如则是主动地追求，她们的郎君都是出苦力的，雪如爱上的是一个来她家打短工的名叫六子的小伙子，他会说故事。他用故事赢得了周家小姐的芳心，以至于雪如打定主意和他私奔。

周家俩姑娘，性格不同，她们的结局都一样，即从富贵人家嫁入普通家庭。她们的故事有点明清话本小说的味道，比如《卖油郎独占花魁》，当然她们的故事也表明一个平民化时代的来临。两位小姐都是民国时期的人物，民国与明清的一个区别就是民智民风的渐开，社会阶层的那种鸿沟开始松动，这和西风东渐、五四运动等一系列浪潮有关。

二太爷周万隆

周万隆满腹经纶，精通四书五经和《本草纲目》，这个既能做官也能做郎中的人在现代中国却成了一个赌徒。他深知生逢乱世，财产和官位都是遭祸的东西，所以他愿意糊里糊涂地生活。可是，这样的人后来却成了机会主义者，成了"识时务者为俊杰"的信徒。他积极揭发、挖掘隐藏地主。中华人民共和国成立前不行医的他却在共和国成立后成了乡村医生，到了公社化时期，他的一贯积极有了成果，他成了领导。深翻土地，大炼钢铁，大办食堂，他都是样板，人们不清楚，他是理想主义者，还是机会主义者。我觉得，在中华人民共和国成立前，他是有理想的，否则不会解放战争升级时，在堂兄的葬礼上念陆游的《示儿》，那是对壮志未酬的悲叹。中华人民共和国成立后他作为识时务者，恐怕既有几分真诚，也有几分无奈，真诚的是新政府的确不同于旧政府，自己应该出来效力，无奈的是新政权力量强大，使他只能跟着上级亦步亦趋。周万隆死于20世纪50年代末60年代初的三年困难时期，他的最终的人生感悟是：都是草民啊！及时行乐吧！在现当代中国，我们这个民族屡经劫难，多少普通民众无法把握自己的命运，只能随波逐流。

娜彧关于二太爷的描写有一个失误，说他在中华人民共和国成立后就成了赤脚医生，一直当到人民公社成立，这是不符合历史事实的，"赤脚医生"这个词是"文化大革命"中期才出现的词汇。

周江红

周江红是二太爷周万隆唯一的孙子，作为周家单传，他是泡在甜水中长大的，他在及时行乐的道路上比祖父走得更远。他的老婆兰花得了急病，他却在酒店喝酒，一个又一个的人送信给他，他依然喝自己的酒，敲着碟子唱《浏阳河》，直到把自己喝到桌子底下，比鼓盆而歌的庄子还要潇洒。同村的大华用船把兰花送到医院，救了她一命。兰花本与大华不太熟悉，还比他大四五岁，并且已有了三个孩子，这两个人本不可能有什么风流韵事，却成了相好。周江红知道后，就一次又一次地揍兰花，兰花不堪忍受，和大华远走他乡。娜彧又给我们讲了一个麦村人私奔的故事，前者是追求爱情，后者固然也有感情的因素，但更多的是为了反抗男权。这个故事结束时，周家正在修谱，兰花该不该作为周氏媳妇入谱，众人意见很大，她和周江红没有离婚，但她显然不是周家的人了。

周古正

周古正和二太爷一样，都是麦村周氏家族在新中国的掌权人。他的媳妇是三代都是老贫农的姚黑子的老闺女，这个女人生活很不讲究，穿上男人的汗衫就可以上街，常年不洗的头发油腻且散发出难闻的气味。

在她父亲的葬礼上,她庞大的体积差不多遮盖了棺木,人们将她拖走时,那肥硕的乳房就在那些男人手里拖来拖去,显然大家都没有把那当成是女人的乳房。周古正就这样彻底厌恶了老婆,转而和麦村的媳妇春好上了。事发后,周古正的大队干部职务和党籍都被剥去了,他自杀了,不过不是因为处分,而是他想把所有的罪责都揽在自己身上,保全春的名誉。这是一个悲剧,不过带上了当代中国浓厚的乡村色彩。比如周古正的老丈人看中了他的人品,才把女儿嫁给身份是中农的周古正,而姚黑子因为是老贫农,在那时的乡村就特别有话语权。还有麦村的媳妇嫁人后就衣着随便,春不这样,在麦村就显得十分另类,这些细节和周古正、春的故事交织在一起,就使小说变得有滋有味。

楼官——周江华

楼官是周古正的儿子,在麦村很显眼,从贩回的花衣服到两个喇叭的收录机,楼官在20世纪80年代中后期,给麦村带来的是新鲜和欣喜。楼官在70年代就上到了高中,高考恢复,他连考三年都没有考上,其中第二年只差三分,而第三年却差了十九分。没有考上大学的楼官精神有点失常,他把自己关在那间他准备高考的生产队的社棚里,四奶奶也就是周古正的那位胖婆娘用斧子砍开社棚,只见楼官一丝不挂,身旁是一堆女人的花花衣服。楼官被送回四奶奶身边,白天睡觉,晚上梦游。四奶奶晚上能从门缝里看到赤裸的楼官一个人有节奏地动作,折腾自己。她以为儿子是想女人了,就想为儿子讨房媳妇,可没有人愿意嫁给楼官这样除了有点文化,几乎什么农活都不会干的人。于是四奶奶只好同意傻姑娘红姑做自己的儿媳,这个姑娘的智力永远停留在五六岁。红姑给楼官生了个孩子,楼官也被录用为镇上小学的民办教师。眼看四奶奶和楼官都看到了光明,曾经是花痴的楼官又变成了花痴,发生这事后,四奶奶希望儿子和红姑分开，为了让儿子彻底离开红姑，她把红姑骗走了，让她沿着一条道路一直往前走。四奶奶以为儿子已经是民办教师了，再找个女人很容易。可是楼官对这个虽傻却非常标致的媳妇很上心，居然放弃了民办教师的岗位，去找媳妇，一找就是三年，回来时，他和红姑的儿子早死了，自己也瞎了一只眼。在四奶奶看来，儿子和丈夫是一个样，只知喜欢漂亮的女人。丈夫为此丧了命，儿子因此疯了。我以为，楼官的命运和改革开放以后未能通过高考改变命运的许多乡村文化人一样，他们不善营生，文化并没有给他们带来好生活，反而把他们推到更惨的道路上，就像楼官，如果他听从母亲的安排，让红姑自生自灭，他好好地当自己的民办教师，再娶个女人回家，说不定后来也转成了公办教师，怎么着也是乡村的体面人，但那就不是楼官——一个在文化沙漠中依然不自觉地坚守着文化的读书人了。

周三

周三在三兄弟中并非排行第三，而是第二。他是母亲和田家富生的，不是和母亲的丈夫三爷爷生的，又因为周三的爹田家富欺骗了她，所以周三一生下来，就令母亲嫌恶，如果这样比较，那么周三的命运有点类似郑庄公，都不讨母亲喜欢。不仅如此，周三小时候经常受到母亲打骂，不叫他周二，叫他周三就是很好的说明。周三虽在缺少亲情的环境下长大，但他不仅性格活泼，还能吹拉弹唱，正当他和田家富的女儿田添恋爱，并可能转为政府编制的文化人的时候，母亲却不顾一切地拆散了他们，因为她知道田添和周三有血缘关系。没有田添的周三不仅对文化失去热情，对生活也失去了动力，他听凭母亲的安排，和沈秀兰结婚。沈秀兰把他当成赚钱的工具，坚决要求他外出打工。周三就这样到了北京。周三体验到北京的新奇后，还是想回家，他的灵魂是属于乡村的，只是每一次回家哪怕是多待一点日子，沈秀兰就会赶他走。也许北京是周三的福地，周三不仅很快变得有钱，还收获了爱情，他爱上了发廊的一个按摩女，只因为对方有一个好听的名字——秋香。田添曾经演过秋香，他演唐伯虎，那是他人生中最快乐的日子，他以为自己是重温旧梦，可发廊的老板不愿意，就将周三狠狠地揍了一顿。周三虽然没有被打残，但还是元气大伤。建筑队长让周三回家，一检查，才知他得了肺癌，已经转移到了淋巴。沈秀兰和周三的母亲在这个时候才释放出所有的亲情，以至于在周三看来，他这段时期得到的家庭温暖好过任何时候。

二太爷是乡村中的文化人，楼官和周三也是，周三的不幸不同于他们，因为他是无辜的，但不幸是彻底的。当然，他的苦难还来源于他的妻子沈秀兰，这个世俗的女人，这个在打工经济时代把金钱看得比什么都重要的女人。

瞎文化——大姨夫

从修谱的角度，大姨夫是周家的"外戚"，现在也是入谱的。大姨夫以前是个农民，但他关心政治，了解国情。他后来进了供销社，还把自己的户口转为城镇户口，当上了供销社主任。供销社改制时，他承包了供销社，把它转给了自己的儿子。退休后的大姨夫居然学会了二胡，他率先看到了麦村发展过程中藏着的危险，是第一个提出要把化工企业从西乡镇赶出去的人，他挨家挨户演讲，逢人就问，你现在能用河水烧饭菜吗？尽管有恐吓信、封口费这劳什子（方言，令人讨厌的东西），他依然没有停止自己的正义行动，硬是拿到了麦村全村人的签名和手印，迫使污染麦村的企业关门。无疑，大姨夫是《麦村》这部小说中的正面人物，他是麦村的良心，麦村的希望。

《麦村》这部长篇小说是几个乡村人物的合传，当然这种人物传的形式是传记,内核是小说。小说和传记相通的地方有很多,它们都是以人物描写为主,只不过小说以虚构为主,传记以事实为主。如今人们谈论中国小说,喜欢从六朝志怪谈起,其实司马迁《史记》中的人物传记对中国古典小说影响很大。今天的很多小说家都喜欢读《史记》,揣摩太史公的写作方法,娜彧有没有这样做,我不清楚,但是她以人物小传的形式切入麦村的人和事,我认为这是聪明的做法。

《麦村》这部小说是以修家谱一事为线索,通过童年在麦村生活过的"我"的好奇心,把一些在家谱中出现或者和家谱有关人物的人生历史再现出来,读者在读一个又一个麦村的人物故事时,对麦村的过去和现在有了大致认识,自然也感叹麦村人人生和历史的复杂。小说所选取的人物有的互相关系密切,有的关系不大,但他们同是麦村人,和麦村周氏家谱有这样或者那样的关系,因此,从结构上看,这部小说还是较为紧密的。毫无疑问,这部小说是一部乡土小说,是一个生活在城市多年的人对乡村的描写。娜彧虽然没有完整的乡村生活经验,但是她的童年是在那种和农村联系紧密的小镇度过的,对乡村是有相当了解的。

《麦村》的视角是启蒙的,也是人文的。到目前为止,人们谈论娜彧,基本上是以她一系列都市文学作品为对象的,随着《麦村》的问世,我想人们不会怀疑娜彧表达、描写乡村的能力,这表明娜彧的文学视野是广阔的,这自然是一件好事。

拖 雷

20世纪70年代出生,本名赵耀东,呼和浩特人,中国作家协会会员,内蒙古首届签约作家。

拖雷小说

读中篇小说《俄语课》是我第一次接触这个内蒙古作家的作品,我只想说这部作品真是大气啊!我又发现了一个天才小说家。

下面是百度上关于拖雷的资料:

> 拖雷者,笔名也,本名唤作赵耀东,呼和浩特人,中国作协会员,内蒙古首届签约作家。历史上确实有个拖雷,他是一位杰出的军事家,驰骋于十二世纪蒙元疆场,他是成吉思汗的幼子,尊号"也可那颜",译成汉语为"大官人"。

赵耀东以拖雷为笔名,似也有甘愿当内蒙古文学"守灶者"之意。因此,从这位青年作家所选的蒙古族笔名又可看出,他不仅愿当内蒙古文学的"守灶者",而且甘愿当那薪火相传矢志不移的"灶石"。(冯苓植语)

《俄语课》(《清明》2015年第3期)写了五个人物。橡皮头、赵后锋、"我"三人是同学,外号为"阿廖沙"的人是三人的老师。橡皮头本是班霸,想收拾赵后锋,反被赵后锋治服,事后,橡皮头把这事告诉了同住一个大院的小混混"大零蛋","大零蛋"要为橡皮头摆平这件事,第一回合,他拿下了赵后锋,第二回合,赵后锋用菜刀砍得"大零蛋"哭爹喊娘。

不打不相识,橡皮头被赵后锋治服后,就想通过"我"和赵后锋讲和,"我"和赵后锋是同位,关系密切,看在"我"的面子上,赵后锋就同意了,三人进了酒馆。酒喝得兴起,三人上演了一出桃园三结义,赵后锋为大,"我"为二。这次酒钱是橡皮头用自己家几十斤粮票换的(一斤能换一元),麻烦就出在这儿,橡皮头的妈告到"阿廖沙"那儿,"阿廖沙"要"我"从家里拿三十元。"我"和两个兄弟一合计,决定偷东西换钱,"我"先是偷了"阿廖沙"的十元三角,不够,三人再合计,决定去小卖部偷烟。三人偷得一条红塔山,可换一百元,但出不了手,橡皮头建议找"大零蛋",四人意见达成一致,"大零蛋"先给五十元定金,在规定的时间再付另外五十元,条件是要他们三人给他销赃——偷来的冰鞋。看情形,"大零蛋"在他们找来时就想到了这层,当然条件是优厚的,不过也只有"我们"这三个已经逸出社会正常轨道的问题青年愿意干这事。

没过几天,东窗事发,"大零蛋"和赵后锋被抓,但他们没有供出另外两人。"我"一害怕,就想把拿"阿廖沙"的钱悄悄还回去,就在这时,"阿廖沙"的老婆和"阿廖沙"争吵,起因就是那不见的十元三角,这个女人认为丈夫把这钱给了相好的,争执中,"阿廖沙"拿刀吓唬老婆,没想到却失手杀了她。小说至此结束。

小说中,结义三同学都是差生,赵后锋和"我"的家庭有明显的问题,"我"的父母离婚了,父亲带着"我"生活。在"我"小时候,父亲就对"我"说,赵后锋的父亲死了,赵后锋的母亲再婚,这个后父和赵后锋打架,赵母打的是赵后锋。

"阿廖沙"的教育方法似乎不太恰当，作为老师，他并无春风化雨之功。他到"我"家家访，只是喝酒，也不谈"我"的学习。拖雷描写他，总是说他身上有股油条味，因为他每天早上都和老婆兜售自家炸的油条给学生，不像个为人师表的老师。他在处理三十元钱的问题上也是不恰当的，既然那钱是三人用掉的，就应该平摊，一人十元，而且这事得通知家长。

小说中的故事发生在1985年冬天，三个孩子念的大约是中专或者技术学校。小说中孩子打架的情景令人印象深刻。

如果要将拖雷的《叛徒》（《小说选刊》2013年第11期）进行分类的话，这部小说属于当今很火的谍战题材。

"我"是共产党人，因为和土匪头子唐五熟（"我"对唐五有救命之恩），被派到唐五身边，意在争取这支已为日本人所用的队伍。策反是有效的，"我"不仅改造了这支纪律松散的队伍，还成功地说服了唐五，使他答应起义。当然代价不小，"我"被唐五开枪打伤，差点丢了性命。

可是，起义失败了，"我"所做的一切，日本人了如指掌，唐五的队伍差点全军覆没，"我"被捕了，好不容易逃了出来，回到了革命队伍中间，面对的却是没完没了的审问。直到"我"的上级杨参谋长回来，"我"的不白之冤才得以平反。

"我"又被派到唐五身边，这时的唐五虽重新聚集了几百号人，但他对"我"的策反已充满疑虑。不久，"我"带来的小马被暗杀，"我"也差点被暗算，好在唐五同意投奔八路军的队伍。

唐五到了革命队伍中后，"我"被派去延安学习，这期间唐五牺牲了（被暗杀）。

小说留下悬念，谁是叛徒？我觉得杨参谋长嫌疑最大，因为只有他知道事情的一切。

《叛徒》算不上好小说，但其也有着自己的特色，适合被翻拍为影视作品。

陈 仓

70后诗人、小说家、散文作者。著有诗集《流浪无罪》《诗上海》《艾的门》，2015年推出"陈仓进城"系列小说集八部，2018年推出长篇文集四部《后土寺》《地下三尺》《醒神》《预言家》。

自2013年起，小说作品被《小说选刊》《小说月报》《新华文摘》《中篇小说选刊》等累计转载近三十次，进入各类年度选本二十多次，多次进入中国小说学会等机构评定的年度排行榜。诗集《艾的门》获第三届中国红高粱诗歌奖、中篇小说《女儿进城》获《广州文艺》第二届都市小说双年奖、中篇小说《墓园里的春天》获《小说选刊》（2014－2015）双年奖。2016年获人民文学杂志社举办的第四届"美丽中国"全国游记征文大赛二等奖。

曾参加诗刊社第二十八届青春诗会、鲁迅文学院第二十七届高级研讨班。现为中国作家协会会员，上海市普陀区作协副主席，陕西省青年文学协会副会长，成都文学院特邀作家，西安培华学院客座教授。

《父亲的晚年生活》评析

陈仓的中篇小说《父亲的晚年生活》(《文学界·原创版》2013年第11期,《小说选刊》2013年第12期转载)真实地呈现了农村老人的晚年生活。

小说分为六个部分,以在上海某家报社工作的"我"回家奔继母之丧为起点,通过"我"的眼睛展示包括父亲在内的留守老人的生活,把这一群体的寂寞和无助表现得淋漓尽致。

小说第一部分的题目是《那头猪》,这头由后母和父亲喂大的猪,已经成了父亲的一个不可缺少的伙伴。父亲说要留到过年杀猪,实际是舍不得这个能够倾听他诉说的对象。"我"不明白父亲的心事,想减轻父亲的负担,找李老伯把它杀了,这使已经基本失去听力的父亲更加孤独。

小说第二部分的题目是《唱老戏》。父亲的娱乐停止在过去的年代,他喜欢听老戏,而且是豫剧。如今豫剧下乡,那是没影的事,"我"知道了父亲的心事,就去请会唱豫剧的表叔。可表叔已经哑了,表叔的哑不是因为生病,而是因为长期没人和他说话,使他不知不觉丧失了语言功能。除了唱戏,表叔还会用烧窑烧出缸、罐、碗卖,可现在人们都用塑料制品,表叔的手艺没有市场,他只能坐在村口的核桃树下一边晒太阳,一边把泥巴捏成碗,一边毁掉又捏,如此反复,以此打发时光。就如《百年孤独》中的上校一样,他把自己关在屋子里,制造小金鱼,做好了又熔化,不断重复。这段描写最让人动容,农村老人的孤苦常人很难想象。

表叔不会唱了,但他知道"我"——喜娃子来的目的,他想着自己还能演武生,于是带着戏装和行头来到了父亲的村庄,这使村庄的老人欢喜异常。可是表叔在戏台上一亮相,就令大家十分失望,这种乡土艺术就如盲人说书,已经没有传人了。

第三部分的题目是《收音机》。如今,网络电视、微博、微信已经成了生活的一部分。可"我"的父亲只想听戏,大山中的乡村收不到戏曲频道,父亲还是留着收音机。收音机在父亲的生活中扮演着重要角色,即使听力微弱,那台红星牌的老收音机还是陪伴着父亲,再坏也舍不得扔,那台收音机就如那头猪一样,仿佛是一个家庭成员,父亲不时地从案子上把收音机拿下来擦一下,和它说说话,由此表现自己的寂寞。

第四部分的题目是《打麻将》。本来这是一个不打麻将的村庄,中华人民共和国成立前只有地主会,父亲和老一辈人都排斥地主会。为了丰富父亲的晚年生活,不再那么孤单,"我"找来了三个老人,教父亲打麻将。他们开始赌烟和洋芋,但洋芋有大有小,各家不一样,很快就产生了矛盾,尽管远在上海的"我"用钱摆平了这些事,可随着一个老人的死去,此游戏就歇火了。

第五部分的题目是《二姨娘》。曾经干净漂亮的二姨娘是父亲的梦中情人,二姨娘对父亲也有好感。父亲很想把失去自理能力的二姨娘接来,好好照顾她,自己也有个伴。但是二姨娘已病入膏肓,一身臭气,儿女们都嫌弃。二姨娘自尊心强,不想在妹夫面前出现,"我"希望父亲有伴的愿望只能落空。在农村有很多像父亲这样的老人,像二姨娘这样等死的人也不是个例。

小说第六部分的题目是《火烧山》。父亲不愿意跟"我"到上海，主要是放心不下老家的几亩地，看着地里产出的粮食，他心里就十分踏实。由于父亲冬天开荒引发了森林大火，还烧伤了自己，"我"花了不少钱才摆平这件事。这个意外事件使得原本顽固地要坚守乡村，在乡下终老的父亲同意到上海，和"我"一块生活，这个结局最令人悲哀。试想，连最愿意坚守乡村的老人都守不住自己的家乡，乡村的空心化必然发展得更快，或者已经成为事实，乡村如此衰落，难道不令人担忧？

小说六个部分描写的物、人、事件，构成乡村世界的部分图景，以此映现出中国乡村的现实。作者试图用作品吸引人们关注乡村，关注留守老人，关注乡村的空心化。

作者陈仓如"我"一样，真的在上海一家新闻单位工作，小说中描写的父亲生活的村庄塔尔坪也应该是陈仓的故乡，"我"大抵和陈仓重叠，这使作品充满着真情实感。

刘玉栋

1971年出生,山东庆云人,1993年开始步入文坛,1995年从事编辑工作至今,2002年参加鲁迅文学院全国首期中青年作家高研班进行学习。现在济南《当代小说》杂志编辑部任职。2002年加入中国作家协会。著有长篇小说《天黑前回家》,中短篇小说集《我们分到了土地》《公鸡的寓言》。短篇小说《给马兰姑姑押车》《幸福的一天》入选中国小说学会评选的小说排行榜。曾获首届、第二届齐鲁文学奖。

《回乡记》评析

刘玉栋的《回乡记》(《北京文学》2015年第6期,《小说选刊》2015年第7期转载)无疑是一篇乡土小说,当然这个乡土不是鲁迅笔下的乡土,大师眼中的乡土充满着愚昧和木讷;也不是高晓声笔下的乡土,这个乡土的人们有小农气息,保守,但在一个开放的时代,它也在前进。

刘玉栋通过《回乡记》传达出了对21世纪的乡村世界的感伤和绝望。人们的价值观念变了,谁有钱谁是大爷。除了老人和孩子,中青年都涌进了城市。小说中的"我"是一家报社的副主编,"我"的父亲曾经是村里受人尊敬的民办教师,就连现在的支书也是他的学生,再加上"我"考出去了,让父亲在村里的大小事情上都有话语权。但事情在变化,"我"本家的一个小辈骑摩托把老人撞了,拒绝承认,当"我"和支书到他家兴师问罪时,"我"的父亲便拨通了在县城喝酒的这个小辈的电话,这个小辈不仅和过去一样蛮横,还说要弄死"我"全家,无奈之下,"我"只好买好牛奶,要同辈三明且是撞人小子的叔父代表那小子到"我"家赔礼道歉。为此,"我"不仅赔了一箱牛奶,还要请三明到镇上喝酒。"我"父亲的面子竟然以这样一种方式找回。

《回乡记》所暴露出来的乡村拜金主义、人心涣散、传统价值观念崩溃、痞子横行等问题都是令人忧心的。乡村田园之美不复存在，它的沉寂和混浊令人揪心，当然，这不是我们乡村的全部。总的来说，乡村在改革开放后一直在进步，乡村振兴的目标总有一天能实现。如果作者想要全面表现乡村，也要写出乡村光明灿烂的一面。

王十月

1972年出生,作家,《作品》杂志副总编,新野性艺术家。著有《国家订单》《烦躁不安》《无碑》《收脚印的人》等作品。曾获第五届鲁迅文学奖中篇小说奖、《中国作家》鄂尔多斯文学新人奖、冰心散文奖等。

打工者的丰碑
——王十月的《无碑》

1992年邓小平南方谈话后,"打工"一词传遍国内。王十月《无碑》[①]中的李保云就是1992年到广东瑶台打工的。这种人口流动是市场化的结果,李保云到瑶台,不仅找不到工作,还屡被人骗。李保云脸上有胎记,人们都叫他"老乌"。他自卑,也不招人待见。那些招工的以交报名费、考试费等名义糊弄这些外地人,他们收了钱却没有录用这些打工者,打工者们只能哑巴吃黄连,无处说理。老乌把家里带来的钱都用光了,还找不到工作,只好睡在瑶台村的大榕树下。南方暑热难当,他又饿又热,人就晕过去了。好心的村民给他刮痧,泼凉水,这才使他苏醒过来。村民黄叔正好有鱼塘要人看守,就收留了他。

这时,黄叔已经办了所谓的塑料厂,一共只有四个人,黄叔是总经理,每天骑摩托拿货送货;黄叔老婆拿一把小刀,在塑料接口处削胶;阿湘和阿霞两个打工妹开机器。

阿湘虚荣,不大瞧得起老乌,她也和别人一样叫他"老乌",唯有阿霞叫他"李保云"。1993年春节到了,阿霞回家。春节过后,李保云望穿

[①] 王十月:《无碑》,《中国作家》2009年第9期。

双眼，也不见她的身影。阿湘回来了，但她和烂仔阿昌搞到一起，可不在厂子里干了。

到了1993年底，黄叔的工厂变成了"瑶台塑料制品公司"。公司有了三台注塑机，请来了调色师傅黎建群做厂长，黄叔将摩托换成柳州五菱牌汽车。老乌也不看鱼塘了，成了公司的一员。他想跟黎厂长学调色配料技术，所以请黎建群吃饭。可他一句话说坏了，他说这不仅是他个人的意思，也是黄叔的意思。黎厂长认为黄叔想找人代替他，便不教老乌技术，老乌自然和黎厂长搞不到一块。这时，有一个川妹子叫李彩凤，也在厂里打工，黎厂长就对她动手动脚，李彩凤就叫老乌和她假拍拖，换得安全感，可最终，李彩凤还是成了黎厂长的小蜜。

老乌是大好人，马善被人骑，人善被人欺，厂里随便什么人都喜欢使唤他，好在老乌并不计较。但新来的机修师傅湖北人李钟看不惯这一情况，便为老乌说话。从此，其他人再也不敢随意使唤老乌了，因此，老乌很感激李钟。

老乌跟着李钟学机修。李钟过年回家，老乌依依不舍地送他。

渐渐地，李钟和黎厂长有了矛盾，一个是湖北人的头，一个是广西人的头。黄叔的女儿黄云瑶大学毕业后也到父亲开的公司做事，大家都有自己的位置，只有老乌依然在打杂，所以，他就不想干了。辞工书交上一周后，黄云瑶对老乌说，公司不接受他的辞呈，说要把最重要的工作——总务总管的位置安排给他。为这事，老板和老板娘还产生了摩擦。在此之前，总务总管是老板娘的堂侄，那是个满嘴跑火车的人。黄叔对老乌知根知底，自然信任他。

总务总管是个天天能接触现金的职务，有"三年总务头，一幢小洋楼"之说。老乌是老实人，不克扣，凡事还亲力亲为。就拿食堂来说吧，不仅比过去少花钱，伙食还比过去好。这样，当然工人满意，老板满意。

公司食堂是广西佬掌勺，给广西人的肉多，给湖北人的肉少甚至没有肉，一场斗殴终于爆发了。

春节到了，有的工人不回家过年，老乌和黄大小姐安排了留厂职工春节的食谱，还策划了联欢会，尽管黄老板说女儿是儿卖爷田，不知心疼，还是通过了这一方案。

此时，国家已有《劳动法》，黄老板为了降低生产成本，听从黎厂长意见，大力裁员，延长工人的劳动时间。面对这种情况，大家议论纷纷。李钟是个有头脑、敢担当的人，力主罢工。老乌劝李钟不要罢工，但李钟主意已定。

出于对黄叔的感激，老乌还是把罢工的事情和黄叔说了。这给了黄叔充裕的时间，他和参加罢工的主管说好了，许诺按《劳动法》发给他们加班工资。这些人最容易为钱收买，自然听黄叔的。第二天，所有的人都正常出工，唯有李钟一人罢工。

李钟被迫辞职，临别赠言老乌："脸上长了胎记不可怕，别让胎记长到心里。"[①]深受良心谴责的老乌也辞职了。

老乌很长时间都没找到工作，他也没有什么技术证书，只有书法还拿得出手。他学别人的样，把自己的硬笔书法装订成册。不想弄巧成拙，别人认为他是个人才，更不会聘他做普通工人。好在基德厂经理林小姐和黄叔认识，后来她还成了黄叔的情人。她看了老乌的简历，就聘老乌做杂务工作。

基德厂保安多，实行军事化管理，每天清晨都做广播操。杂工队的小队长看老乌和林小姐熟，还会写一手漂亮的毛笔字，就产生了危机感，怕老乌顶了他，就买了条"白沙"烟，贿赂总管，总管就以老乌和马超偷懒为由，开除了老乌，但马超为老乌打抱不平，就和林小姐说了前后

[①] 王十月《中国作家》2009年第9期，第81页。

经过，老乌反而因祸得福，调到了技术部门，只是可怜马超，还是被开除了，老乌还给了他四百元。

老乌学会了调油，工资比原来打杂高多了。李钟在深圳和人打架，砍伤两人，后投案自首。这消息对老乌打击很大。老乌笃定没有他的出卖，断没有李钟这一劫，因此心情很不好受。他给李钟写了很多信，倾诉忏悔之情，李钟并没有收到。

这以后，老乌升为调色组的主管。

基德厂的老板黄光南对工人苛刻，他有句口头禅："弄死个打工仔，像弄死一只老鼠一样容易。"一场大规模的罢工正在酝酿中，串联的工人给了老乌两个牌子，一个是"还我血汗钱"，一个是"反对押工资"，前者是针对工资少了，后者是反对进厂要押三个月工资，辞工者，这钱就没有了。

这次罢工也被老板黄光南（不是黄叔）知道了，不是老乌告的密。黄光南也把主管摆平了，老乌第二天也效仿李钟，一个人举两块牌子进行罢工，被保安拖了出去，老乌抱住旗杆以致不被拖走。林小姐在老乌面前泪眼汪汪地说，她有个哥哥，脸上也有疤痕，她把老乌当成了自己的哥哥。这话触动了老乌内心的柔软，只好结了工资走了。春运还早，老乌已有几年没有回家，干脆提前回家。

老乌再来瑶台是1998年，他做起了二手房东。他能顺利地做上二房东，还多亏了黄叔。黄叔念旧，知道他来了，就说自己建了三幢房子，准备给三个孩子做退路，一人一幢，以防企业到时倒闭，孩子们没有生活。这二房东一般要付一年或半年的租金，黄叔把老乌当自家人，没要一分钱，老乌白手就有了家业。

老乌把房子租给了别人，每幢楼的卫生都是自己搞，还在楼下开了个电话超市，日子比起在公司上班时多了一份自在。谁知他又遇到了阿湘，阿湘当年离开了烂仔阿昌，跟香港一个开货柜车的司机乔治好上了，不知甘心当了他的二奶还是三奶，还怀孕了。一日，她和乔治的另一个情人吵架，被其打倒在地，一气之下，服了安眠药自杀。老乌救了阿湘一命，阿湘要生下乔治的孩子。阿湘的肚子一天天大了，生产前，还是老乌打车将阿湘送进了医院。

阿湘生下了个男孩。老乌一直照顾着他们母子，孩子（取名乔乔）百日那天，老乌还带乔乔照了百日照，三个人也合了影。这天晚上，阿湘把自己给了老乌，天明时，阿湘不见了，身边只剩乔乔。

阿湘是一个心比天高的女人，总想追求富贵的生活。现在，孩子绊住了她，和老乌在一起，这不是她要的生活。

老乌又当爹，又当娘，背着孩子工作。他一手抱孩子，一手收垃圾下楼，水管坏了，也要抱着孩子去修。回家后，他连做饭的力气也没有，只能趁孩子睡了，赶紧打个盹。

老乌只好请了个女工帮他打扫三栋楼的卫生，自己带着乔乔守着电话超市，收房租，搞维修。

乔乔患了肺炎，把老乌折腾得够呛，人瘦了一圈，三十几岁的人，看上去五十岁都有了。

老乌生命中另一个重要的女性出现了——阿霞。阿霞当年回去结婚，遇人不淑，那男人赌博，还好打老婆。阿霞不堪忍受，别了一儿一女回到瑶台村黄老板的公司继续打工。要是没有乔乔，没有和阿湘的那一晚，老乌对这个消息还很兴奋。现在，他只能想着乔乔，想着怎样把乔乔带大。连2000年春节的春联，他也把保云、阿湘、乔乔三个人的名字嵌在其中："潇湘春雨保乔木，云净秋水望瑶台。"因为阿湘是湖南人，所以春联中有"潇湘"二字。

进入新世纪，科技日新月异，人类进入互联网时代，可惜老乌学不会电脑,他把希望寄托在乔乔身上。

新千年的春节正月初二,阿霞提着水果来给老乌拜年。阿霞变了,变得干练,有主张了。

乔乔一周岁了,这孩子皮肤过敏,出疹子。这事又把老乌搞得手忙脚乱,好在阿霞来帮忙,老乌轻松多了。通过乔乔生病事件,老乌和阿霞亲近多了,她常来帮老乌收拾家,带乔乔。

又一年春节到了,阿霞回去过春节了,春节后好长时间没有回来。再来时,带了一双儿女——余乐和余欢来投奔老乌。他们基本上像一家人一样,还开了个二手家具店。

黄叔拗不过老婆,只好收回了三栋房,交给老婆的侄儿。办完交接手续后,老乌情绪低落地回到住地。阿霞脱去老乌上衣,老乌抱住阿霞,两人恩爱如夫妻,就此守着二手家具店,像一家人一样生活。

老乌是那种负责的人,做事负责,对女人负责。他和阿霞有了一晌贪欢,就想让阿霞离婚,两人做长久夫妻。于是他就找人咨询,接待的竟然是李钟。原来,李钟在牢里自学了法律,虽没有执业资格证,毕竟晓得了许多法律上的事情。打工者一有什么法律纠纷,就来咨询李钟。

李钟建议老乌要阿霞早点办离婚,尽快地由她向法庭申请。可乔乔、阿湘、他三个人的合影被阿霞看见了,阿霞很不开心。老乌保证这孩子不是他的,他可以去做亲子鉴定,才使阿霞相信了他。老乌要和阿霞一道回去,帮她办离婚,阿霞说他去有可能把事情搞砸,就一个人带着孩子走了。

一周后,阿霞就回来了,只是没把余乐带回来。原来是余欢爷爷奶奶知道了阿霞回家的意图,就下跪求媳妇留下余乐,意思是要媳妇给余家留下一点血脉,阿霞只好答应,而她丈夫也出去打工了,这婚一时离不了。

余欢先上的是民办小学，农民工子弟学校的教学质量和教学设施都无法和公办小学相比，老乌想把余欢送到公办小学，孩子当然高兴。她曾趴在公办小学的栅栏外，羡慕着那里孩子的一举一动。老乌跑了一圈，找了几个人，还是无效。为了不使余欢失望，他一咬牙，花高价给余欢买了个她早想要的芭比娃娃。乔乔也想要这个芭比娃娃，就和余欢抢了起来，阿霞就从余欢手上夺过娃娃给了乔乔，乔乔不哭闹了，余欢却哭成了泪人。老乌心疼，罚了乔乔跪，要他懂得，不能见到别人的东西好，就抢。乔乔一哭，红疹出来了。

经过这件事情，阿霞连余欢作业签名的事情都交给了老乌。他们夫唱妇随，做小本生意。阿霞姑姐的一个电话终结了这种平静，她在电话中说，余欢的爷爷要死了，临死前想再看一眼余欢，老乌只好让阿霞带着余欢回去了。这一回使得阿霞和老乌的关系彻底破裂。阿霞老公回来了，他保证不打牌，不打她，和她在一起好好过日子。这个男人是余欢、余乐的爸爸，这是更改不了的事实，阿霞只能断绝和老乌的往来。

这个打击对老乌来说是巨大的，他以为自己会死掉。一晚上过来，除了有点累，并没有什么，他还有乔乔。由于手机的普及，他关掉了电话超市，专心做二手家具的生意。他的书法作品被登上了打工人的刊物《异乡人》，一年下来，他的书法在本市也小有名气了。《异乡人》的主编张若邻专门为老乌做了一期打工人的故事，讲的是他和乔乔的事情。

到了2003年，老乌三十六岁了。这一年，他出名了。他的故事在《异乡人》刊出后，收到许多来信和赠物，其中一个叫阿梅的寄了衣服，还附上了五百元，向他索要乔乔的照片。张主编要他拣几封信在杂志上公开回复，对阿梅的信，老乌单独作了回复，把寄来的钱又还了回去。

这个时候有了非典，但老乌的故事还是得到许多人关心。他上了广播电台热线节目，有关他的电视片《老乌的瑶台》也在电视台播出。

瑶台也不是过去的瑶台，几个艺术家联手，准备把瑶台建成像北京798、上海八号桥、莫干山路那样的艺术区，他们还想要老乌加盟。老乌盘出了家具店，加盟了瑶台艺术村的道格艺术机构，第一批工业区迁走了，第二批工业区也在陆续搬出，老乌把父母接来过年，那个一直和他保持联系的阿梅也准备在正月初九来看老乌和乔乔。

老乌是把阿梅当女朋友的，他如约去见阿梅。没有想到，这个阿梅就是阿湘，她是来要乔乔的，还拿出了十万元的辛苦养育费。阿湘向老乌下跪，老乌夺门而出。他到家后迅速收拾行李，带乔乔、父母拦了辆的士，坐火车，转汽车，回到了北方的老家。

在田园风光中，乔乔虽然兴奋，但出了一身疹子。老乌的父母让乔乔喝了一碗艾蒿水，又用艾蒿水给乔乔擦洗了一下身上，还用煮熟后剥了壳的鸡蛋在乔乔的每一寸肌肤上滚了一遍。当晚，疹子就消了。

老乌这次回来是有打算的，他要和乔乔一起享受最后的时光。他本想让乔乔在家待半年，给乔乔留下农村大自然的美好记忆，但父母催他回去，他和乔乔待了一段时间，就返回了瑶台。走之前，他告诉了乔乔他的亲生母亲是谁，还告诉了他，他的妈妈在找他。

老乌将孩子还给了阿湘，老乌没有收那张银行卡。办了这件事情后，老乌彻底失踪了。

李保云、李钟是农民工的杰出代表。《无碑》的作者谨以此作献给"中国制造"的奇迹创造者，以及为此奇迹付出青春与梦想的人……如今，"中国制造"风靡世界，有人说，南非足球世界杯除了球队不是中国的，几乎所有的比赛用品都是中国的，以至于有人说，中国是那年第33支参加世界杯的队伍。这份荣耀就是老乌、李钟他们一个又一个普通的打工者创造的。如今说的工人阶级，其主体就是李保云、李钟他们。

小说中的黄叔作为农民企业家，在"中国制造"上无疑出了一份力，他是农民中早期洗脚上田做企业的代表人物之一，他的企业的壮大离不开打工者的巨大付出。他善良、狡黠，可为了要生下自己的接班人，他又和林小姐结合。孩子虽然生下了，他却落得个众叛亲离、凄凉离世的下场。

《无碑》的叙事针线绵密、紧凑，语言都是中国古典白话小说的再版，如"却说是年底"[1] "兄弟二人相拥而别，颇为凄凉"[2] "说话间，又到出粮时，厂里放假"[3]。

小说取名《无碑》，是因为中国制造奇迹的创造者主要是像老乌一样的巨大的农民工群体，他们在历史上往往是无名者。我们说历史是人民创造的，可古往今来人们传颂的是英雄，"无碑"是他们的真实状态。我把文章取名为"打工者的丰碑"，既是对老乌、李钟的出自内心的景仰，也是对他们功劳的一种恰如其分的表述。

打工文学作品不少，像王十月这样的创作素材基本出自第一手资料的作品却并不多，作为70年代生人，他初中毕业就出来打工，做过杂务、调色工、主管等，丰富的打工经验使他在创作打工文学时非常自如。《无碑》中，老乌做过的杂工、调色工、主管，他都干过，因其能对笔下的人物感同身受，写出的作品才真实动人。我认为《无碑》是打工文学的扛鼎之作。

---

[1] 王十月：《无碑》，《中国作家》2009年第9期，64页。
[2] 同上书，第91页。
[3] 同上书，第91页。

从《国家订单》到《寻根团》

王十月的《国家订单》(《人民文学》2008年第4期)和他的其他作品一样,也是打工题材。小说中,打工者李想和小老板关系很好,在小老板欠了他四个月工资后,他迫不得已交出了辞呈,因为他妻子怀孕八个月,快临产了。一个从农村来城市打工的人,在城市要租房,要生活,所以,他必须辞职。对李想来说,他要对妻子和即将来到人世的下一代负责。

李想是小老板工厂的管理层的骨干,他是个重情的人,小老板挽留他,希望他帮助自己渡过难关。他咬咬牙,答应做到月底。这时,一件震惊世界的大事发生了,美国双子座大楼遭到恐怖分子劫持的飞机的袭击。机会来了,欠了小老板工厂很多钱的赖查理现身了,不仅还了小老板制衣厂的部分货款,还给了份美国国家订单——二十万面美国国旗,五天交货。这下工人的欠薪发了,厂里食堂还加了菜。小老板说,接下来的工资是前所未有的高,大家一天可挣六十元。此言一出,连先前写了索要工资的信,还把一把刀子跟信放在一起,并悄悄放到小老板那儿的张怀恩也答应留下来。

小老板是个驭人有术的人。在缓过劲来后,小老板再次挽留了李想。

李想有些懊悔，但开弓没有回头箭，他收下了小老板的一万元，还是坚持原来的承诺，准备离开。小老板和李想商量这份美国订单，李想建议外发一部分给别的厂，但小老板不想这样做，他想独立干完这份活。要是那样，他的工厂就可以起死回生。李想提醒小老板，除非工人五天不合眼，拼命地加班，否则绝无希望完工。小老板完全没有听懂李想的话中之义，反而顺着竿子往上爬，说，就五日五夜地干，权当抗洪抢险，干完了，大家休息几天。李想看多说无益，就去安排生产了。李想走后，小老板叫来了张怀恩，他有意把张怀恩写给他的信和那把刀子放在桌上。在这种气氛中，小老板宣布晋升张怀恩为主管，让张怀恩死心塌地地为自己干活。

一场赶进度的大战开始了，五天五夜，工人们除了吃饭，还有在机器发热起火时停机四个小时歇了一会儿外，几乎没有休息。

这批货是在工期内赶了出来，可张怀恩却累死了，小老板见报了——不良老板！黑工厂！张怀恩父母来了，问小老板要十万元，可小老板只愿意给八万。这个赔偿数额确实低了，张怀恩的老乡找来了律师，向小老板索赔八十万。如果这样，小老板的工厂只有破产一条路。

小老板痛苦至极，爬上了高压电线架，这时赖查理又打来电话，订购十万面星条旗，要求两天内交货，并说这是国家订单。小老板动粗口了，说，去他妈的国家订单！他扔了手机，扔了口袋中星条旗的样板。

很明显，《国家订单》反映的是农民工没有保障的状况，很多时候《劳动法》对于他们来说是一纸空文，他们的血汗被无情地榨取。高明的是，《国家订单》还通过小老板承接加工星条旗而破产的事实，表明许多中国工人已成为美国资本家的佣工。在全球资本主义体系中，不仅中国工人，连中国一些薄有资产的老板，也成了外国资本的奴隶。

王十月是打工出身的70后，他之所以引起文坛注意并获得好评也是因为其写出了一系列反映打工生活的文学作品。《寻根团》(《人民文学》2011年5月)主要描写的不是生活在底层的打工者的生活,而是楚州外出到广州务工的成功者,写这些老板策划的一次风光回到故里的事件。从楚州到广东的作家王六一是这次活动的策划者之一,他也参加了老板们的衣锦还乡。这些老板——一百个小有成就的打工仔,是以"楚州籍旅粤回乡投资考察文化寻根团"的名义归乡的。这一事情不管在楚州,还是广东,甚至全国都是个抢眼的有价值的新闻。主要策划者冷如风把这个车队进行了编号,一二三号车的位置需要竞标获得。王六一在这次活动中搭上了毕光明老板的车子,加上他也是楚州市长眼里的名人,因此也风光了一把。

当然,如果《寻根团》真的只写这些功成名就的老板风光回乡,那和一篇吹捧商人的报道没什么区别。王十月在写这些老板的同时,还写了王六一在这个过程中维护自己的自尊、打工者马友贵的死亡和生活在乡下的王六一的堂兄王中秋被派出所拘押等一系列事件,这就使《寻根团》描写的主体扩展到社会其他阶层,意义非同一般。

作家王六一是被朋友冷如风拉进这个团的,冷如风这么做,看重的是王六一记者和作家的身份。六一本人在活动前梦见死去的父母,本就想着回乡过清明,此时此刻冷如风和他说这事,他也就有了热情和干劲。当然,他在那些财大气粗的商人面前,不免有些自卑,有时,这种自卑就转化为不必要的自尊。如毕光明老板在活动的当天早早就带着司机和妻子来小区接他,他本来收拾好了,还故意磨磨蹭蹭的,让毕光明足足在楼下等了他半个多小时。到了楚州,其中一些老板聚会,也带上了王六一,这些人叫了小姐,王六一却借故离开了。

王六一对马有贵是真心照顾,马有贵至死都感激他,说他是好人。马友贵是王六一的发小,两人是一块挤火车到南方打工的,并一块在工地干活。后来，王六一靠手中的笔闯出了名堂，马有贵在一家工艺厂做磨砂工，没挣到什么钱，却得了尘肺病。仗王六一的关系，他做活的那家工厂老板答应给他治疗，或者一次性地补偿二十万元给他，马有贵选择要钱，他想要是死了，这二十万对老婆孩子也是个交代。要到钱后，马有贵就一边买点药治病，一边做些家务，而老婆则在外打工。马有贵知道有这么个寻根团，就和王六一说，自己也想蹭这些老板的小车回老家一趟，想在死前见一次父母。上车后，那辆车上的老板的儿子瞧不起他，他还呼哧呼哧地直喘气，要下车小解。老板的儿子就骂了几句。王六一知道了，就将他调到自己的车上，这事让马有贵既不痛快，又自卑。但想想活动中还有书记、市长向他敬酒，他可以趁机叫王六一拍下二人向他敬酒的照片，拿回家炫耀，他的心情又好了起来。在王六一给他拍纪念照时，他呼哧呼哧的毛病又犯了，这让他有职业病的事情公开化了，书记和市长有风度，说有病治病，不行就安排住院，可寻根团的一些老板却嫌马有贵丢了他们的脸。马有贵开始后悔了，他认为真不该进这个团，于是，就离开了寻根团，打车回了烟村。到家的马有贵并没有享受到天伦之乐，老父怕马有贵死了，二十万被媳妇独吞，就提出这笔钱由他保管，为这事，父子吵得不可开交，马有贵想不开，喝农药自杀了。同样是还乡，老板们所到之处，有人接待，有人吹捧，处在底层的马有贵除了沾点老板的余光，连家人都逼迫他，令他丢了性命。对比之下，马有贵让人感慨，这是小说，也是生活中的真实。

　　王六一的堂兄王中秋是寻根团之外的人物，他是通过王六一回村祭拜父母一事而成为小说中的人物。他本是民办教师，生活富足，在农村率先盖起了砖房，是村里的一个人物。随着农村就学孩子的减少，好多小学和初中都拆了，他也被辞退回家。村民纷纷外出打工，比他挣得多，相继盖了一幢又一幢的楼房，他的砖房夹在其中，就成了落后的象征。

他本来就刚直，又没竞选上村干部，心理有些不平衡，便把自己看成是意见领袖，动不动就和村镇干部对着干，成了上访专业户。为了镇里招商引资，把化工厂修到村里这件事，他带头闹事。王中秋鼓捣的这摊事，真的很典型。化工厂建在村里，污染了水资源，不仅家家要打井，好多水田也不能种稻了，只能改成旱地。不过，工厂一启动，一些农民可以在化工厂打工，还可以得到一笔补偿款。如今，发展和环境的矛盾严重，各级都有重视环保的干部，但发展是第一位的，也是各级领导首先考虑的问题，不发展，经济上不去，政绩显示不出来。到头来，他们只有牺牲环境。王中秋也占理，但很多村民不以为然，谁会想以后的事情，眼下就能来钱，好事呀，你王中秋折腾什么。周镇长以"保护良好的投资环境"为由将王中秋关了起来。王中秋还算幸运，有王六一这样的堂弟，还有毕光明这样的大老板是他的同学，他只被关了一夜，写了保证书，就出来了。

小说结束时，王中秋在王六一的介绍下，也来到广东打工，打工是正事啊，这是全社会的共识。我认识的好几个退休的教授都纷纷加盟民办大学，有人在退休前就把这事办了。别人问他们做什么，都是回答"打工啊"！你王中秋早该醒悟，人家教授都这么做，小学民办教师还为民请命，真是笑话！在一个全民打工的时代，打工已成了大众乃至白领阶层的第一选择。话是这么说，可王中秋这样的文化人都到城市打工，农村的凋敝可想而知，我以为，三农问题中最突出的问题是农村人才的流失。

《寻根团》的写作是有技巧的，一是多线索。老板团是一条线，马有贵和王六一是一条线，王中秋是一条线，三线合一，就使作品表达的社会生活比较丰富；二是小说首尾照应，结构紧密。开头写王六一看《世说新语》突起思乡之念，便不以"要名爵"为人生目的，而命人驾车归乡,接着很自然过渡到寻根团返乡这件事。结尾时,冷如风催王六一为寻根团的这次活动写序,王六一打算就把这个小说作为序,随后,照录小说开头那段文字。

从《国家订单》到《寻根团》,这中间王十月还写了一些描写打工生活的中短篇小说,通过这些小说,王十月奠定了自己在中国文坛的地位,说他是中国当代打工文学的领军人物,我认为一点都不为过。在《寻根团》中,他的笔触还延伸到了受资本、工业化侵袭的乡村。我们有理由相信,王十月的文学道路会越走越宽。

李 亚

20世纪70年代出生,安徽亳州人,中国作家协会会员。1996年毕业于解放军艺术学院文学系,现供职于海军政治部创作室,出版小说集《幸福的万花球》《亚丁湾的午后时光》等两部,长篇小说《流芳记》《花好月圆》等四部,曾获"十月文学奖"、《小说月报》百花奖、《中国作家》鄂尔多斯文学奖、"鲁彦周文学奖"等军内外文学奖等。

《武人列传》评析

李亚的小说很好看，我曾经看过他以七八十年代农村露天电影而串联起的人和事写成的中篇，只一篇我就记住了这位作家。如今看他的《武人列传》，我有两个突出的感觉，一是亳州这带民风剽悍，大都是火药性格，一点就炸；二是青春期的骚动，小说中学武的孩子都是十几岁，青少年时期旺盛的精力无处发泄，一旦学武，就有了倾泄的渠道，也正因为学武，他们特别容易滋事。通过武术，这些孩子的命运都发生了令人感叹的变化。

双胜在学武时结识了一帮师兄弟，他是孤儿，他的家就成了这帮孩子自由的乐园。双胜依靠姐夫种了四亩西瓜，本可以收获西瓜，卖掉而得到一年的衣食。可孩子就是孩子，他们把四亩西瓜吃掉了，双胜的姐夫气得不再上门。双胜后来得到师傅儿子秃子的指点，开始烧窑，很快上了道，富了起来，娶上了媳妇，有了儿女。读双胜的故事，我们感动的是，双胜死了父母后，虽然他的那些师兄弟迅速吃完了他的一点家当，可这些孩子也真心帮助他，他们心甘情愿给双胜当一个暑假的苦力，使双胜完成了原始积累。学武的人讲究义气，这种精神在这些小兄弟身上充分地体现出来，或许比起大人，他们的这种精神更为纯洁。

宝扇是天生学武的料,他不仅能掌握师傅传授的各种绝技,还能融汇他家的技法。这在当地注重师门传承的各种武术派别中都是大忌。因此宝扇尽管得了武术冠军,还是被逐出了师门。不过有了这样的经历,他有了名气,也有人做他的徒弟了。只是醉翁之意不在传,他看上了徒弟的姐姐,硬要和人家成就好事。案发后,他被判了十七年,一生就此毁了。

　　拐弯学武,小小年纪就学出了勇气。小学五年级时,他就跟老师过招。他的哥哥从部队复员,对象要退亲,他硬是跪在人家门口,从头年秋天跪到第二年正月,生生地把那家跪崩溃了。对方不但没有悔婚,还把小女儿嫁给了他。可小的没有大的好看,拐弯不怎么乐意。正好一次打架见血,拐弯外逃,趁机不再回家。他跑到漠河,在那儿找了俄罗斯的姑娘,成了家。如果不是学武术,或许他没有这样的韧性,命运不会这样复杂。

　　治安是一个没有生活目标的人,学了几年武,武功也有点长进,人也仗义。偶然一次,他骑着自行车撞上了小四轮拖拉机,睾丸被拽出了一个。这事给他带来了很大麻烦,一是人家笑话他,治安气得打了对方一顿,被关进了看守所。以后多次相亲,人家嫌他少了一个零件,怕他有性功能障碍,都不和他结婚,这使他五十岁了还孤身一人。只是他给人家看桃园,倒也逍遥自在,他很满意自己的现状,说大官也没有他自在。有一个高官死后骨灰没人打理,还是治安感念这人帮他说过话,收了这人的骨灰。

　　《武人列传》的语言是现代汉语,但也有古代白话小说的韵味,尤其是对《水浒传》的继承。小说中每个故事结束都有对仗句作结。比如双胜的故事讲完了,就以"爹死了娘死了孤苦儿运气还在,种西瓜烧砖窑刘老尿独占花魁"结尾,这一联亦古亦今,而且概括了双胜的全部生活。

薛 舒

上海"70后"女作家,上海市作家协会理事。著有小说集《寻找雅葛布》,小说《天亮就走人》《飞越云之南》《婚纱照》《隐声街》,长篇小说《残镇》《问鬼》,长篇非虚构作品《远去的人》等。作品发表于《人民文学》《中国作家》《北京文学中篇小说月报》《上海文学》等选刊。

为父辈立照
——读薛舒的《我青春的父亲》

早年看过张艺谋的电影《我的父亲母亲》，并不觉得有多好，在我看来，要不是该片起用了新人章子怡，她的清纯、美丽和本色表演令观众眼睛一亮，这部电影在当时不会引起多大轰动。其实，父母的生活很大一部分都在儿女的视线里，写父母或者父辈生活，对于子女来说，是比较容易的，当然要写得好，也非易事，这需要作者拥有出色的文学才华和对上一代浓烈的感情。只有这样，才可能有优秀的作品问世。薛舒的《我青春的父亲》[①]无疑是一部为父辈生活立照的好作品。

《我青春的父亲》是以苏雪的口吻叙述的。苏雪的父亲苏金富本是一个健康的农村少年。十六岁那年，在上海做工的亲戚给他大哥找了一份工作。他哥刚相过亲，很满意女方，就不想离开家乡到上海。苏金富觉得机会难得，就鼓动母亲苏陆氏，允许他去上海。

苏金富背着母亲准备的老蓝土布包袱，到了上海刘湾镇农具厂。面对熊熊燃烧的炉火，他挥动着沉重的打铁榔头，成了工人阶级队伍中的一员。他所处车间的党支部书记看苏金富这个来自农村的孩子纯朴老实，

[①] 薛舒：《我青春的父亲》，《中国作家》2009年第4期。

在夏天接近尾声的时候，借给他一顶旧蚊帐。书记人势利、投机，时常以借蚊帐的事要苏金富不要忘记他的好。他要苏金富先入团，再写入党申请书，成为要求入党的积极分子，都是有目的的。他女儿和苏金富年龄相当，苏金富人帅气，也机灵，书记是怀着要把女儿嫁给苏金富的心理，才接近的苏金富。

苏金富在婚姻问题上有自己的考虑，不中意女方，他是不会接纳的。他母亲怕他在上海成家，就给他在老家找了姑娘，他不同意，母亲就绝食。为了母亲，他表面上接受了这样的安排，和女方在照相馆照了相。但这只是权宜之计，他看上的是同在一个厂工作的林文芳。林文芳是上海人，出生在资本家家庭，皮肤白皙，扎着麻花长辫子，还有文化。她看苏金富用三十二只口罩缝成了一顶蚊帐，就感受到这个小伙子的心灵手巧和勤俭节约，便芳心暗许。

苏金富解除了与乡下那个姑娘的订婚关系，女方要他买百雀灵雪花膏和女式套鞋作为补偿。苏金富买女式套鞋的事情被书记知道了，书记大为恼火。他已经请了苏金富到他家过中秋，还介绍女儿和苏金富认识。在他眼里，苏金富已经是自己的准女婿了，没想到他还和乡下姑娘纠缠在一起。书记很气愤自己看人看走了眼，不仅不再打把女儿嫁给苏金富的主意，再也不提苏金富入党的事了。

推掉了乡下的对象和书记的女儿，苏金富和林文芳的感情大有进展。1964年，苏金富当兵了，别人都送他笔记本，林文芳送的是几乎可以买一把口琴的钱，而且在信中明确地说是要他买口琴，这礼物的精神意义和情感价值在那个时代的确是很重的。

苏金富在浙江杭州当兵，他和林文芳鸿雁传书。两人在书信中谈了革命的大好形势，字里行间也透露着互相爱慕和发展个人感情的意味。苏金富看火候差不多了，就邀请林文芳到杭州来玩。林文芳谎称要陪同厂女工沈善弟到杭州探望她姨妈，骗取了父亲信任，才有了杭州定情之旅。

在柳枝吐绿、桃花盛开的西湖之旅中，他们真的情定终身了。苏金富这时已是班长，作为多年的入党积极分子，他成为党员的希望也一天比一天明朗。

"文革"开始了，林文芳父亲受到批判。有个当兵的做女婿，能提高他们家庭在社会上的地位，他自然非常乐意这门亲事。可林文芳是资本家出身这一条也给苏金富入党带来了麻烦，就在这节骨眼上，苏金富手下的一个叫武宝玉的士兵出事了。此人来自秦岭山区，也是贫苦人家的孩子。他不讲卫生，孤僻，与大家谈不到一块，玩不到一块，军事素质也很差，很多规定动作都完成不了。战士们都鄙视他，有的老兵故意逗他，让他在众人面前出丑。在极度的心理扭曲中，他精神失控了，开枪打死了好几个战士。危急关头，苏金富将他扑倒在地，但武宝玉还是扣动了扳机，误杀了自己。

武宝玉被定为反革命，苏金富尽管应急处理有功，但有重大责任。入党、提干之事只能暂时被搁置起来，后来，他复员了。

苏金富和林文芳结婚了。苏金富只提供了一辆凤凰牌自行车（还找林文芳要了三十元，林文芳给了五十元），其他一应家具和花费都是林文芳出的。尽管外面乱得很，林文芳出身剥削家庭，但有苏金富复员军人这个牌子罩着，他们的婚姻还是甜蜜的，生活是安定的。很快，他们有了苏雪这个可爱的女儿。苏金富离开了原来的农具厂，在一个新的工厂当宣传干事，深得领导赏识。调查夏玲娜是否为国民党特务，是大特务还是小特务这样机密的事情也交给他办，虽然他只是协助，主办者是老党员李大树，但信任是明摆着的。

苏金富到农具厂的第一天就认识这个夏玲娜了。那天，他人生地不熟，非常担心找不到去农具厂的路。在路上，他碰到了夏玲娜。巧的是，夏玲娜家刚好在农具厂所在的镇子上，两人同行了一段路。到了农具厂的门口，两人分手告别，苏金富只看了夏玲娜一眼，顿觉惊艳无比，他想不到世上还有这样漂亮的女人。从此，上海在他心中美丽了起来，这份美丽与夏玲娜这女人是分不开的。可现在，他知道，夏玲娜居然是特务。这么多年，从见夏玲娜第一面起，他再也没有遇过她，但内心深处，一刻也没有忘记。他们再见面，是在苏雪出生那天，夏玲娜独自一人前来县医院生产，那时，她的羊水已破，苏金富帮助了她，她才顺利到了产房，生下了孩子。仅仅隔了两个月，他就要参与外调夏玲娜特务案的工作，感情上一时有些难以接受，但一想到这是党交给他的光荣任务，便严肃起来，全身心投入其中。

　　他和李大树两人跑了全国很多地方，也没有查到什么新东西。所有得到的信息都是夏玲娜交代过的，她真的只是特务外围组织的成员，并且在配合解放军抓获特务的战斗中有立功表现。尽管这样，厂里在他们回来后，还是决定召开斗争夏玲娜的批判大会。厂里打算安排苏金富在大会上讲他们调查到的事实。革委会主任拍了拍苏金富的肩膀，郑重地把这件事托付给他，那种信任是不言自明的，只要苏金富控诉夏玲娜的罪行生动有力，入党就毫无问题。

　　在这次批判会上，苏金富犯了大错误。他在台下看到夏玲娜低垂的脑袋，隐约露出的惨白面孔，就想起夏玲娜曾经鲜活美丽的容颜。上台后，他一时情不自禁，就举起了拳头，大喊一声"夏玲娜是好人"，大家都跟着举起拳头，喊出这样的口号。虽然苏金富马上意识到自己失言了，随即补了一句"实际上是个坏人"，可纰漏已经出了，入党基本没戏了。而批判会结束后，他又做了一件更危险的事，彻底断送了他的政治前途。

　　开完批斗会，苏金富骑着自行车往家赶，还没到家，天就黑了。在寂静的夜色中,他听到了婴儿的哭声。他在站牌下看到一个包裹得严严实实的男孩,也见到远方夏玲娜急速闪过的身影。他叫她,追她,都没有用,只好把这个孩子抱回家。一开始,他和林文芳都没有打算抚养这个孩子,只想尽快把孩子还给夏玲娜。可第二天,就发生了夏玲娜自杀事件,虽然人被救过来了,但事已至此,孩子就不好还给她了。他们夫妻二人只好冒着政治风险,继续抚养着孩子。为此,他们请来了苏金富的母亲苏陆氏,让苏陆氏白天带孩子,这样他们夫妻二人白天可以照常上班,并说另一个孩子是苏金富哥哥的。

经此风雨,苏金富的政治地位每况愈下。养国民党特务的孩子暂时还没有暴露,他就成了工厂一名普通的油漆工。这孩子在两个月后,被他父亲夏世钢接走。世上没有不透风的墙,他们私下给女特务养崽的事情,上面还是知道了。他们已经是最底层了,也没有什么政治光环需要除去了,再说他们也只是立场不坚定,还不至于劳改或者遣送到农村,只是这下当油漆工是板上钉钉了。好在苏金富是苦出身,不怕吃苦,任劳任怨,肯钻研,不长时间就成了油漆这行的高手。空闲时间,他揽下了邻居、朋友、熟人或者熟人的熟人的活。那年月,家具是由木匠打的,做成后都要油漆,所以苏金富活儿不断,虽不能收钱,但人们出于感激,也会给他一些副食品或粮食。这使苏金富的家庭生活大有改善,他自己也在被人需要、被人尊重中得到了自我实现的满足感。他的政治诉求中断了,可他在劳动中,在与林文芳相敬如宾的生活中体会到了人生的幸福。

到了21世纪,苏金富所在的工厂改制,大批工人下岗。在家人的建议下,五十七岁的苏金富干脆提前退休。此时苏雪大了,苏雪的弟弟苏峰也挣钱了,并为父母在市区买了一套房子。苏金富和林文芳离开了刘湾镇,搬进了市区的新家。苏金富是一个容易知足、懂得感恩的人。他从一个吃不饱饭的农民变为每月拿固定工资的工人,而且成了上海这样繁华城市的市民,还有了一双可爱的儿女,一个温暖的家,他打心眼里高兴。这么多年,共产党没有向他敞开大门,他自然有委屈,但他仍然把自己目前的幸福生活看成是党指挥有方的结果,因此,他总是要孩子写入党申请书,要求进步。他自己也在夏世钢的介绍下,在退休后,圆了入党梦。在这件事上,姐弟俩虽不能迅速认同父亲的价值观,但越来越理解父亲。他们认为,父亲所处的时代,人想往高处走,只有入党,当干部。他们这一代处在价值多元化的时代,入党对仕途发展固然有帮助,可在商界成为成功人士,在知识界成为精英人物,也会令世人瞩目。小说就在两代人观念的和解中结束了。

《我青春的父亲》是一部叙述平民生活的小说,是后代试图理解父辈生活的小说。可贵的是,作为第二代的作者,薛舒没有高高在上,嘲弄父辈的价值观和处事方式,而是在回望父辈生活中,看到了他们的闪光点,比如追求爱情,忠诚爱情,善良待人,在政治和人性冲突中本能地立足人性,就像"我"父亲对待夏玲娜,"我"父母不顾时代疯狂,照顾特务的孩子。这些行为超越了时代,成了"我"也即作者从父辈身上挖掘到的丰富人文内涵,有了这些人文内涵,新一代就会建构出更加坚实,更加灿烂的精神大厦。

薛舒是70年代生人,她的思想应该是在20世纪90年代中后期成型的,那是解构、否定、讽刺艺术和思想走红的时代,典型的代表是王朔、卫慧和棉棉等一些先锋作家。在这种思潮洗礼下长大的薛舒能够用建构的笔墨书写父辈生活,发现平凡中的崇高,肯定父辈精神,殊为难得。

柏祥伟

1970年出生,山东泗水人,中国作家协会会员,山东省作家协会签约作家,鲁迅文学院第十七届高研班学员。作品先后入选《小说选刊》《新华文摘》《2012年度中国短篇小说选》。出版小说《活到死》,中短篇小说集《无故发笑的年代》。曾获山东省第二届泰山文艺奖(文学创作奖)、第二届三届四届乔羽文艺奖(文学创作奖),山东省首批"齐鲁文化之星"称号。

有前途的小说家柏祥伟

——读《玉儿》《照片》

第一次对山东作家柏祥伟的小说有印象是始于我的一个女学生，她在我的《小说二十讲》的课堂上讲了柏祥伟的《照片》（《清明》2013年第2期），但我并没有读。我先看的是《玉儿》（《清明》2013年第6期），一个农民工为钱而杀人的故事。这些年，不少小说中都有农民工为拖欠工资而绑架老板或者假装跳楼的描写，但农民工受雇行凶杀人的情节，我还没有看到过，我想要是有，能像《玉儿》这样有特色，好看，催人深思的，恐怕并不多。

小说中的白皮即"我"和父亲一道到建筑工地打工，父子一起进城，为的是挣八万块钱盖房子，没有房子，白皮娶不成媳妇。在建筑工地，白皮看到农民工都和他爸一样，做梦都想要挣钱。小说中有一段描写农民工在工棚里睡觉后近乎梦游的文字非常精彩，也令人触目惊心。

……我像是正要睡着的时候，忽然听到房间里一阵躁动，我睁开眼，看到房间里的民工不约而同地从床板上直起腰，我爹也像是得到了呼应似的，猛地直起了身子，和那些民工们一起冲着房顶大喊："钱，挣钱！"

他们闭着眼睛,张大嘴巴,齐声喊了这么一句,又不约而同地倒在床板上,瞬间又打起了鼾声,又开始了咯咯吱吱地磨牙。好像是他们在睡梦里被什么东西压抑着,非要一起喊这么一声才痛快,我被他们的喊声吓得全无睡意,我不知道他们是在做美梦,还是做噩梦。

我的心忽然一下子被什么东西掏空了。

相信不仅是我,读者也会被这一幕震惊到。傅爱毛有一部小说叫《空心人》,小说中的小煤窑矿主为钱而瞒报矿难,这在傅爱毛看来,就是"空心人",《玉儿》中的农民工何尝不是?白皮看到的工友和他爸爸,是当今农民工的缩影。在当今社会,钱太重要了,在老板孟三的四十万面前,白皮父亲和一班工友都经受不住诱惑,帮老板杀了孔监理。我的学生陈军上我的课讲了六岁儿童王子乔的《风在算钱》:"谁也没有看见过风,不用说我和你了,但是纸币在飘的时候,我们知道风在算钱。"这被发表在韩寒的《独唱团》创刊号上。这是一首杰作,本来我们可以欢呼又一个神童的出现。只是,我们又很悲哀,六岁的孩子有这种心境,怎能不引人深思?要不是大人天天在算钱,他会写出这样的诗歌?网上流传着《幸福在算钱》:"谁也没有见过幸福,不用说我和你了,但是房价疯涨的时候,我们知道幸福在算钱。"这个作品也有深度,但这是成人的作品,它和《风在算钱》的背后一样有一个嘲笑者,我们不担心成人,我们担心王子乔。

白皮父亲其实是一个很老实的农民,杀人后,良心不安,一年后又找到一同杀人的工友,这些人在白皮父亲的带领下,前去自首。在这个小说中,雇凶的孟三在工程上偷工减料,给人回扣,贿赂相关人等。孔监理就是其中一个,他可以随时以各种理由让工程停下来,不仅要钱,他还要色。他看上了在孟三办公室当招待的玉儿,孟三是一个感情上很认真的人。他爱玉儿,这种爱完全是纯洁的,比如他可以向玉儿提出那样的要求,但他认为那样说那样做,都是对玉儿的伤害。可就是这样一个他发自内心爱着的人,孔监理却要糟蹋她,屡次向他提出要求,要孟三把玉儿给他。从小说看,很可能玉儿为了孟三,已经迫不得已答应了孔监理的求欢。因为不这样,孟三就会破产。孟三要杀孔监理,在工地上不是新闻,大家都知道这回事。

孔监理可恨,当然不是死有余辜。孟三不完全是为钱,很大程度上是为情而杀人,这在负责建筑工程的老板中,算是比较特别。《玉儿》是一个值得一读的故事,它真实,尤其是在细节方面。小说一开头,白皮父亲带着蛇皮袋和儿子,口袋里没一个子儿,就在公路上拦车进城打工的一系列场景很生动。

回过来,再读柏祥伟的《照片》,我依然感慨。看起来这是一个老故事,五十多岁的刘桂花在老伴死了多年后,遇到了一个爱自己的城里孤老头(老严)。就在这个时候,两个儿子进城找到了刘桂花,他们当初就不同意母亲出来,怕母亲打工丢他们的脸,现在听到和刘桂花在一个城市打工的刘老大说,母亲改嫁了,就要来带母亲回去,说不回去就当没有这个母亲。刘桂花不愿跟儿子回农村,老严一见这阵势,知道自己给刘桂花惹祸了,大受刺激,死了。刘桂花先是来给这家人当保姆的,主要是照顾孩子,后来老严对她有意思了,这家人的儿媳杜梅就要她去照顾公公。老严死了,按照口头遗嘱,老严的房子是留给刘桂花的,这房子要拆迁,有八九十万赔偿款。老严的儿子严小利和媳妇杜梅想要这笔钱,刘桂花是好人,也是实诚人,觉得相比亲生儿子指着脸对自己破口大骂,人家严小利两口子已经够意思了,老严过世后,自己白住老严房子一年,人家什么都没说,难道还真要这笔房款?所以,刘桂花第二天就收拾衣物，带着老严夫妻的照片以及到城里来的时候携带的过世丈夫的照片，回乡下了。可在自己家门前，她才知儿子把她的房子卖了，孙子还骂她不要脸，她成了一个无家可归的人。小说在这时结束，这是很有意思的结尾。在某种程度上，它写出了很多类似刘桂花这样寡居的中老年农村妇女的处境。刘桂花有这样的遭遇，主要是受传统观念的影响，那就是夫死还要守着儿孙。同时严小利也不能说没错，父亲的口头遗嘱那也应该生效，他和媳妇把钱看得高于道义。鲁迅的《祝福》写于1924年，九十多年过去了，农村妇女的独立仍成问题。当然，进步还是有的，比如刘桂花可以不理会儿子在外打工，留在老严家中。这就是自我做主的精神体现。

雨 桦

本名张黎艳,青岛人,20世纪70年代出生,青岛作家协会理事。曾在全国近百家畅销杂志和纯文学杂志上发表作品,深得广大读者喜爱,中国新生代主流派作家之一。其中包含以爱情、青春和生存状态为主题创作的诗歌500余首,以男女两性为主题创作的情爱美文300余篇,以婚姻家庭为主创作的中篇小说60余部,作品多次获奖。现正着手多部长篇小说的创作和出版。

原始自足的文明
——雨桦的《故乡的红蒿白草》

雨桦的《故乡的红蒿白草》(《清明》2014年第5期)写的是东北一个叫北山口的屯子,这个地方是自然和人为形成的,距离乡镇有一百多里。它是人们为逃避计划生育才建立起来的村庄,第一个居民叫刘根民,因为生了三个女儿,老婆面临结扎,为了不被人骂为"绝户头",就在一个大雪纷飞的夜晚带着老婆孩子,来到这个有大片林子和缓坡谷地且土地肥沃之地。他年轻力壮,第一年开荒,秋天就获得大丰收,他的女人也接二连三给他生了三个儿子,从此他有粮食和肉吃,有酒喝,日子滋润,只是时间长了,不免寂寞。于是,他走出山里,带回了几个和他一样的超生人家,接着,又有许多为超生发愁的人家从四面八方拥来,一个人畜兴旺的村庄诞生了。刘根民无须谁任命就理所当然地成为屯长。

随着人口增多,资源有限,北山口屯的超生不会得到惩罚,可也只能勉强吃饱肚子。刘根民有人们送的野物和充足的土地,断不了酒肉,其他人像他那样就不行了。刘根民热心为大家服务,筹集钱财,办学校,还从山外引进了砖厂和粉条加工厂,但学校里的孩子没有户口,不能参加高考。北山口的两个工厂只能算初级加工业,规模不大,工业致富这个山外人的梦想,北山口人做不了。因为闭塞,村民王老倔的女人大凤难产死了。大凤女儿小青想读书，和有几本《小说月报》之类的文学书、作为砖厂师傅而从山外被请来的程强好上了。小青怀孕，程强出逃，屯里人把他一顿好打，要不是小青求情，程强不死也要残废。

　　刘根民作为草根且远离时代大潮中的人，有点像过去独霸一方的山大王。他有力气，有手腕，办学校、工厂都是他一手操纵的，当然他也不是完全脱离时代，比如他也知道过度开垦会造成水土流失。屯里人有事都找他，几乎屯里所有的已婚女人都喜欢他，他睡了很多女人，女人们的丈夫知道，也不敢反抗。他最爱的是阿春，她念过高中，有文化，五十多岁了，身体还和小姑娘一样瓷实粉嫩。阿春丈夫对妻子管得很严，哪怕阿春和哪个男人多说了几句话，都会遭到打骂。阿春和屯长睡了以后，屯长用武力和语言把她丈夫教训了一顿，阿春在家里的地位就如同皇上一般。北山口屯人一般不用化肥，屯长用，他还带着情人到城里去，见识那个比北山口屯先进有趣很多的世界。大成想挑战屯长的权威，丝毫不起作用，他开荒出来的土地被充公，没有一个人为大成说话，除了大成的老婆。大成夫妻以为赵瞎子的女儿满娣被屯长糟蹋了，实际根本没有那回事。刘根民真的是如自己所说，把从小就没娘疼的满娣当成孩子，给满娣家送肉送粮，帮她家干活。照顾这一对可怜的父女，刘根民真的是出于怜悯和爱心，是代表整个屯子的父老乡亲给这一家送温暖。

　　刘根民在北山口屯中深受女人的欢迎，有点类似凡一平《上岭村的谋杀》中的韦三得，唯一不同的是，上岭村的女人都是留守妇女，她们对韦三得的依赖，乃是生理需求和情感的混合。在生理上，她们的丈夫只在春节那十来天对她们如尽义务一样，剩下的三百五十天村里算男人的只有这个韦三得。而那些留守妇女体力上真要有什么难事，都找韦三得帮忙。刘根民呢？屯里的女人青睐他，因为他是威权和男人魅力的结合体。刘根民是这个屯子的创建者，其他的人都是他引进和间接招引来的，屯长的威力在屯里男女老幼的心里自然存在，另外，刘根民有魄力，豪爽。这些对女性有一种天然的吸引力。

《故乡的红蒿白草》和20世纪80年代流行的寻根小说类似。《小鲍庄》《远村》《爸爸爸》展示的也是一种原始自足的农村文明。那些村庄偏僻落后，如《小鲍庄》中的小鲍庄，《远村》中位于太行山区的小山村。《远村》中的杨万牛和叶叶虽然相爱，却只能给张思奎"拉边套"，这种奇怪的婚姻和阿春、刘根民、阿春的丈夫之间的关系不也类似吗？刘根民为人豪爽，有魅力，连城里酒店的老板娘都爱他。这个人的性格、魅力和杨万牛有几分相似。的确，刘根民愿意和阿春私奔到一个没有人认识他们的地方，可阿春不愿意离婚，阿春也想离开北山口屯，不过只是想想而已。叶叶为杨万牛生了一个女儿，她总觉得欠杨万牛很多，非要再生一个儿子，才觉得如释重负，这种重男轻女的观念不是和北山口人一样吗？叶叶是难产而死，王老倔的妻子大凤也是难产而死。王老倔未疯以前，天微明前起床，拾完两筐粪，就回来吃饭，然后下地干活，二十多年都是这样。大成夫妻有过扳倒刘根民的想法，那不是为了民主自由，而是因为刘根民没收了他开荒的成果。几千年来，中国农民过着日出而作，日落而息的生活，北山口屯人大抵都是这样，《远村》和《小鲍庄》中的人也是这样。

《小鲍庄》中的小鲍庄人仁义，小捞渣是其中的代表。捞渣善良，尊重长辈，对同辈也充满友爱。他对"老绝户"鲍五爷的爱护和关怀是发自内心的，他让鲍五爷重新找到了生活的乐趣和温暖。他宁愿自己少吃也要让鲍五爷吃。他虽然很想上学，但是最终为了哥哥选择放弃读书。他与小伙伴玩耍总是谦让，为别人着想。最终，他为救鲍五爷，牺牲了自己的生命。

北山口人也仁义，没娘的小青和满娣得到了屯人的很多照顾。人们曾把程强往死里打，可当程强的妻子带着孩子来找程强时，程强已经和小青生活在了一起，小青还为程强生了孩子。在这种情况下，他们一致向程强的老婆撒谎，说没有这个人，其目的是维护小青和程强现在这个家庭的完整。这种善良谈不上高贵，但也是一种恻隐之心。

　　在寻根小说中，如《爸爸爸》就有着启蒙的功能。韩少功笔下的丙崽只会嘟哝"爸爸爸"和"妈妈"，这样的白痴竟然得到了鸡头寨人的顶礼膜拜，大家都称他为"丙大爷"。他成了指点迷津的神灵，这是多么愚蠢。《故乡的红蒿白草》也是这样，王老倔的妻子大凤难产，王老倔首先想到的不是把妻子送到医院，而是请来装神弄鬼的牛大仙解决问题。牛大仙居然叫来阿春，让她用纳鞋子的绳子拴在婴儿探出一点的脚上，活生生地往出拽，大凤就这样死了。

　　读者可能会问，《故乡的红蒿白草》难道是对寻根小说的复制吗？我认为也不是，这部小说至少在文学性上要强一些，这突出表现在故事的流畅和语言的优美上。

　　北山口屯是逃避计划生育而产生的自然村庄，这样的村子也出现了土地不够、水土流失的问题，这是人口无节制增长导致过度开垦的结果。可以预见，任其下去，此地会更加贫困。这就证明了计划生育的必要，关于这个主题，作者几乎未提一字，但只要稍稍分析，就能了解背后的含义，这是高明之处。

　　北山口屯的人如果不走出大山，融进我们这个改革开放的大时代，那是没有前途的。这个村子的生活可以被视为改革开放前中国农村的缩影，物质匮乏，精神贫困与保守。我们在《远村》《爸爸爸》《小鲍庄》那些小说中都能够读到这些信息。北山口屯人只有逃出的满娣还有希望，她热爱读书，不认同小青的生活，不接受在外人看来有些暧昧的屯长的施舍，这是自主、刚强和文明的表现。

雨桦原名张黎艳，山东青岛市人，她把小说取名为《故乡的红蒿白草》，或许正是因为她就来自北山口屯那样的村庄。她是那个出逃的满娣吗？而红蒿白草那是美丽的风景，是大自然野草烧尽，春风又生的生命力，只是这也不过是原始社会自给自足的文明，它的未来只在满娣这样的人身上。

王秀梅

1972年出生,烟台人,山东省作协签约作家,烟台市作协副主席。发表出版作品五百余万字,中短篇小说散见于《人民文学》《当代》《十月》《小说月报》等。出版长篇小说《大雪》《零度火焰》《幸福秀》等十部,中短篇小说集《去槐花洲》等四部;作品多次被《小说选刊》《当代长篇小说选刊》《中篇小说选刊》《小说月报》《北京文学·中篇小说月报》《中华文学选刊》《作家文摘》等转载,多次入选各种年度小说选本。曾获山东省第二届泰山文艺奖等奖,短篇小说《去槐花洲》被翻译成希腊文,长篇小说《幸福秀》、中篇小说《李狗的江湖》《躺椅》等被改编为影视作品。

"文革"和"文革"变体的思考

王秀梅的小说《一墙之隔》用平淡的语言叙述了一个悲惨的故事。小说主人公缪线路八岁时就突遇人生灾难,那时正值20世纪70年代,八个样板戏走红。他爸缪轨道发现妻子和肉贩子私通后,就杀了两人。他杀人当夜把儿子叫起,陪儿子走了一段夜路,分别时向儿子撒谎,说是去执行李玉和那样的秘密任务,去偷密电码。缪轨道是铁道上的巡道工,提着类似《红灯记》中李玉和那样的信号灯上班,那时《红灯记》有电影,有连环画,大人和孩子都知道。因此,当缪轨道用《红灯记》里的语言和儿子交代后事时,线路深信不疑。因此他不向公安人员讲他和父亲的秘密,而他的生活也逸出了一般孩子的轨道,直至成年,他都是社会边缘人,无法娶妻生子,组成正常家庭。

缪轨道杀人逃跑后,缪线路和爷爷一起生活,依靠爷爷的退休金完成了小学到初中的义务教育。小学时,同学和老师都对他另眼相待,因为他的父亲是杀人犯。他和邻居家的女孩鲍小和是青梅竹马,缪线路爸杀人后,二人便生分了,当线路好不容易把他爸的秘密连画带蒙地写出来要交给鲍小和时,小和却认为这是情书一类的东西,是在向她耍流氓,老师也这样认为。从此,缪线路与加入少先队无缘,有的老师还要求学校把缪线路转走。本来缪线路成绩很好,老师和同学的排斥使他失去了学习兴趣,成了人们认为的差生、坏学生,后来他多次申请加入共青团,也不被批准。缪线路稀里糊涂地学到了初中毕业,混成了黑社会成员。他因强奸鲍小和未遂,被判十二年。爷爷连气带急,在他判刑那年就离开了人世。

入狱后,缪线路得到改造,人规矩多了。1996年,缪线路被提前释放后,街道安排他送报纸。那年,王军霞获得亚特兰大奥运会女子5000米金牌。不仅大姑娘,带拖油瓶的寡妇都不愿嫁给他,从小说看,他可能孤独一生。而这时,他爸在重新娶妻生子后患了癌症,良心发现,自首了。鲍线路也找到了他爸那晚逃跑和他分手的棚户区,找到了那堵墙,他钻过了墙洞,看见了呼啸而过的列车,明白了《铁道游击队》中那种飞车夺药的神技,他爸根本就不会。小说至此点题,一墙之隔的那个世界就是缪线路爸爸生活以及想象中的那个世界——那时人们被样板戏所代表的思维控制,好人就是好人,坏人就是坏人,好人有本事上天,坏人笨蛋一个。一个杀了妻子的人要想在儿子心目中留下好父亲的形象,只能把自己与李玉和重叠起来。事实上,小说中的缪线路和所有人都没有彻底从"文革"的思维中走出,他们普遍认为杀人犯的孩子成为小流氓是自然的,所以他们疏远缪线路。缪线路也在这种隔离中走向犯罪的深渊,即使他愿意重新做人,也很难被人接纳。小说的寓言性质和主题由此被突出。

《一墙之隔》批判了"文革"那种好坏二分法的简单思维,读这篇小说使人们感到否定"文革"是必要的。

孙敏瑛

1971年出生,浙江台州人,矿工的女儿,1995年开始文学创作。作品曾发表于《青年作家》《西湖》《文学报》等报刊,2005年12月,出版个人散文集《一棵会开花的树》。2008年,散文《一些不能忘却的记忆》入选《散文2008精选集》(百花文艺出版社出版),散文《乡村》入选《2008散文诗精选集》(长江文艺出版社出版)。

对《女人》的评价
——中华民族女性的光荣

中篇小说《女人》(《清明》2013年第1期)和《母亲的花样年华》(《清明》2013年第1期)都是写女人的。《女人》中的韩晓惠和《母亲的花样年华》中的母亲的坚强令人由衷地生发出敬意。她们是中华民族女性的优秀代表,是中国女性的光荣。

"三个女人一台戏",孙敏瑛的《女人》写了一群女人,主要还是写韩晓惠和金彩云。作品折射出的社会问题不少,是一篇好小说。韩晓惠和金彩云是同一天嫁到一个庄子的,她们的丈夫张连胜和张连友又是同宗兄弟,按理说,她们应该亲亲热热,成为好姐妹。可事实不是这样,只因韩晓惠在新婚头两天和大家去玩时,除了给别人带了喜糖和喜蛋之外,还比金彩云多给了个漂亮的胸针,抢了金彩云的风头,金彩云就怀恨在心。首先,她有意在韩晓惠和来旺媳妇之间设置障碍,挑拨两人之间的关系,又将韩晓惠心爱的小狗"雪球"宰掉吃了,还造单身汉老五和韩晓惠之间的谣言,说他们之间有不苟之事。金彩云的哥哥是个痞子,金彩云在哥哥面前搬弄了韩晓惠的是非,这家伙就恐吓韩晓惠公婆的老板,两位老人因此丢了工作。村人在金彩云的挑唆下,都孤立韩晓惠一家。

祸不单行，韩晓惠老公的徒弟在涂油漆时出事，全身多处烧伤。本来她是等着丈夫赚钱，好在镇上买房，躲得金彩云和村人远远的，现在好了，这个希望也不知猴年马月才能实现。穷则思变，韩晓惠这个在小镇长大的姑娘，在一连串的灾难和困难面前，反而理智了，她要自己开创一番事业，把自己和全家从困境中转变过来。她利用自己种花卉的经验，在邻村购置了十几亩土地，办起了苗木花卉基地，种起了小麦，通过卖苗木花卉给一些学校和机关，生产绿色环保的小麦汁，很快富起来了。按这个速度，她在镇上买房、买私家车的美好愿望很快就能实现。可就在这时，金彩云的哥哥杀人的事情暴露，被判死刑，那些和金彩云一道为难韩晓惠一家的村人马上转了风向，纷纷疏远金彩云，巴结韩晓惠一家。这个结局是幸福的，但真正拯救韩晓惠的是她自己。这个小说写了女人嫉妒的可怕，金彩云仅仅因为韩晓惠在人缘上超过自己，就处心积虑地陷害她，差一点把韩晓惠整得家破人亡。小说歌颂的韩晓惠以女人的坚强改变了自己的命运。韩晓惠这个形象令人想到小说作者孙敏瑛自己，这个浙江台州的姑娘有着鲁迅先生说的台州人的硬气，她虽只有临时工的身份，却不放弃写作，她的散文写得很好，获得了很大的艺术成就。近年来，她的小说创作也开始起步，我想作者如果没有一种坚忍不拔的精神，是塑造不出韩晓惠这个在逆境中奋起的女强人的形象的。文如其人，《女人》和孙敏瑛再次印证了这个道理。

　　《女人》语言朴素，前半部分描写韩晓惠无端地受到各种苦难，很压抑，但有些俚俗语言的运用，使小说活泼了不少。比如老五讲的两个谜语，一个谜底是筷子，一个谜底是钥匙，这两个谜语都有些性的意味，有意思的是，喜欢说这种谜语的店主老五最终也掉进了一件风流的事件中，他和永福的媳妇雪梅偷情，只是结果并不太坏，雪梅和永福离婚，他娶了雪梅，依然在庄里生活。

陈蔚文

1974年出生于浙江兰溪,供职媒体。1989年开始发表作品,诗歌散文多次获海内外大奖,著有散文集《随纸航行》。近年来开始进行小说创作,小说陆陆续续地在《天涯》《小说月报》《北京文学》等刊物上发表。

《落在小镇的雨》的评析
——中国版《苔丝》

据说出生浙江兰溪的70后女作家陈蔚文用左手写散文,右手写小说。从她的《落在小镇的雨》(《北京文学》2017年第6期),《作品与争鸣》(2017年第8期转载)看,她的小说不仅有特点,而且思想与艺术已趋成熟。

《落在小镇的雨》中的在南方小镇长大的女青年阮秀燕热爱文艺,不同流俗,却终被混浊的社会吞没。

阮秀燕六岁丧母,一年后跟随父亲再组家庭,有了继母,继母也有孩子,可想而知,这样家庭长大的孩子所受的委屈,然而秀燕却因文学的滋润有了美好的心理世界。比如她爱雨中的油菜花,就写"梦里梦外,你都开了,我与你已隔着一个季节,雨水又把你带到我面前,闪闪光亮……"诗中有忧伤,但美是无疑的。

秀燕初中毕业,上了职专。在职专,她暗恋同学齐志飞,齐志飞喜欢诗歌朗诵。这是一场无果的相思。

毕业后,她进了一家小公司做会计,工资不高,但有一间宿舍,她虽有不足之感,但也还满意。老板几次想占有她,她都守住了,但这家公司是待不下去了。正好继母要她回去看店,她又回到了小镇。这期间,她将自己的诗歌整理出来，抄了一份给齐志飞，可齐志飞却将其据为己有。沉闷无聊的小镇，毫无诗意的守店生涯，使她有了厌倦之情。她被人拉进小镇舞会，与几个小混混有了瓜葛，被老四夺去了贞操。当有人介绍一个技术员给她，并且可以给她找一个在省城的新工作时，老四在她家店前闹事，她只有回家。从结尾她攥着铅笔刀去会老四这一情节推测，她可能要杀老四。如果说技术员是《苔丝》中的克莱尔（技术员暗示可以带秀燕到县城，离开枯燥的小镇），那么老四就是亚雷，苔丝因杀亚雷而死，秀燕呢？不管她杀不杀，她这一生都毁了。因此，也可以说陈蔚文写了一个中国版苔丝的故事。

"雨轻柔打在身上／我喜欢这干净的世界和自己／这一刻我什么都不想／忘了过去，不要未来／我愿就在这刻死去……"

这是秀燕的诗，但她认为自己已经不干净了，而世界如此龌龊，秀燕或许要用死来证明自己的清白。

胡焕胜

出生于1975年,安徽淮南人,在《钟山》《清明》等刊物发表小说、诗歌、散文若干,曾获首届淮南文学奖,目前应北京一家出版社之约,正在创作长篇小说《回家之路》。

中国力量

——读胡焕胜《一个人的年代史》

胡焕胜的《一个人的年代史》(《清明》2013年第1期)写了"我"多灾多难的一生,"我"在十七岁那年就把老子留下的两块水秧田输掉了,从此一个人吃饱,全家不饿,有一顿没一顿的,靠打短工过日子。邻居木脚是个生意人,就雇"我"跟着他出去做生意,随后,"我"的苦日子并没有结束,相反苦难一个接一个的开始了。这次出门帮人做生意,从"我"老家到大山集有二百多里路,夏天的太阳毒,"我"推着独轮车的辛苦可想而知,到了丁集,好不容易从土匪的枪口下逃出,又碰到李宗仁的广西兵,"我"就这样成了壮丁。

部队离家越来越远,"我"随队伍到了南京。听说要和日本人开战,可是仗还没打,"我"似乎交了狗屎运,当上了营司务长。不想第一天早上从营长那领回的四十块大洋的菜金就被"我"输掉了,第二天的四十块又被我输掉了,第三天的四十块被监督修城墙的当官的抢去了,"我"只好当了逃兵。几经周折,"我"从日本人的虎口下脱离,当了国军,熬到了团长的职位,当了一天大官,就成了解放军的俘虏。解放军不会放美国的榴弹炮,"我"留下来当了解放军的副团长,教解放军放炮。家乡一解放,"我"就要回家种地,好心的胡大姐劝住了"我"。适逢抗美援朝,"我"带着炮团赴朝参战,战斗间隙,"我"到朝鲜姑娘家借簸箕,姑娘却以为"我"和她想做那事。"我"夺门而逃,还是受到降职处分。"我"回国转业到家乡凤台县,成了县公安局局长,三十八岁才结婚,媳妇漂亮,育有一儿一女,似乎要苦尽甘来了。"文革"爆发,"我"被批斗,还坐了牢,老婆因此和"我"离婚。"我"刑满出狱后成了无家可归的人,老家接纳了"我","我"再次成了农民。平反后,女儿已不认得"我",留洋的儿子和"我"通信。"我"八十六岁了,还能种地、种菜。历经种种非人的遭遇,"我"没有怨言,相反,"我"对人生充满了感激。

这是一个人的编年史,中国20世纪的苦难通过"我"这个普通的人的一生感性地表达出来,可谓以小见大。同时,"我"在人生种种苦难面前,在各种冤枉和莫须有的罪名打击中,没有表现出软弱痛苦,而是时时感到世人和社会给予自己的美好,让"我"一个穷娃有了家,有了儿女,就是在孤独的晚年,"我"也并不觉得凄凉。"我"的这份感恩虽不能以"中国脊梁"视之,但"我"作为普通人,面对20世纪的中国的各种天灾人祸,没有丧失生活下去的信念。正是由于有很多像"我"一样的普通人,才使我们的国家没有垮掉。因此,我们可以说,《一个人的年代史》写出了中国大众沉默的力量。

《一个人的年代史》中的"我",让人想起余华《活着》中的福贵。"我"一生的苦难,在相当的意义上有甚于福贵,余华说,福贵是他见到的这个世界上对生命最尊重的一个人,他拥有比别人多很多的死去的理由,可是他还活着。好多人遇到福贵那样的人生遭际,都会想不开,但福贵没有,这是福贵的人生尊严。我们甚至可以说,这是福贵在人生的苦难中生成的继续活下去的做人的力量。《一个人的年代史》中的"我"

同样是这样，生逢乱世，死里逃生，说是侥幸，但也有活下去的力量支撑着，才使生命得以延续。从公安局长到阶下囚，多少知识分子在这种苦难中自杀，而"我"不仅活下来，还本分地在劳改农场劳作；妻子带着孩子嫁人了，家没有了，好不容易得来的幸福转眼成了泡影，这完全可以说是"我"离开人世的理由，但"我"却没有轻生。劳改结束，"我"孤身一人回到人生的起点——穷困的家乡。当年，"我"是公安局局长，手下虽没有几个人，但在家乡也是一身荣耀，而今是一身罪名，巨大的反差，会促使多少人弃世，"我"没有；再次见到女儿，女儿把"我"当成陌生人，这也是"我"不再活着的理由。凡此种种，"我"都忍受过来了。

在福贵看来，人只要活得高兴，穷也不怕。"我"完全能做到这一点，"我"还有甚于福贵，人要活得高兴，冤枉、罪名、劳改、妻子改嫁，这些都改变不了人活得高兴这个事实。而且，在活得高兴的同时，"我"还感激世上的许多好人，旧中国的廖师长、崔师长，新中国的胡大姐、姚团长，劳改农场的领导，陪"我"度过漫漫长夜的乡人，甚至那弃"我"而去的女人，都是"我"生命中的亲人。我们只有如"我"一样，才不会纠缠于历史，才会在任何艰难之时，随时出发，奔向人生和社会的光明。

"我"的一生，代表着中国的坚强和中国的力量。

《一个人的年代史》是胡焕胜的第一个中篇，尽管有模仿《活着》的痕迹，但能达到这样的水准，是值得肯定的。

李新勇

1971年8月生于四川凉山彝族自治州西昌市，1995年8月开始定居于江苏启东。在《花城》《长城》《飞天》《北京文学》《上海文学》《小说月报原创版》等刊物发表小说多部，部分作品被《小说选刊》《中篇小说选刊》《中篇小说月报》等刊物转载，入选多部年度作品选。截至2016年底，出版过小说集《丽日红尘》《风月》《某年某月某一天》、散文集《穿草鞋的风》《余棉有韵》《马蹄上的歌谣》、长篇纪实文学《到江尾海头去》等13部作品。

《最后的葬礼》的评析

李新勇的中篇小说《最后的葬礼》揭示了社会的很多问题。"我"是作家，因为父亲得了重病而还乡，因此得以了解父亲的一段过往，尤其是父亲驼背的过往。

父亲年轻时是有为青年，读大学时学的酿造，但毕业时酱油厂、酿酒厂都满员，父亲被分配到煤球厂当厂长。他革新技术，把煤球厂搞得风生水起。可是上面抓革命，派人来厂里揪资本主义当权派，还给煤球厂分了一个指标，整天开会，弄得生产没法进行。父亲一气之下，就骂上面来的工作组破坏生产，这样一来，那顶右派的帽子就戴在了父亲头上。我们一家被扫地出门，"我"被紧急送到乡下奶奶家，父亲和母亲则被遣送到边地吉乃哈甘，被安排在生产队队长伍精文家里。那时的吉乃哈甘，三千八百米以上的山头上满坡满地都是虫草。父亲虽然被组织横加罪名，但也是满脑子正统思想，要生产队抓阶级斗争，学文件，让一群不识字的山民背书，所以全寨人都恨父亲。山里人很快使父亲出洋相，但山里人毕竟善良，尽量照顾父亲，父亲也很快放下架子，摒弃正统，用自己的知识给村子建起了酒坊，使村子可以用酒与山外进行交换，并用那个时代放量发放的避孕套装炸药，炸出了一条通往山外的路。吉乃哈甘生活好了,好听的山歌唱起来了。父亲的驼背或许就是在与人决斗中造成的。

后来,父亲重返故里。慢慢地,他老了,开始自己筹划最后的葬礼。他要各种纸扎,要唢呐,不让人哭,要办一场喜丧,丧礼上发巧克力,让生者体会死者的尊严,从而激励生者好好活着。尽管父亲死时吹唢呐的人很少,组成不了一支唢呐队伍,做纸扎的人也扎不好飞机,参加葬礼的只有几十人,因为村人多半出去打工了,但整个葬礼庄严神圣。

小说的另一条线是"我"的儿子,这孩子念书不行,连高考也不想参加,但是他却走出了另一条道路,他通过租地种大棚蔬菜启航了。虽然他被人骗了资金,但通过法律途径基本追回了贷款。这孩子走高考道路不行,可他通过创业,一步一步走上了正轨。伍精文的孙女作为大学毕业生,先是照顾"我"父亲,继而成了"我"儿子的合作伙伴。

小说在小伍的出现上设置得过于巧合,她居然就是伍精文的孙女,真是无巧不成书。

《最后的葬礼》讲述了父辈的历史,它要人们重视中国的葬礼文化,事实上是要人们重视葬礼背后的传统文化。作品中对当今年轻人走自己的路的观点也十分赞同。从重视传统葬礼文化的角度看,我们想到霍达《穆斯林的葬礼》,霍达的这部小说是以穆斯林的葬礼为切入口展开故事情节的。冉正万的《银鱼来》写到了边民洗骨而葬的风俗,侯波的中篇小说《贵人相助》写到了陕西宜川的葬礼——"夫子礼",在侯波看来,那是人的最后一程,要庄重,从而给死者尊严。这表明进入21世纪以来,人们不再把中华民族长时期形成的葬礼文化等同于落后、愚昧的象征,而是觉得它们是中国人生命观的体现。给死者以尊严,恰恰是对生者、生命的尊重。

其实父辈的葬礼都是历史,历史是昨天,是我们从哪里来的体现。不重视和忘记自己历史的民族,是没有前途的。

于怀岸

1974年出生,湖南湘西人,做过农民、打工者、报社记者、旅游类杂志和大型文学期刊编辑。主要作品有中篇小说《屋里有个洞》《一粒子弹有多重》《猫庄的秘密》,短篇小说《白夜》《你该不该杀》等。出版有长篇小说《猫庄史》,中短篇小说集《远祭》,短篇小说集《想去南方》。曾获湖南青年文学奖,深圳青年文学奖,《上海文学》中篇小说佳作奖,美国《新语丝》网络文学一等奖,"我与深圳"网络文学长篇小说优秀奖。

于怀岸与他的纯文学创作

喜欢文学的人一眼就能看出什么是好小说,于怀岸《朝着斯德哥尔摩飞奔》(《作品与争鸣》2017年第7期)就是如此。

作为湘西人且为农民出身的70后作家于怀岸的这篇小说应该有他本人的生活印迹,无论是该小说表现出来的主题——文学创作的艰辛、作家圈内的文人相轻、嫉妒以及由此生出的报复,还有20世纪90年代后期到近年来的中国文学生态,都在于怀岸《朝着斯德哥尔摩飞奔》这篇小说中得到了很好的反映。

小说从20世纪90年代后期"我"、乔麦、张光华、向晨曦、曾成、万年青这些西北小城的文学青年相识写起,描写他们怀着对文学的虔诚,抱团取暖,靠拉赞助办起了一份文学内刊《北纬27°》,其刊物名称恰是小城的纬度一事。他们将刊物定性为同仁刊物,也就是刊登这几个办刊人写的小说、散文、诗歌,很快,这份刊物上的作品有的被享誉全国的大刊编辑相中,其中以万年青的成绩最为突出。由于刊物主编张光华的毛遂自荐,他们这几个人和这份内刊得到了省作协副主席陈萌的注意,初中教师出身的万年青,农民出身的张光华、乔麦、向晨曦、曾成的身份都有了改变,张光华有了编制,向晨曦和曾成、万年青去了报社,向晨曦和曾成以报社为跳板成了官员。"我"由于性格懒散和功利心不强，一直留在群艺馆，乔麦后来下海写剧本，张光华去了文联，这群人慢慢就散了。

这群人中对文学最执着的是万年青，他的小说也写得最好，可是他不仅不能功成名就，还被张光华嫉妒，被从体制内排挤出来，回老家养鸡，直至溺水而亡。根据小说的内容来看，他有可能是自杀的，文学事业不顺是原因之一；张光华剽窃他的小说而获大奖，他举报而无果，甚至被所有网站删帖也是原因之一；其妻子梁玲玲一心想让万年青往官场上混，因此而离婚，并和他人再婚，也是万年青自杀的诱因。

与万年青相比，张光华是一个想借文学获得名利之人，而且特别嫉妒万年青的文学才华，主编《北纬27°》时就是这样，多发自己的稿子，少发万年青的稿子。当《北纬27°》出名时，他们进入作协领导陈萌的视线，他甚至认这个比自己只长十来岁的陈萌做干爹，力主这份刊物成了市文联主办的刊物。这让《北纬27°》不仅质量大为下降，登的多是领导文章，而且大多和文学无关。张光华溜须拍马，娴熟公关技巧，终成作协领导，连剽窃万年青的小说都能获大奖。这些年来文学生态的恶劣，只要看看于怀岸这篇小说中张光华的所作所为就清楚了。

"朝着斯德哥尔摩飞奔"曾是万年青的QQ签名，意思是心怀摘取诺贝尔文学奖的伟大抱负。但是万年青失败了，相反怀着强烈的功利心进入文坛的张光华之流却名成功遂，这不能不令人悲哀。令人欣慰的是，虽然现实是如此不公，文学生态是如此恶劣，《北纬27°》在结束时，告别文学多年，以写剧本赚钱的乔麦却要放弃金钱，重回纯文学天地，并以此和"我"共勉。

张学东

1972年出生，宁夏人，被誉为宁夏文坛"新三棵树"之一，曾在鲁迅文学院及上海作家研究生班就读，现居银川。迄今已公开发表长、中、短篇小说三百多万字，多部作品被重要选刊和选本转载，多次入选国内权威性小说排行榜，部分作品被译介到海外发表。

《父亲的婚事》评析
——失侣老人的情感痛苦

张学东的中篇小说《父亲的婚事》(《作品与争鸣》2017年第5期)所讲的故事既出人意料,又在情理之中。

程仁、程礼、程智、程信是四兄妹,母亲死后,父亲一个人孤独度日。程信经常去探望,并帮着照顾父亲的起居,程仁、程礼两兄弟也给小妹一点钱,算是弥补。

父亲年龄不算大,故事发生这年的春节才六十五岁。街道介绍了一名钟点工上门给老程服务,钟点工名叫小苏,才三十五岁,是寡妇,并带着一个还是孩子的儿子。进入老程家后,小苏与老程感情很快升温并同居。如果依老程,大约会办结婚手续,这当儿,几兄妹知道了,一致反对。尽管小苏和老程年三十弄出两桌子菜,老程又在三十晚上请来自己的妹子做说客,四兄妹还是不松口,连老程的孙女即程智女儿娇娇看着也过意不去,大发脾气,说大人们太自私,没有顾及姥爷的感情需要,而姥爷有自己选择感情的权力。如果小说到此结束,那是一篇反映老人感情即再婚问题的小说。

失侣老人有再婚权利,儿女无权反对,但是受传统影响,中国失侣老人再婚是有阻力的,这种阻力既来源于老人,更来源于子女。程氏兄妹四人显然是反对父亲再婚的，他们无视父亲的感情需要，也不相信父亲和小苏有真感情，毕竟两人相差三十岁，悬殊太大。谁知小苏看中的是不是老程每月几千元的退休金和房产呢？

果然，小苏是有问题的。这个春节，老程让自己的大孙子安排小苏母子和自己出游，小苏看上了一件几千元的真丝衣服，老程嫌太贵。小苏认为老程把钱看得太重，一气之下撇下老程，带着孩子走了。后来她只是到老程家闹了两次，要青春损失费，大约和老程私了后就散了。

经过这事，程家最小的妹子程信干脆藏起了父亲的房产证。

显然，程家兄妹在孝道上有问题，而小苏的所作所为近乎情感骗子，这表明失侣老人在情感问题上要慎重。

《父亲的婚事》的主题是复调的，并非单一的，小说因此有了厚度。我的学生杨阳在看了我的点评后随即评论："失侣老人晚年感情陷入双重窘境，不能得到儿女们的理解，更要提防居心叵测之人的欺骗。《父亲的婚事》整个事件结束后，儿女们获得的是阻碍父亲再婚的胜利，小苏也获得了一笔青春损失费，而老人呢？不仅要承受无人陪伴的孤独，恐怕还要承受子女以及周围人对其不恪守老人本分的指指点点。其痛苦，外人无法体会，子女更不可能理解。"

杨阳的观点和我近似，但也有人持不同看法。网友"五彩鹿"就持不同观点，她说："这个问题要从两面看，一是老人为何要与年轻保姆结婚，主要是图今后有人照顾。二是年轻保姆为何要与老人结婚，主要还是看重房产和经济来源，也就是自己今后有安稳落脚的地方。这是双方能够走到一起的点。如果没有利己保障，肯定是不会走到一起的。三是子女从自己的角度考虑，与其让外来人分走财产，不如坚决反对，保住自己的既得利益。三者都从各自的利益出发。是非功过，没有对错。"

虽然，大家在独身老人再婚问题上众说纷纭，我觉得黄昏恋是老年人生活质量提高、社会日益开放的体现。在中国传统社会，黄昏恋一般发生在社会上层，因为纳妾是公开的，贫穷的男性和女性都不可能有黄昏恋，因为当时的经济和制度不允许。现在男女平等，黄昏恋在观念上不存在问题，而在现实中则大有问题。如果是富豪或者社会地位高的，则不存在问题，因为财富和地位使他们有选择的自由。一般民众比如有退休金和一套房产的，他们要是在失侣时再婚，会遇到儿女的强烈反对，就像程家儿女竭力反对父亲和小苏结婚一样。因此，《父亲的婚事》反映的问题是一个普遍的问题，从法律上说，老程有再婚的权利，但实际生活中有很多"老程"，他们的黄昏恋胎死腹中。

周瑄璞

1970年出生于河南省临颍县,现居西安,中国文坛新晋实力派作家,作品曾入选中国小说学会"年度小说排行榜"。曾获中国女性文学奖、柳青文学奖。著有长篇小说《人丁》《夏日残梦》《我的黑夜比白天多》《疑似爱情》,在《天津文学》《青年文学》《十月》《作家》《芳草》等杂志发表长中短篇小说。部分小说被转载和收入年选、进入年度小说排行榜。

深入家族史的根性写作
——周瑄璞的《多湾》

周瑄璞的《多湾》(《作家》2015年第9期)作为家族小说,与陈忠实、张浩文、巴金乃至曹雪芹的家族小说相比,周著不仅没有那种家族之间、内部的激烈冲突,而且主角也由男变女。同为70后,在此之前,李凤群也完成了一部家族小说《大江边》,她的作品也摒弃了男作家的家族斗争模式,转而写家族顽强的生命力,和周瑄璞《多湾》的主题大致相同,这是耐人寻味的。

小说的主要人物季瓷是不幸的,她刚到于家三年,公婆便过世了,村人说是她把霉运带到了于家。不久后,她的丈夫于木匠被土匪杀死。按照作者的说法,季瓷的原型是自己的老祖母,她的前夫是性事过后喝凉水弄坏身体而亡的。如此一来,季瓷克公婆、克夫的形象更加鲜明。这突如其来的悲惨和陪嫁的钟表体现的意象融为一体,送钟,送终嘛!小说开头的叙述把人们带入旧中国落后而神秘的氛围之中。

然而旧中国的女子逆来顺受,从来不知道主动去抗争,或许是得自父亲的教育,或许是出自天性,在命运的低谷,季瓷反而冷静大胆,一方面安排了丈夫妹妹的婚事,一方面自找媒人,把自己嫁给了河西章村的章守信。章守信念过几年私塾,家里原有的一点家底都被叔叔折腾尽了,还欠了人家钱。在媒人的带领下,两人一番交谈后,季瓷看其实诚,就把婚事定了。此时,季瓷已有身孕。婚后,他们生了五个孩子,两女和一儿夭折,剩下两个儿子,二人也挣了一些家业。其中的艰辛是所有中国农民经历过的,那些年间,季瓷的织布机的声音一直响到村子里再没有任何声响。遇到荒年,她抹不下来脸面去讨饭,往往是给人剪各种式样堪称艺术品的剪纸,才安心接受人们的施舍。进入新中国,几千年的秩序颠倒过来,因为章守信的钱用来还以前叔叔积下的债务并购置了闲宅,按土地划分,季瓷和章守信成了贫农。小说至此,季瓷在家庭中大抵是配角,从此以后,季瓷逐渐成了章家的核心。一介女流,抛头露面,为前夫妹子送吃送喝,因为于枝兰此时已成为地主婆,被斗来斗去。娘家嫂子守寡,和扫盲学校的周老师偷情,眼看着这事情不仅会成为乡村丑闻,还会使一个家庭分崩离析,季瓷和父亲商量,使他们人道地分开,挽救了一个家。季瓷的儿子章柿和外甥郭秉义一块上高中,离家几十里,小脚女人的她经常步行十八里去看儿子。有一次,她竟然还走了五十里京广路,为章柿在同学面前挣足了面子。一番节衣缩食,季瓷终于把章柿送进了河北机械学院,培训一年后,章柿被分到西安的工厂当老师。两个儿子的婚事都是在农村定下的,章栋的对象罗北京还是季瓷亲自提礼上北京家求的。

季瓷以身作则,以勤劳教育孩子。她这种勤一直延续到生命的最后时刻。到了晚年,她还要章柿把工厂不要的乱线收拾给她,结成线绳,好做鞋用。小说中出现的季瓷在孤寂中从早到晚,没日没夜地抽乱线结线绳,这让人想起《百年孤独》里的奥雷连诺上校和阿玛兰塔。奥雷连诺上校晚年不停地做金鱼。他每天都做两条,达到二十五条时,又将它们倒在坩埚里熔化,重新开始。阿玛兰塔的晚年是在缝制殓衣中度过的。白天缝,晚上拆,直到死。但上校和阿玛兰塔所做的事情是毫无意义的重复,是以此控制非理性意识的混乱,而季瓷的重复虽无创造性,但多少有些意义,是节俭和勤劳的体现。两相比较,我觉得中华民族遇到西方列强的入侵,没有产生《百年孤独》里描绘的那种拉美的无秩序和没完没了的灾难,恰恰是类似季瓷和章守信那样的一代又一代人在长期农耕文明养成的勤俭的结果。

季瓷对后代的影响除了勤俭做人外,还有就是她常讲的瞎话(故事)带给后代的影响。比如孟姜女寻夫,那是教人夫妻恩爱,反抗暴政;不孝顺的媳妇虐待公婆,受到龙王爷爷的惩罚,那是教下辈如何做人;后娘残忍对待前娘生的孩子,遭到报应,那是教人有良心。这些瞎话在某种意义上塑造了章家后代的灵魂。孙女西芳能够迷途知返,孙子津平在官场身不由己挥霍国家财富的同时还受到良心谴责,都与季瓷潜移默化的影响分不开。

季瓷的第二代女性传人是胡爱花和罗北京。胡爱花像婆婆一样善良,那个年代,人们以斗地主婆取乐,可她不参与,她认为这不人道。胡爱花跟随章柿到了西安,没有户口,没有粮油本,她和男人一样到郊外垃圾拾拾组干起了拾破烂的工作。他们要在一个大坑里分拾垃圾,下坑,上坑,把垃圾往绑在身上的大帆布袋里装,这是男人都受不了的活计,她熬下来了,并养活了西平和西芳。如果单靠章柿那点工资,他们一家是无法生存的,事实上很长时间,她挣的都比章柿多,当然吃的苦也比章柿大。

罗北京和胡爱花一样,虽然没有季瓷的血脉,但作为季瓷的儿媳妇,和婆婆常年相处,不仅继承了婆婆的刻苦,因为生在新社会,受过教育,比婆婆还要通情达理些,所以西芳从小就觉得她比奶奶还亲。章家的第二代男人都在外面工作，胡爱花后来也到了西安，是她和婆婆撑起了章家后辈在乡村的天空。西芳曾因碰到锄刃受伤，胡爱花拉起架子车就跑，危急关头，她把车子交给西平。她虽然性格柔顺，但也不是旧社会的小媳妇，为了自己的正当利益，也敢和季瓷相争。只是争过了，她照样尊敬、孝顺婆婆。

季瓷的第三代传人是章西芳，她是在农村上完了一年级后才到西安的。乡村文明和城市文明都对她产生了冲击。小时候，她就是孩子王，她给孩子们念故事，这故事来自她父亲给她寄的《陕西少年》《儿童时代》。当孩子们对她有着菠萝清香的橡皮擦感兴趣时，她让父亲从西安给她寄来一盒，每个孩子都分到一个，这种为他人着想的精神就来自其家族，这也是季瓷精神的延续。这种善是她生命的一部分，所以当她成为交通台主持人时，看到门口的下岗女工，她会时常施舍，而为了侄女的户口，她会贴上金钱、精力甚至身体。可是她的主要教育是在城市完成的，而都市和商业文明息息相关，欲望、金钱、权力使人们更倾向用潜规则为人处世。在经受了恋人的背叛后，她在感情上迷失了自己，不仅有情人，还学会了如何和权力打交道，用身体交换权力。在经历了车祸、毁容后，她痛定思痛，才把自己的精神从欲海中抽离，回到生她养她的乡村，回到她和季瓷生活的小屋，回到那个古老纯朴的精神世界。

与章家女人相比，章家男人的形象不是小说的重点，但由于作者力图体现家族叙事的全面性，小说也写了不少章家男人以及和章家有关系的男人的事情，他们的形象也有特色。

按照小说的女性叙事立场，季瓷在家庭的作用是关键的，但章守信作为父亲，也没有给孩子父爱缺失的感觉。他以诚实赢得了季瓷一颗受伤的心灵，并最终让这个女人心甘情愿地和他好好过日子，他也用自己的一生践行了相亲时对季瓷的承诺。他老实但不怕事，有了儿子章柿后，他种了两棵柿苗，但被人偷走了一棵，他敢于追到那人家里，和对方据理力争，只是看在那人娘的面上，才没有把事情闹大。章柿不是自己亲生的儿子，他是知道的，但章柿因此被人辱骂为"带肚儿"，他怒火万丈，与人理论，硬是为孩子挣回了脸面。新中国成立时，人们以当贫农为荣，他却要了中农的身份。在他看来，土地是人用血汗换来的，土地少或没有土地，那证明你没有下功夫。当然，他不让儿子章楝当兵，这是旧脑筋——好男不当兵，好铁不打钉。可他愿意让儿子读书，上大学，这说明他对塑造中国人灵魂的耕读文化是认同的。他的仁义是出了名的，瓦片得了羊角风，别人都袖手旁观，他不管瓦片地主恶霸儿子的身份，背着瓦片回家，后来还叫已经工作的章柿给瓦片买药。后来，他习惯季瓷在前台的家庭分工，因为他知道在季瓷的安排下，家里会井井有条，儿孙们都会幸福安康。

章柿继承了父母的忠厚，他孝顺父母，由于父亲得了羊角风，发病时随时可能会被地上的碎砖碎瓦磕得鲜血直流，所以他走遍全村，拾净砖瓦碎片。村里他一直叫姐的绳，与章柿从小青梅竹马。荒年，绳被卖到异乡，他从未忘记这件事，长大后多方打听，终于打听到了绳姐在外乡的信息。此时绳姐已经死了，但死前还念叨这个同村的弟弟。章柿和郭秉义是表兄弟，郭秉义因为成分高，不仅上不了大学，高中毕业后在家乡都无法生存。对这个异姓兄弟，章柿始终铭记在心。作为儿子，作为父亲，作为教师，章柿都是称职的。小说也写了他对自己身世的疑惑，在父母长辈那儿都没有得到答案。这一点，有些类似季宇《新安家族》中的程天送。作为鲍老二的儿子，因为养父程德水对天送有养育之恩，程德水的女儿天叶也因天送而死，所以小说到结束都没有写天送认祖归宗的事。同样，章守信也对章柿有养护之恩，季瓷对此非常清楚。或许她认为自己和章家不欠于家的，反而于家亏欠章家的，才对章柿那双渴望了解自己身世之谜的眼睛不予理睬。当然，从姓氏继承的角度来说，这样处理未必妥当。但新中国成立后很长时间，姓氏传承都被看成是封建的东西，季宇和周瑄璞尽管不是一代人，但都是在这种文化背景下长大的，他们的这种类似的处理方式也许与这种文化养成的心理有关。

章节高和章守信同姓同族，打小就靠偷和盗生活，但其家人却编出了他们参军的神话。这样的人凭着在外面走南闯北获得的一些胆大的社会经验，斗坏分子，拆龙王庙，因此，颇受新政权信任，成了多湾村的书记。

郭秉义的哥哥郭秉乾读了高中，考上大学，却因成分问题不能上学，忧郁而死。他爹郭仓实也因成分问题死在监狱。郭秉义如果不逃离家乡，会受到各种不人道的折磨。

小说中罗掌柜（新中国成立后人称"罗贫农"）在新中国成立前家道殷实，两个儿子都参加了共产党，二儿子在新中国成立前夕于夜里偷偷回家，叫父亲卖掉百分之七八十的土地。罗掌柜听从了儿子的安排，土改时被划为贫农，而买他土地的人在新中国成立后被划为地主，吃尽苦头。儿子新中国成立后另娶了老婆，再回老家时，他又强行让儿子和已经没有婚姻关系的原配同房，留下了血脉——罗北京。这种写法在中国当代十七年文学（1949—1966年）里是要处理成反面题材的，但如今却成了一种客观叙述，表现历史和人性的复杂。陈启文新近的一部小说《短暂的远航》中，傅老板在叙述自己的家史时，把自己和父亲说成新中国成立前夕才买地产的受害者，而卖地产的人在新中国成立后成了政治身份干净的人。这种当今流行的历史叙述方式虽不是全部的历史真相，但应该是真相的一种。

《多湾》的家族叙事和村庄叙事是紧密联系在一起的，季瓷和章守信家族的故事是在河南一个叫河西章的村庄展开的。中国从20世纪40年代以来，村庄叙事的长篇小说有很多，如丁玲《太阳照在桑干河上》中的暖水屯，赵树理《三里湾》中的三里湾，柳青《创业史》中的蛤蟆滩，周立波的《山乡巨变》中的清溪乡，浩然《艳阳天》《金光大道》中的东山坞和芳草地，周克芹《许茂和他的女儿们》中的葫芦坝，陈忠实《白鹿原》中的白鹿原，叶炜《后土》中的麻庄，李凤群《大江边》中的江心洲。同为村庄叙事的作品，《多湾》和上述作品一样优秀，都通过一个村庄的变迁反映了中国社会某段时期的巨大变化。《多湾》和《白鹿原》《大江边》等作品类似，将家族叙事和村庄叙事融汇在一起，这就比较难得。小说名为《多湾》，是因为故事发生的河西章村隶属颍多湾县，其实，如果书名叫《河西章》会更好一些。

小说上部的十四章，每章的题记都是一首民谣，正文写的多是河西章这个村庄发生的事情，主要人物季瓷是没有受过多少教育的乡土人物，所以题记和内容非常吻合。下部十二章，每章的题记都来自童话《渔夫和金鱼》，正文基本写的是河西章人在城市的生活，主角西芳受过良好教育，因为欲望过多，而在城市迷失的故事，而《渔夫和金鱼》的故事就是告诫人们不能贪得无厌，因此下部的题记和内容也是一致的。

《多湾》的叙事绵密，细节真实，人物形象鲜明。作者的家族叙事来自其对家史和生命的真实体验。下部的章西芳，某种意义上就是作者自己，这也符合我说过的"为亲人书写的大书"的亲情叙事。与一些主要为虚构的小说不同，这是一种"根性写作"——我们从哪里来，我是谁，我们到哪里去。

近年来，70后作家好戏连台，如李凤群的《大江边》系列，叶炜的《后土》系列，弋舟的《战事》，田耳的《夏天糖》《天体悬浮》，乔叶的《认罪书》，王十月的《无碑》，路内的"追随三部曲"，石一枫的《世间已无陈金芳》《地球之眼》，徐则臣的《耶路撒冷》等。这些作品形成了轰动的文坛效应，且质量多为上乘，《多湾》也可归纳其中，这是70后一代作家逐渐走向成熟的表现。

李师江

1974年出生于福建，1997年毕业于北京师范大学中文系，现居广州，是诗人、小说家。在中国台湾出版《比爱情更假》《肉》《她们都挺棒的》等四部作品，在内地出版长篇小说《逍遥游》，获得2006年华语文学传媒大奖，2007年推出长篇力作《福寿春》。有部分作品被译为英、法、日等语言畅销海外。《像曹操一样活着》是其第一部历史作品；《中文系》以20世纪90年代中期的大学生活为背景，对大学生活、大学体制以及大学生心灵进行了细致深入的剖析。

灰色校园生活中的圣洁爱情

——李师江的《中文系》

一、小说题材的独特性

单独以"中文系"作为表现对象的文学作品在当代文学中并不多，20世纪80年代初李亚伟的诗歌《中文系》曾传诵一时，到了90年代，理想主义不再笼罩校园，中文系是个什么样子呢？李师江的长篇小说《中文系》(《当代》2010年第5期）就是以20世纪90年代的大学中文系为表现对象，带有一定的自传性质。文中的主人公直接以李师江名之，是首都某师范大学的学生，来自福建，1993年入学，1997年香港回归之时毕业，这都与作者李师江的履历吻合。当然，稍有文学常识的人都知道，《中文系》中的李师江并非作者李师江。这也是后现代主义经常采用的方法，让作者以作品中某个人物的身份直接出现在作品中。

二、李师江、凯子和他们的爱情

《中文系》中的李师江进入大学后不久就给自己定位，要当个差生。一部分原因是因为他所在的班级的学生都是来自全国各地的拔尖人才，入学后几次考试,他发现不管自己怎么努力,都没办法成为优秀生;还有个原因是他进了大学后,开始逐渐有自己的思想,厌倦了教科书的死板枯燥,讨厌老师没什么新意的死板课堂。既然不去听这些课程,凭期末突击一下就能过关,何必去花精力对付它呢?

很少听课的李师江有了大把时间,他读杂书,写诗歌,做家教,和一个被退学的大学生兀凯歌厮混在一起。凯子(兀凯歌)是中文系学生会体育部部长泰森的中学同学。凯子失去学籍后,家也不能回,李师江的寝室有一个空铺,泰森把凯子丢到这里,算是给同学帮忙。

凯子住在李师江的下铺,不仅人长得帅气,还聪明,谈吐不俗。李师江这时已有不少叛逆思想,慢慢地,两人就成了形影不离的好朋友。出于年轻人的哥们义气,李师江算是收留了生活无着落的凯子,为他提供饭票。

李师江喜欢同班女同学左堤,青春的羞涩使他不敢接近她,只是远远地迷醉她的侧面轮廓以及嘴角那小小的酒窝。听了李师江讲述的单相思,凯子打包票,说要帮他把事情搞定。

李师江的室友梁档以熟悉学校女生的资料而闻名,他为李师江提供了左堤现在的情况,如高中时有过一次恋爱,现在彻底断了,大学期间没有恋爱史。凯子以替李师江上课的名义和左堤坐在一起。

李师江结识了凯子后,胆子更大了。他不喜欢研究金庸的李向阳博士的课,就连续四次旷课,李向阳老师要他说说旷课的理由,他就径直说,李老师的课越来越没有新意,都是搬书上的东西,他作为学生要的是真理,既然老师不能提供,不如自己看书。当李向阳要他到台上讲授真理时,他一气之下跑回了寝室。

李向阳年轻,还是个讲师,在学术界和系里都没有什么地位,经常和学生打成一片,比较好讲话。李师江与李向阳的冲突,用教工之家的一顿饭局就化解了。大家喝过酒后，到草地上抽了几根烟，甚至还说起了与学术无关的比较流氓的话题。

李师江给左堤写情诗，由凯子转达；请左堤吃饭，由凯子邀请。只有在梦中，李师江才和左堤吻在一起，但从梦中醒来，他的裤子湿了，人也失落得想哭。

当然，李师江有时也和左堤单独接触，他把自己写的诗给她，博得了她的认同。

李师江没有想到，凯子从来就没有充当他和左堤中间的爱情中介，他直接将左堤当成自己的追求目标。暑假时，他借了李师江600元，根本不是如口头所说，为了看那些三峡工程结束时要淹没的风景，而是去左堤的家乡乐山看她，直到有一天，左堤要李师江把自己的照片转给凯子，李师江才如梦方醒。他迅速逃课，回到寝室，将凯子连推带踢弄出门外，他和凯子彻底翻脸了。一场暴雨中的足球运动使李师江发烧了，凯子来照顾他。两天后，李师江退烧了，又叫凯子搬回来住，他们和好如初，甚至凯子和左堤去爬香山，不好意思约他同去，但他听后，还是去香山的中转站与他们汇合。

后来，凯子成了汇泉果汁饮料公司的一员，李师江的一个经济包袱卸掉了。不久，凯子有了大哥大，那是1996年，大哥大如砖头一般大，那是当时大老板的标志。

凯子有了新的女朋友——公司的女同事钱浅，他和左堤的感情结束了。左堤自杀未遂，李师江与凯子打了一架。

左堤又成了没有男朋友的女学生，李师江依然不能忘记左堤。左堤到西什库教堂做礼拜，他也尾随进入。左堤回去照顾生病的母亲，他假也不请，坐火车到乐山寻找左堤，这让左堤大为诧异。

李师江以同学的身份进了病房，看望了左堤的母亲。在乐山，左堤陪李师江在江边聊天。他将自己早就爱慕左堤,并要凯子帮他的事情原原本本告诉了她,她说,这样的事情怎么能要人帮忙呢?

李师江逃了一周课,以李向阳老师说情和一份检讨书得以过关。他继续约会左堤,轻吻她自杀后在左手腕留下的伤痕,但要进一步的时候,左堤拒绝了,因为她不放心李师江。这让李师江很伤心,他不明白,凯子来了,他没有机会,凯子走了,他还是没有机会。失望的他,疯了一样,在左堤的楼下喊叫,要左堤出来,左堤被激怒了,就说她心里有人了,这人是李向阳。

经过女生楼下疯狂的事件后,他又写信给左堤,表示要做左堤最好的朋友,左堤接受了他的道歉,刹那间,他的世界亮了。他们又开始在一起散步,有一次,两人在元大都城垣遗址中漫步,天地间就他们两人,一种野性的美在左堤身上闪现,李师江惊呆了。他紧紧地拥住左堤,左堤提醒他已经破坏了规则,但那一刻,他感觉自己如浮士德一样,让时间停止。

转眼间,到了毕业前一夜,过了这晚,他们将各奔东西。在这个夜晚,左堤将自己的身心完整地交给了他,他才知道,左堤还是个处女,这太出乎他的意料。左堤告诉他,自己是个慢热型的人,对于情感,总是比别人慢一个节拍。其实,左堤在李师江通过凯子接近自己之前,就觉得李师江很特别,要不也不会和凯子好的时候,要他转自己的照片给李师江。这点女孩的小聪明,盛怒中的李师江一点也没有察觉。和凯子谈恋爱的时候,左堤一直在考察凯子,他们之间的关系始终隔着一层纱。凯子在得不到左堤的身体后,忍不住在外偷腥,这使左堤非常绝望。左堤出事的那段日子,李向阳亦师亦友,不断安慰她,这让二者之间确实有了好感,可碍于师生关系,两人都没有更深入地发展。李师江的那次乐山之行感动了左堤,但她是一个在情感方面反应迟钝的人,又是一个自我怀疑的人，这才使她对李师江的感情若即若离。

小说中的李师江是个情圣，他只爱左堤。得知左堤和自己的好朋友恋上了，他悲哀至极，但心里还是只装着左堤。他给小学生王皓做家教时，认识了他的妈妈陈姐。陈姐是个离异的少妇，有一次，二人的手无意中碰在一起，陈姐握住了李师江的手，一阵狂野的情感注入了李师江的身体，但二人什么也没有发生。李师江和数学系女生秦春芳有过热吻，有过向最后一段防线的突破，这都是秦春芳的引导，李师江出于不伤她自尊心的考虑，才发生了这一切。两人都到了临界点，但身体并未融在一起。

李师江觉得大学阶段没什么正经事可干，唯有恋爱是一件不虚度年华的有意义的事情，这反映了大学教育尤其是中文系的教育存在很多问题。在《中文系》中，所学课程基本没有什么难度，不具备挑战性，自学反倒可以更容易接近课程的精髓。小说中，李师江他们有一门研究托尔斯泰的课程，结束时只要交一篇课程论文就可以过关。李师江给左堤写了一篇，发挥了自己的观点，再写，写不出什么新意，就找了一个人们论述比较多的关于托尔斯泰心灵辩证法的问题，作了一篇文章。老师在他的作业上的批语是：关于托尔斯泰的辩证法问题，可与沈经兵同学切磋；而在沈经兵同学论文作业上的批语是：关于心灵辩证法问题，可与李师江同学切磋。两人把作业一对照，才发现其中八百字是一样的，都是抄自同一篇文章，他们互相埋怨，说对方没有抄德，抄的时候应该做个记号。

对于中文系的学生来说，过大学英语四级是个难题，但中文系的学生很少有人能认识到学习一门外国语的重要性，只是机械地学习它，一朝过关，彻底抛弃。小说中的李师江四级差一分才及格，他曾写了《狗日的四级》的诗歌，发泄对大学英语这门课程的不满。好多中文系的学生都有与李师江同样的学英语的抵触情绪，不愿在这门课程上用功，这就使得读中文的人成了大学生中时间最富裕的人，因为他们没有攻克科学高峰的热情和动力，没有精神追求。搞点风花雪月，则成了最上心的事。

当然，李师江对爱情是严肃的，在他眼中，左堤是圣洁的，是庸俗世界的一道美丽风景，是女神。他曾为左堤写了一首诗《喜欢》：

喜欢她

非常喜欢她

喜欢得要死

真的想死

想死呀

是因为

不知道她

喜欢不喜欢我

喜欢她

如果真的喜欢她

又何必在乎她

喜欢不喜欢我

喜欢她

像喜欢天边的一朵云

不论远在天边

还是近在眼前

小说结束时,左堤不告而别,回到了福州,心中响起了这般旋律:

此生我必须努力

只因吹过牛逼

对着心爱的人儿

吹过的牛逼……

为一个女人而奋斗,伟大吗?崇高吗?大家不要忘记《浮士德》的开头——永恒的女性,引领我们上升。心爱的人儿到了这个意义上,已经升格为女神——人类前进道路上的指引者。

三、其他人物

《中文系》中的大学生活是灰色的,且不说凯子这样的人混迹于校园,李师江也不是什么好学生。我们再看他寝室的另外三位同学。

大师

他之所以叫大师,是因为他研究金庸这位大师。他跟着李向阳,帮他搜集金庸的研究资料,以期有朝一日,李向阳的科研成果出版了,他也跟着沾光。他的同学鄙夷他,更多的时候叫他大屎。大师大三时也有爱情目标了,他相中的是数学系女生赵颖。赵颖的寝室和大师的寝室是联谊宿舍,说是联谊,实际上就男生而言,除李师江外,剩下的三个都是醉翁之意不在酒,都是奔着情色而去的。这些数学系的女生也没有什么人生经验,按照琼瑶小说和中文系学生浪漫的想象来展开和这些男生的交往,她们分辨不出那些侃侃而谈的中文系学生的华丽语言外表下的空架子,大多容易被"捕获"。

大师在李师江这个寝室中,在爱情方面拔得头筹,他不费什么力气就搞定了赵颖,很快,他就把赵颖带到男生宿舍睡觉。想想正值青春期的另外三个男孩,夜夜听一对男女在自己身边弄出惹人心狂的动静,那日子怎么过?好在不知谁告发了大师,大师险些被开除,终以记大过结束了这场男女勾当。两人因这事不欢而散。大师开始练起了金庸小说中的绝世武功,他告诉大家,他能闻到自己身上的香味了,其实他将香水涂在身上,欺骗同学,显示自己的能耐。有一天夜里,大师练功时哼哼唧唧起来,大伙以为他走火入魔,把他送到了医院,一查原来是得了急性阑尾炎,连夜挨了一刀,才捡回一条命。

好在毕业前,大师和赵颖又破镜重圆。

"女生活档案"——梁档

梁档,素有"女生活档案"之称。他为了摸清联谊宿舍421的女生秦春芳心目中爱慕的男生形象的标准,和大师设计了一个主题为"你喜欢什么样男生"的调查表。他看秦春芳选了喜欢学生干部、着装正规、身体健康、能够吟诗作赋等选项,便开始重新包装自己,在地摊上买了一套西装,人模狗样起来。他还混进了学生会,并认为自己现在是学生干部,将来走上社会,说不定就是官员。

梁档爱秦春芳,但秦春芳爱的是李师江。他一点办法也没有,便向李师江讨要获得秦春芳芳心的秘籍。李师江说她热爱诗歌,梁档就写诗歌,写不出来就找李师江借诗歌;当他看到秦春芳和李师江约会,梁档就说李师江不讲哥们义气,忘记了他曾有恩于李师江。什么样的恩情呢?李师江淋雨发高烧,是他作为主力,把李师江背下楼,搞上车,送到医院的。

袁伟

袁伟，大家都喊他"阳痿"，首先是因为他的名字与"阳痿"的读音有点相似，再加上他对男女之事的话题不感兴趣，大家就怀疑他有性功能障碍，因此，他练起哑铃来更是起劲。练了一段时间后，他的身体发生了革命性的变化，肌肉见长，一看就是打架的好材料。毕业离校前，他和421女生王小梅闪电恋爱，毕业一年后就有了爱情的结晶，开创了在同班同学中最早生孩子的记录。再聚会，说"阳痿"就说不过去了，同志们改叫他"伟哥"，但袁伟大怒，说听起来不亲切，称呼不能改来改去，大家决定把"阳痿"作为他的终身头衔。

四、《中文系》的主题

《中文系》中有许多调侃的语言和句子，灰色的校园生活没什么正经。消解崇高，把性当肉麻，是中文系学生生活的一部分。然而灰色的生活、灰色的人生没什么意义，大学教育要使人养成爱真理、爱知识的习惯，人的终身教育才有可能。李师江和左堤的爱情固然美好，可李师江却没有追寻其他人生意义，圣洁的爱情也不过是基础动摇的华丽大厦，坍塌只是时间问题。

《中文系》属于大学或者学院叙事，因为它以学生为主，实际上暗含了"成长"主题，在这个意义上，它可以被归为校园或者青春小说。在讽刺手法的运用上，它和大学叙事是一样的，在"成长"主题上，它和一般的青春或者校园叙事的作品也是有区别的，此类小说是抒情的，可《中文系》的写作者是在离开大学若干年后才开始写校园的，此时李师江的思想已经成熟，因此调侃、幽默、嬉笑怒骂皆成文章。

中国有价值的私小说
——李师江的《非比寻常》

李师江的《非比寻常》(《当代》2016年第2期)在某种意义上可以看成是他《中文系》的续篇。《中文系》写到李师江(这两部小说的主人公都和李师江同名)大学毕业,和左堤分手,回到老家福建。《非比寻常》接续上文,就其笔墨和精神而言,《非比寻常》和《中文系》也是一样的,在《中文系》中,作者嘲讽大学生活的庸俗,使主人公感到精神上毫无出路,虚无度日,但他心中还有圣洁的爱情,而他也的确把对左堤的爱看成人世最后一根救命稻草。在《非比寻常》中,这根救命的稻草也没了,左堤回到四川,被家人逼婚,生了孩子,这一切,李师江都不知道,他不仅给左堤写信,还前去探望。这些唤醒了左堤那颗不甘沉沦、渴望爱情的心,她想与李师江重温旧梦,李师江却无情地拒绝了。

除了左堤,李师江还和淡墨、陈丽娜、薛婷婷有过感情交集。

淡墨是李师江任职的杂志社主编,人很清秀,有成熟女性的美,对李师江也有怜才之心。但由于淡墨的职务被陈丽娜取代,被调出了李师江供职的编辑部,李师江和淡墨的关系也就停留在一种意淫的状态。

或许是女人喜欢才子,也或许是少妇喜欢童男,也或者是李师江爱顶撞陈丽娜，只把她当同龄人而不是领导看待。因此，陈丽娜在和李师江的交往中，总是处于下风。陈丽娜是一个在感情上喜欢叛逆的人，丈夫有性功能障碍，她索性和其分居，过着异地生活。她感情上交往的不止李师江一人，但因为二人同是搞文学的，所以和李师江的交往中带有一点交流、反抗、颓废，李师江也是如此。可是，陈丽娜本就是熟悉社会上一套处事方式的人，她和领导关系好，所以才能挤掉淡墨，当上主编。对同仁，她也能耍手腕，李师江文人气息很浓，对社会上那一套很反感，他和陈丽娜在一起，与他的一些奇谈怪论有关，比如他欣赏已婚女人，也中意陈丽娜的姿色。但他们的相处是畸形的，李师江以此放纵自己的欲望，以这种肉体的堕落反抗日常生活的平庸。从本质上说，他和陈丽娜是两路人，一旦双方恢复到自我状态，分手是必然的。不过，陈丽娜这个形象也较复杂，她有庸俗社会的一面，喜欢周旋于领导和各色人等之间，但是她欣赏李师江的才子气和叛逆，喜欢鉴赏各种植物，在生活上还保持着审美的情怀。她的生活作风有问题，但丈夫的性无能是导致这种常人不齿的混乱生活的直接原因。其实，她也是有悲剧色彩的人物。淡墨可能比她纯洁，但她活得自我，活得任性，庸俗而略显情趣。

　　李师江和薛婷婷的关系很微妙，薛婷婷是一个年龄成人（超过二十岁），但身体似乎没有完全发育，感情和心理也没有成人化的少女。李师江和她交往，只是喜欢她的单纯，没有心机，哪怕两人睡在一张床上，李师江能脱掉她的衣服欣赏她，也不会突破底线，最后酒肉朋友符绝响捷足先登。李师江为薛婷婷感到惋惜，因为他不忍非常世俗的符绝响亵渎了在他看来有几分童心的薛婷婷。不过，小说结束时，李师江和薛婷婷告别，并提醒薛婷婷，要她离开符绝响。薛婷婷大怒，并绝情地赶走李师江。我觉得，这不是薛婷婷的错，李师江不是画家，薛婷婷也不是人体模特。一个单身男人和未婚女性交往，以艺术家的眼光迷恋一个女人的身体，而没有任何实质性的行为，不说不人道，也是任何正常女性都接受不了的。

除了女人，李师江也有几个来往的男性，如小潘和符绝响。小潘很崇拜李师江的才华，他在部队工作，思想简单，佩服李师江不羁的行为和惊世绝俗的言论。李师江自负才华，平时很少有可以对谈的人，就这样，他们的关系以不对等、不算和谐的方式维持着。

符绝响和李师江相识于招待所，他也是一位诗人。一开始，他们的交往，符绝响占据主动地位。比如，他认为男人要吃喝嫖赌，于是，在他的带动下，李师江也开始喝酒。符绝响和李师江一度关系过密，在符绝响看来，李师江是一个精神上能对话的伙伴，他写诗，李师江是编辑，有为他发稿的可能。同时他和女性玩耍，多一个李师江，就多增加一点阵势。他本有女朋友陈雪冰，看到薛婷婷后，就感情转移。陈雪冰也是他先前女朋友的闺蜜。这种见异思迁和李师江有些相似，只不过李师江有一种将女人分成欲望和情感两种类型的下意识习惯，淡墨尤其是陈丽娜符合他对女人欲望上的念想，而左堤和薛婷婷符合他对女人纯洁性的要求。符绝响没有这种精神境界，他和女人的来往是本着欲望和世俗利益结合的原则进行的，薛婷婷年轻、漂亮，又和自己在一个城市，是结婚的首要人选。他认为，男孩在过了女人关后就成熟了。当然，这种过关不是英雄难过美人关，更不是严禁女色；而是对女人进行色诱、不顾一切套近乎，使其被自己吸引的有点近乎流氓的男人风流。

李师江的所谓朋友和同伴都是非平等的，在精神上，李师江从来没有把他们放在对等的地位，要么是自己的精神导师，要么自己有一种精神上的绝对优越感。一切才子的毛病，李师江都有，风花雪月，吊儿郎当。然而在精神上，他还以为自己是贾宝玉。当然，李师江的这种才子病，也非完全是他自己的责任。环境对人才的压抑，是他在叛逆道路上的助推器。他也有文学抱负，也有父母，但是在他所处的20世纪90年代后期，人们在精神上已经市场化、商业化，同时计划经济时代所形成的体制顽疾并没有完全消除，如淡墨很有才华和思想，为人也正派，但是陈丽娜比她会处领导关系，她主编的位子便由陈丽娜取而代之；在用稿上，主编唯领导的意志为意志，凡是不够一本正经的叙事文字都会弃置不用，这样的杂志怎么扶持文学，为繁荣文学作贡献？同事小萧很努力，也很珍惜自己在杂志社的工作，可是单位领导要安排自己的孩子，小萧的工作就丢了。拥有知识分子情怀的李师江怎么能没有感触？读者可能觉得《非比寻常》中的李师江不够高大上，对国家、社会的大事不够关心，要么和符绝响那样没有理想的人搅在一起，要么和女人卿卿我我。可时代如此，李师江很难有作为。正如格非《春尽江南》里的谭端午，在生活中找不到位子，只能在发霉的地方志办公室编谁也不看的年鉴，和绿珠相互取暖。有人可能觉得与谭端午相比，李师江与女性交往，肉体的成分多一些。这也不奇怪，毕竟小说中的李师江比谭端午年轻得多，也没有结婚，欲望强一些，很正常。

　　作为文学人物，李师江与毕巧林、罗亭、奥勃洛摩夫等多余人精神上相通，在郁达夫《沉沦》、徐星《无主题变奏》、刘索拉《你别无选择》、贾平凹《废都》、格非《春尽江南》、王刚《关关雎鸠》等小说上，我们也能看到与李师江相似的身影。

　　正如《当代》编者所说，《非比寻常》是另类才子的"私小说"。私小说是日本大正年间（1912—1925）产生的一种独特的小说形式，又称"自我小说"。"私小说"一词于1920年开始散见于当时的报刊上。对于私小说的概念，日本文坛一向有广义和狭义两种解释。广义的解释是：凡作者以第一人称的手法来叙述故事的，均称为私小说。但人们多数倾向于狭义的解释：凡是作者脱离时代背景和社会生活而孤立地描写个人身边琐事和心理活动的，称为私小说。按久米正雄的说法，就是作者把自己直截了当地暴露出来的小说。"私"在日语里是"我"的意思，因此私小说一般以第一人称叙述，当然以第三人称叙述，大量涉及作者本人生活、思想、感情的作品也可以归入私小说的范畴。

20世纪90年代以来的文坛，人们把陈染《与往事干杯》《私人生活》和林白《一个人的战争》等女性主义小说看成是写私人生活的小说，其实这些女作家的作品也可以划入私小说的类型，还有卫慧、棉棉的小说都逃脱不出私小说的藩篱。与这些女作家的私小说相比，我觉得，李师江的私小说《中文系》和《非比寻常》虽然也用大量文字写李师江一己的生活，但要更丰富一些，深刻一些，陈染、林白早期的私小说以描写闺阁生活为主，涉及社会生活的内容不多。而李师江《中文系》写到了大学生生活的各个方面。《非比寻常》写到了李师江的父母，他出生的村庄，文联杂志社的人事风波等方面的内容，这就使得其反映生活的广度和深度都超过同年代女作家的私小说，是我目前读到的中国最有价值的私小说文本。日本评论家小林秀雄曾说日本私小说的"私"是一己之私，没有像西方那样社会化。日本作家和评论家丸谷才一厌恶私小说不过是作家的生活报告罢了，欠缺社会性与故事性。我们认为，李师江的私小说有一种改良，一定程度上避免了日本私小说的毛病，它有较强的故事性和一定的社会性。

同时，私小说不好写，尤其是以自己的名字作为主人公的私小说更不好写。这样的私小说触及作者的灵魂和生活，至少会使读者产生把小说的主角和作者本人等同起来的阅读倾向。作家写时，存在这样的顾虑，弄不好就会遮遮掩掩，欲盖弥彰，使人觉得写得不真实，有拔高和溢美的毛病。但《中文系》《非比寻常》不存在这个问题，作者对自我的暴露是大胆的,读者可以读读小说中李师江小学时对女老师的感情,比较一下郭沫若写自己七八岁时对嫂子的感情,就知道作为小说文本,李师江在写自我上是没有多少条条框框的。就这点而言,我觉得李师江和郁达夫有得一比,但在自我的强大上,我以为,李师江超过郁达夫,郁达夫笔下的多余人是没有前途的,但李师江笔下的多余人让我们隐隐约约感到,他不会真的沉沦下去,他可能在社会上到处碰壁,头破血流,但他不会就此止步。强大的自我形成他不服输的动力,他会为自己杀开一条血路,或者把这种斗争的勇气和行为保持到底。我们阅读李师江的这两部作品,可能对主人公颇有微词,但我们欣赏他,相信他会有一番作为。同样,尽管在颓废程度上,我们由李师江想起了庄之蝶,但读者可以想想庄之蝶是如何对柳月的身体的,再比较一下李师江是如何对薛婷婷的身体的。庄之蝶在偷情时,发现柳月,为了堵柳月的嘴而与这个少女发生关系。对于柳月的身体,他所做的是淫乱的行为,而不是出于感情。而李师江对女性还有一种怜爱和尊重。

1945年,日本的伊藤整和平野谦又提出新的说法,认为私小说就是心境小说,并把广义的私小说分为调和型和破灭型两类。他们认为把人从"生活的不安和生存的危机"中拯救出来,是私小说的特征。表达"生存的危机感"的,是破灭型;相反,要克服"生存的危机和破灭",以调和自我作为努力的目标的,是调和型。从这个角度来看,我以为尽管李师江的小说有生存的危机和难以调解的冲突和毁灭,比如左堤的自杀,李师江爱情梦的幻灭,但还是一种调、型的私小说。小说中的李师江不理解父母,父母也不理解他,但他们之间深情仍在。李师江在爱情上伤痕累累,但他怀着期待,或者说怀着继续生活下去的希望和力量。这些都构成李师江此类小说的特点和价值。

其实,中国文坛受日本私小说影响并非从20世纪90年代开始,现代的郭沫若和郁达夫在20世纪20年代就受此思潮启发，写出了不少这类作品。郁达夫的《沉沦》、郭沫若的《漂流三部曲》都有私小说的影子。在《漂流三部曲》中，主人公爱牟某种程度上也是作者本人，他的怀才不遇和《非比寻常》中的李师江在精神上有相似的一面。

与《中文系》相比，我觉得李师江的《非比寻常》在故事的凝练、人物的刻画、主题的表达上都有提升。《中文系》《非比寻常》是一个系列，这个系列，李师江可能还会写下去。在当代文学史和新世纪文学史上，这个系列长篇会有一席之地。李师江以这个系列和其他作品已经奠定了自己在70后作家中的地位。

谢思球

1970年出生,安徽枞阳县人,安徽省作家协会第五届理事会理事,铜陵市作家协会副主席,枞阳县作家协会主席。发表大量诗歌散文,作品收入《大家写安徽》《中国诗歌精选三百首》等选本,著有散文集《徽州女人》《文章之府老枞阳》《浮山揽胜》和长篇小说《裙带当风》《大明御史左光斗》等。剧本《大明御史》获安徽省第三届影视剧本大赛创意剧本奖。长篇小说《大泽乡》入选2015年度安徽省长篇小说精品工程。

纵横天地开新局，指顾风云发首难
——评谢思球的《大泽乡》

2014年的清明节，谢思球陪我到枞阳最高峰三公山时，我就知道他有雄心写一部反映陈胜、吴广起义的历史小说，题目叫《大泽乡》（中国文史出版社2016年6月北京第1版），而且那时他广泛收集资料，已经知晓茅盾先生有此同名小说。说老实话，当时我并不看好思球的这一计划，同时，我很佩服他写了很多有关枞阳历史人物、文化、山水的散文。他的《老枞阳》点燃了我对故土的激情，使我重新打量故乡。可小说和散文是两回事，他的小说会和散文一样精彩吗？我有些疑虑，看完他的长篇历史小说《大泽乡》，我不仅消除了原有的担心，还要说谢思球已经完成了从散文写作到小说写作的转型。

进入新时期以来，历史小说一直是中国作家创作的重镇，其中姚雪垠的《李自成》影响很大，但人们也对他把李自成描绘得非常高大表示不屑。20世纪80年代的先锋小说家不满这种以单纯的意识形态的观念叙说历史的行为，而是以"我注六经"的方法大胆虚构历史，但这种脱离历史事实的方法也逐渐为人诟病。大浪淘沙，如今新时期以来的历史小说留下的经典文本是唐浩明先生等人的著作，唐浩明的《曾国藩》具体到曾国藩某日到某寺一游都是真实的，只是对这日发生的事情以及与某人谈话的具体过程才进行文学虚构。当然，我不能说《大泽乡》达到了《曾国藩》的高度，但是思球的《大泽乡》虽然有个别历史人物是虚构的，但整体的历史事件和主要人物都是真实的，读者诸君只要将这本小说和司马迁《陈涉世家》等历史著作相对应，就知我此言不虚。

《大泽乡》的成功首先在于塑造了陈胜、吴广、周文、田臧、陈雪花、朱房、朱妍等一大批或曾经真实存在，或完全虚构的人物形象。

陈胜作为一支农民起义军的领袖，必有过人之处，"苟富贵，勿相忘"，这表明他是有人生理想。不说古代的农民，就是现代的中国农民，很长时间也只是追求"三十亩地一条牛，老婆孩子热炕头"的生活，只考虑个人的幸福生活。而作为两千多年前的农民陈胜，却超出了这个简单的以自我为中心的幸福，这就使人刮目相看。这个有理想的农民是如何成长的呢？谢思球在陈胜的生活中设置了一个名叫山松的老人，他是一位隐士，曾是楚国名将项燕麾下的一员战将，因为秦灭楚国，他就隐居在陈胜家乡阳城的西山东麓，他不仅教陈胜武术，也向陈胜灌输反秦复楚的思想。

有了这样的师傅，再加上头脑比较清楚且勇猛无比的好朋友吴广，陈胜的脱颖而出只待时机。谢思球根据历史写出了这个时机，那就是陈胜和家乡的一班父老乡亲去戍边，恰逢大雨，不能按期到达，在做奴隶只能死亡，反抗或许有一线生机的情况下，陈胜等人揭竿而起，历史的偶然性和必然性就这样出现了。

攻占蕲县后，陈胜势如破竹，光复陈城后开始称王。或许是师傅的教导，或许是成长的经历，或许是情势所迫，此刻陈胜已为朱房等小人所包围，宠幸朱妍那样成事不足败事有余的红粉佳人，小说开头时的那种纯朴的农民性格已发生了巨大变化。一支由乌合之众组成的起义军，没有杰出之士的训练和带领，是成不了事的，所以，他如刘备一样，请出了有经天纬地之才、安邦定国之策的蔡赐。《大泽乡》在这一节，有模仿《三国演义》中诸葛亮出山的痕迹，但仍然引人入胜。这个蔡赐，老伴称其为蔡疯子（这一点和《封神演义》中的姜子牙相似），住在卧龙岗，虽没有诸葛亮的隆中策，但他的攻咸阳妙计以及推荐的周文老将军父子，的确使起义军的面貌一改前观，他们一鼓作气攻下了函谷关。如果不是章邯率领刑徒之人进行阻挡，陈胜的队伍会进一步做大做强。但是，此时的陈胜已为奸佞包围，连一同起事的兄弟吴广见他一面都不容易。在起义军不利的情况下，陈胜的队伍想扭转颓势，亲征以鼓舞士气，朱妍又从中阻挡，而起义军内部又分崩离析，家乡父老要见陈胜，竟为朱房所杀，而陈胜对此居然默许了。陈胜的确变了，一个外面光鲜的张楚政权已经从内部腐朽了，倒塌只是时间问题，陈胜反抗暴秦不过半年就为车夫庄贾所害。这并不奇怪，就是躲过这场灾难，在那场由他首义，然后群雄逐鹿的战争中，他依然没有胜算。

陈胜有他的偏狭，也有他的可爱。他对朱妍缺少理智的判断，这与朱妍的文化教养有关，仆人对小姐有天然的向往。但那时陈胜还没有完全失去初心，所以还没有完全忘记和他有过婚约的范秀，甚至在范秀父亲毁约，给他带来耻辱，而他功成名就后，依然接纳了范秀。陈胜的这种性格考之于历史，未必有此事。但依照历史，想象其人，未必没有其事。

相比较而言，吴广的形象比陈胜要单薄一点。他作为陈胜的朋友和旁观者，很多时候比陈胜明白。如果陈胜和吴广一样，不说起义成功，至少不会半年时间就一败涂地，送了身家性命。在起义的关键时刻，如果不是吴广扮演辅佐者的角色，陈胜能否起事，都是个未知数，如果不是他鼓动陈胜当张楚王，请出了蔡赐和周文父子，张楚政权就不会产生广泛影响，从而最终动摇了秦王朝的根基。吴广的忠厚不仅吸引着众多将士，而且连陈雪花、胜玉这样的女中豪杰都把他当成兄长，有什么委屈，都愿意向他倾诉，有什么想法，都愿意与他分享。总的说来，吴广是那种性格没有什么变化的人，就如《三国演义》中的关公，从开头到结尾，都只是忠义的体现者，不像陈胜，前后性格不一致。当然，吴广的忠厚不是木讷，而是有勇有谋的那种诚实厚道。这在小说第五章中有比较全面的反映。打下陈城是这支起义军的转折点，陈城不下，就没有张楚政权的建立。打陈城的主角就是吴广，是他和胜玉等人混入陈城，招降了花老大的丐帮势力，从外部攻城，内部接应，从而以很小的代价拿下了这个当时看起来固若金汤的城池。

吴广挽救不了张楚政权的覆亡，也与他的军事才能有限有关。所以，当有着正规的军事素养的章邯一出现，他的劣势就逐渐暴露，以至于溃败。假王吴广是为部下田臧所杀，《史记·陈涉世家》中有言："今假王骄，不知兵权，不可与计，非诛之，事恐败。"有人认为此话出自欲取代吴广的田臧等人之口，其真实性值得怀疑。谢思球似乎采纳了这种看法，他一方面客观写出了吴广军事才能的有限，没有接受田臧先打敖仓，切断粮道的正确军事建议，又写出了吴广和田臧因这个问题产生矛盾，田臧当面顶撞，吴广也出言不逊。最终是田臧自恃名将之后，不愿受制于人而杀了吴广。而谢思球笔下的吴广，此时似乎预料到生命的危险，安排朋友胜玉回陈城，可以看出，在《大泽乡》中，吴广对胜玉是有男女之情的，但这种感情不是占有，而是一心想着为对方付出。在塑造吴广这个形象时，我觉得谢思球抓住了司马迁"吴广素爱人，士卒多为用者"这一主要性格特征，并加以铺陈。

陈雪花是个虚构的人物，但这个女子敢爱敢恨，令人难忘。作为陈胜的妹妹，她并不以哥哥的声名和威望来谋取自己的利益，相反，她很多时候能独当一面，为哥哥的事业添砖加瓦。在取谯城前，她作为先锋，乔装打扮，和胜玉、晓婵先是混入谯城，开了一家酒馆，获取了重要情报，而且当县尉赵喜带着大量黄金逃跑时，她又和晓婵一起追赶，迫使赵喜丢下巨资；后来拿下陈城，也有她的功劳。相较于她的军功，她爱憎分明的性格更令人敬佩。在满朝文武都屈服于朱房、朱妍的势力，连吴广都对他们退让三分时，只有她和老将军周文挺身而出，与之斗争。在陈胜政权岌岌可危时，她和胜玉依然向强敌刑徒军首领章邯发起冲锋，只可惜势单力薄，未能遂愿。她杀朱房、杀朱妍，回首历史，可能未必有其事，但的确大快人心。在起义军败局已定，她决计回乡陪伴父母，找个老实汉子，种几亩薄地，这似乎是陶渊明那样的文人才有的隐逸情怀和人生境界。在《大泽乡》中，陈雪花似乎寄托着谢思球的某种人生理想，因此作者给了她一个令人满意的结局。

小说对猎户李老爹和女儿翎儿的着墨不多，但他们父女和老将军周文父子的交往和结局出人意料。可以看出，周文之子周聪是爱翎儿的，翎儿也爱周聪。翎儿那样天真，周聪那样帅气。如果是在和平年代，他们是可以演绎出一段动人的爱情的。可在战争年代，没有儿女之情，只有屈从于战争需要的利害关系，因此，周聪明明喜欢翎儿，也只能利用翎儿。最终，李老头和翎儿都死在起义军的箭下，临死前，翎儿倒在周聪的怀里，把周聪看成坏人。在特定的历史时刻，历史只能是你死我活的斗争。虽然小说也写了周聪阻止人们向翎儿放箭，但没有人理会。读《大泽乡》，我最心痛的就是翎儿的死。即使看起来非常正义的战争，也能毁灭美和善，战争的残酷性由此可见。

谢思球这篇小说的语言也比较有特色，我觉得他吸收了中国小说的白描手法，使作品简洁而传神。请看第九章《访贤求将》中陈胜吴广等人到卧龙岗找名士蔡赐的一段描写：

说是卧龙岗，就是一座荒山岗而已，岗上长着茂盛的杂树，岗下散布着几十户人家。此时，正是晚炊时间，村中炊烟袅袅，安宁而祥和。

　　三人进了村口，看见草垛下躺着个老者。此人约六十岁上下年纪，满头白发，衣衫褴褛。此时，他嘴里衔着一根稻草，正在闭目养神。

　　近年来，随着改革开放的深入和人们思想的活跃，对于农民起义到底是有利于生产力的发展，还是破坏生产力，不同的人有不同的看法。我觉得，将此作为学术讨论未尝不可，但也不能把农民起义妖魔化，像秦王朝那样的暴政和清王朝那样的腐朽，不该推翻吗？在司马迁时代，王侯是一个地区的实际统治者，世代保有其国，对全国政局有一定的影响，故其传记称为"世家"。而陈胜出身低微，是所谓"瓮牖绳枢之子，甿隶之人"，司马迁仍将其列入世家，为其作传。就连后来夺取政权的刘邦，也追封陈胜为"隐帝"。谢思球的《大泽乡》不是历史著作，也无意卷入陈胜历史地位的争论，但从他的客观描写中，我们依然可以看出，他既写出了陈胜的历史局限性，也写出了这个农民的过人之处以及大泽乡起义的伟大历史意义。秦王朝已经失去人心，作为一种反动势力妨碍着历史的进步，陈胜首义，其他各种政治力量纷纷响应，秦王朝就此才灭亡。陈胜开启了这场大变革的伟大序幕，正如司马迁所说："陈胜虽已死，其所置遣侯王将相竟亡秦，由涉首事也。"谢思球以小说的形式写出了这个序幕，而且陈胜死后，和陈胜一同革命的吕臣，杀了庄贾，为陈胜报仇雪恨。其部下召平，又假托陈胜的命令，拜项梁为张楚国的上柱国。项梁、项梁侄子项羽最终和刘邦他们一起灭了秦朝。

　　纵横天地开新局，指顾风云发首难，诚哉斯言！

铮铮铁骨　一身正气

——评谢思球的《大明御史左光斗》[①]

从20世纪40年代的解放区到中华人民共和国成立以后相当长的时间，"中国作风""中国气派"是中国共产党对作家的要求。近几年，"讲好中国故事"的提法替代了"中国作风""中国气派"的口号，成了对中国作家尤其是小说作者的要求。莫言获诺贝尔文学奖的致辞题目就是《讲故事的人》，但莫言的故事是来自高密的故事。作家都有故土情结，对故乡的热爱是他们生命的重要部分，激活本土写作资源，往往成为他们创作的动力。作家谢思球对他脚下的枞阳一直有一种痴迷般的热爱，他几乎踏遍了枞阳的每一个角落，多年前就写出了描述枞阳地理、历史、文化和人物的书籍《文章之府老枞阳》。书里有对枞阳山水的描述，也有对枞阳历史文化和历史人物的追踪，如方苞、刘大櫆、姚鼐、方以智、何如宠、阮大铖、左光斗、朱光潜等，这些历史人物多承载着家国情怀的正能量，就是小人阮大铖也是才子般的人物。发掘他们的故事，成了谢思球抒发对家乡深厚感情的一个通道。对于大明御史左光斗，他至少

[①] 谢思球：《大明御史左光斗》，中国文史出版社，2018年。

在2001年就开始收集相关信息，到左氏出生地采风考察，并写了很多到左光斗以及左氏出生地横埠大朱庄采风感悟的散文。随着资料的积累和创作了一部历史小说《大泽乡》，思球取得了创作历史小说的经验，他对如何为左光斗写一部历史小说，有了相当的自信。之后，他为左光斗写了一本《大明御史》剧本。有了这样的铺垫，他写一本有关左光斗的小说就呼之欲出、水到渠成了。目前，学界对先有电视剧（电视剧本），后有小说的创作模式有不少非议，认为这有功利主义的嫌疑。对此，我有自己的看法，我认为小说是写人的，人物和性格的发展离不开矛盾冲突，而电视剧本恰恰是以人为中心，以人物矛盾冲突为着眼点，这就是说电视剧和小说有很多相通之处。有了电视剧本，再创作小说就等于造房子已经搭建好了骨架，再装饰和雕刻细部，一幢美轮美奂的建筑就很容易成功。

　　写历史人物，首先要尊重历史。历史给左光斗留下的资料不多，像方苞的《左忠毅公逸事》，还有《左忠毅公年谱》《左光斗奏疏》等，谢思球都很熟悉。其中的《左忠毅公年谱》目前没有点校本，没有标点，竖排，繁体，谢思球得到的是一部清代原版年谱的复制本，就是专攻古汉语的人看到也会头痛。出于对左光斗的尊敬和创作的需要，谢思球不仅购得这个复制本，还一点点地啃下来了。

　　在把握历史事实的基础上，再加以细节和人物的虚构，历史人物就鲜活了，比如屯田是左光斗的一大历史功绩。左光斗的屯田是成功的，《明史》上对此事也有记载，东林党首领之一邹元标就说："三十年前，都人不知稻草何物，今所在皆稻，种水田利也。"确实，北人始知种稻，是左光斗之功。不过这些历史资料加在一起，不过几千字，谢思球却写出了大文章，而且又合情合理。谢思球写左光斗屯田，虚构了他在路上捡了个书童顾翰林。其家属军籍，但田被武定侯占了，老父也被武定侯抓起来了，他哥哥的恋人也被武定侯强娶。顾翰林饿得倒在路上，被左光斗救活，同时顾大武在救恋人时，深陷重围，也被左光斗和卢观象救下。从此，顾大武和左光斗结识，通过走武举这一条路，有了功名，就像包公总离不了展昭，左光斗也离不了顾大武。此后，凡是要通过跟踪、打斗、劫持等武力和侦探手段解决问题的，左光斗总会交给顾大武解决。在写作手法和情节设置上，的确，顾大武这个人物形象有传统侠义小说的影子，而深受包公故事、武侠小说影响的中国读者，读这种近似的故事，必然觉得亲切。作为历史小说，尊重史实是必要的，同时虚构也是必要的，后者只要不违反逻辑，还能为小说和人物形象增彩。《史记》中的人物传记，处处能见到虚构笔法，比如黄石公要磨张良的性子，让他一次次到桥边。韩信要自立为王，刘邦大怒，陈平踩刘邦的脚，并和刘邦"耳语"，这些除了黄石公、张良、刘邦和陈平，谁会知道？这些小说笔法使得司马迁历史著作的影响历千年万世都不会被磨灭。虽然在虚构的才能上，谢思球和司马迁无法相比，但他虚构的顾大武一家的故事、画家罗峰的故事都有可读性和文学性。

　　谢思球小说中的左光斗是廉洁的，就连身上一件防寒的貂皮大衣也是靠老婆给人洗一个冬天的衣服才凑够银子买的。左光斗做官时往往谢绝惯例的官方接待和例供的银子，这不仅在封建官场上是个奇葩，就是反腐倡廉的今天，这一行为也是值得大加提倡的。克罗齐说"一切历史都是当代史"，从这个意义上说，书写廉臣左光斗，无疑对当代官场有警示和教育作用。"读律看书四十年，乌纱头上有青天。男儿欲画凌烟阁，第一功名不爱钱。"这首明朝杨继盛的《言志诗》是左光斗的座右铭，未尝不可以成为当今官员的人生追求。

　　谢思球小说中的左光斗是有谋略的。杨子龙曾说："杨以气，左以谋。"这个"杨"就是杨涟，左光斗的朋友，也是谢思球《大明御史左光斗》中极力描摹的人物，后来杨涟与左光斗一同为阉党所害。对于左光斗的谋略，我觉得首先在于他对大明王朝尤其是他生活的明末，有比较清醒的认识，他知道神宗皇帝长年不理朝政，国家安危在亟，必须重视战备和积粮，为此，必须开设"屯学"和"武学"，以御外患。历史上的光斗曾上疏曰："今日之事，辽安则天下安，辽危则天下危；皇上御朝则天下安，不御朝则天下危。"而且，当朝廷委派通判卢象观和他主持兴修水利，开垦农田，他抓住机会亲巡阡陌，督促官吏从事农垦，广招南方农民到北方传授种植桑麻禾麦等技术。他又向朝廷启奏：今后朝廷考核官吏政绩，应当侧重农田水利建设方面，如果荒废农田，即使其他方面可观，也只能列为下等。这在八股取士的明朝甚至整个封建王朝，都是具有前瞻性的观点。由于左光斗的倡导和躬亲力行，幅员辽阔、荒无人烟的不毛之地变成了粮仓，可惜他的许多积极主张并没有为明统治者所采纳。

在谢思球的小说中，左光斗大事聪明，小事也不糊涂，比如得知吏部有人买官，而且他也掌握了贾富贵买官的真相，却不动声色，暗中调查，以他要买官为由，接近吏部书办金鼎臣，终于调查清楚了金鼎臣这个做假团伙，使得这个大案得以告破。当知府厉应良利用河间府本地生员和南方屯童的矛盾大做文章，挑起械斗，屯童被关，危急之时，左光斗理性处理，将生员和屯童分开。械斗中，屯童方面的顾大武表现出色，打得生员个个鼻青脸肿，左光斗罚其回家。这明是处分，实际是对顾大武的保护，也是做给知府厉应良看的，避免事情恶化，这都是他有谋划之才和睿智的表现。

左光斗的骨头是硬的，当朱翊钧不上朝，危害大明国本时，他不仅上题目吓人、会引起龙颜大怒的《宗社危在剥肤疏》，而且还在宫门外跪谏。在办案过程中，面对武定侯、魏良卿的威胁，他都置之不理，尤其是权势熏天的阉党首脑魏忠贤指使许良纯对他严刑拷打，他都扛下来了，还赋诗抗争："噫嘻哀哉！当今之事不可问，谁信慷慨回气运。长安猛虎昼食人，雾盖燕云十六郡，我欲呼天天高不可呼，我欲告人人心毒如荼，皋陶平生正直神，瓣香可能悉其辜。夜来床头生芝干如铁，不在李膺之前则在范滂之侧。英雄对此益增奇，天地愁之失颜色，噫嘻，吁嗟乎，明月蚀于天，高山崩入渊，如何长夜如长年，安得魂去飞翩翩，上与二祖列宗诉其缘，肯教鸾凤独死枭獍乘权！"①谢思球这部小说吸收了明人笔记的记载，写了左光斗死后，许显纯受魏忠贤的指令，将左光斗、杨涟、魏大中的喉骨放入铁盒，锁好交给魏忠贤，结果当天晚上魏忠贤就被三人的鬼魂吵醒。一声声谴责和狂笑吓得魏忠贤披头散发逃到院子，他的身上被划了好几道血口子，还一直大喊救命。最后，他一方面把铁盒子送到涿州娘娘庙，要吕道长超度，一方面把放铁盒的香案都给烧了。这些真实和虚构的故事提升了小说看点，也大快人心。

通过小说，我们发现左光斗爱惜人才，并善于发现人才，为国储才。他的武学和屯学，使得当年的河间府成了大明的人才学校。他和熊廷弼、杨涟、汪文言的友谊，既在于政见的一致，也是由于惺惺相惜。他对史可法的荐举和关心，最能说明他的人才观。作为学政巡学，他想的是贫寒学子，考试前最后一次检查考棚，他还不忘记住不起旅店、借住寺庙的考生，因此在风雪之夜，他发现了紧张备考、在供桌边睡着的史可法，便脱下了妾给他准备的貂皮大衣，盖在了这个还没有功名的学子身上。后来，看到史可法的文章，他就预料将来能继承其衣钵的就是此子。左光斗果然没有看错史可法。史可法的忠义、史可法在抗清过程中的气节，都可以永载清史。而史可法能如此忠烈，显然与左光斗的影响分不开。谢思球在小说中也充分地表现了这一点。

---

① 谢思球：《大明御史左光斗》，中国文史出版社，2018年，第280—281页。

"东林六君子"事件发生后，左光斗被捕，受尽惨绝人寰的酷刑，史可法冒死进入死牢，被老师一番怒斥赶了出来。对此，小说采用了方苞《左忠毅公逸事》原文的部分译文，笔者认为，还是原文精彩绝伦：

> （左光斗）则席地倚墙而坐，面额焦烂不可辨，左膝以下，筋骨尽脱矣。史前跪抱公膝而呜咽。公辨其声而目不可开，乃奋臂以指拨眦，目光如炬，怒曰："庸奴！此何地也？而汝来前。国家之事，糜烂至此。老夫已矣！汝复轻身而昧大义，天下事谁可支拄者！不速去，无俟奸人构陷，吾今即扑杀汝！"因摸地上刑械，作投击势。史噤不敢发声，趋而出。①

对照这一段，我们再看史可法死前四天写给妻子的《绝命书》："法早晚必死，不知夫人肯随我去否？如此世界，生亦无益，不如早早决断也！"原来史可法一心向死、一心求死并不是从清兵入关，明王朝江山毁掉一半之后才有的想法，其实他在死牢里探望左光斗时就有了，他只是在寻找一个适当的机会还报左光斗临死前的重托，是男儿就要以家国为重，大义为重。为此，一身皮囊算得了什么。

左光斗这个历史人物，在谢思球的笔下是有血有肉的。主要人物形象是成功的，小说也必然是成功的。当然，好花要绿叶扶枝，好人成事，也得要人帮衬。和左光斗一同遇害的其他五位东林党人，还有王文言、卢象观等好官，热心公益的商人钱安坤，尤其是顾大武、钱芊芊、张果中这些下层民众，正是因为他们的帮助，左光斗才感觉自己在黑暗如磐的明王朝并不是一个人在战斗。

---

① 袁行霈：《中国文学作品选注（第四卷）》，中华书局，2007年，第362—363页。原文为繁体字，本文著者将其改为简体字。

谢思球这部历史小说不仅写出了左光斗这个光耀千古的人物形象，还以精彩的手笔写出了一系列负面人物，比如朱翊钧把皇位当儿戏，沉迷于木工活，几十年不早朝；魏忠贤祸乱后宫，矫传圣旨，任人唯亲，残害忠良；小人冯铨投靠魏忠贤，为魏忠贤出谋划策，甚至连在左光斗身边服务的类似家人的福生也甘心为陷害左光斗的许显纯收买。正是从上到下的腐败、不作为，才使左光斗这样一帮正直之士无论怎样殚精竭虑想修复大明这艘千疮百孔的破船，甚至搭上性命，都无法成功。谢思球在小说中这样对照着写正反人物，使得人物形象都很突出。

这部小说写成这样很不容易，但作者本人觉得深受历史空间的限制，铺开不够，文学性本应该还有上升的空间。我觉得，作为一部填写左光斗小说题材的空白之作，其开创意义是值得肯定的。

张 忌

1979年出生,原名张琼,汉族,大专文化,浙江宁海人,现任职于宁海县新闻中心。2002年开始发表小说,先后在《青年文学》《短篇小说》《上海文学》等全国各大刊物发表大量作品。特别是中篇小说《小京》被漓江出版社列入"2005年度中国最佳中篇小说",并在《宁波日报》等报刊进行了连载。有评论家专门在《文汇报》《文学报》等媒体上发表文章对他的作品进行了点评,其作品和创作成绩已引起浙江省文学界的关注。2017年5月31日,作品《出家》获得了首届京东文学奖年度新锐作品奖。

"杀死"老师

张忌的中篇小说《杀死一条哈瓦拉》(《十月》2017年第1期,《作品与争鸣》2017年第4期)也可以被命名为《"杀死"老师》。哈瓦拉是一个胖女人养的狗,因为城管坚持要狗的牌照,胖女人就将其摔死了。而主人公刘枫是一所中学的高中老师,他的结局是死于精神错乱,他从树上跌下,再跌到楼下,其下场和狗一样。

刘枫是一个有同情心且尽职的老师,和黄尹谈恋爱,已有肉体关系。黄尹想和他结婚,但黄尹父亲看不起刘枫的教师身份,嫌他带不来钱又没有地位,因此不待见这个小伙子。这件事给刘枫带来了不小的精神压力。

导致刘枫精神崩溃的原因是几个事件的累加。一是葛青青将刘枫上课时的一段视频做了些技术处理放到网站,视频属于搞笑和讽刺型的。对于这种十六七岁孩子的恶作剧,刘枫不以为然,但黄尹很生气,要求他去找葛青青,要其删帖,并对其进行警告。

葛青青是另一所中学的学生,父母离异,母亲是富婆,母亲是她的监护人,母亲有时会带比她小不少的小伙子回来同床,因此,她对母亲很反感，以糟蹋母亲的钱寻开心。她认识了另一个学校的学生马义。马义的父亲出家了，母亲带着他从农村来到城里租房，并照顾他读书。拍视频的手机也是葛青青送给他的，她还教他如何拍，目的是将视频放到网上。两人共同的特点是家庭不正常，都不爱学习，经常逃学，成绩不咋地。

刘枫找到葛青青，态度和蔼地要求她删帖。想不到不长时间，有一夜，葛青青碰到刘枫，故意装作不能回家，刘枫收留了葛青青一晚。事后，青青发短信给刘枫，说爱他，这使刘枫很烦恼。这当口，马义在街头拍人家被打，打他的胖子还说他妈是尼姑，马义气不过，第二天就突然袭击胖子。胖子大约有些权势，告到了学校，金校长将马义开除。马义父亲给孩子另找了一所职业学校，但金校长和教育局打过招呼，所以那所学校也不敢收马义。马义如果失学，前途可想而知。刘枫觉得不能这样对孩子，他甚至找到教育局里自己的同学，希望不要这样。

葛青青这时以刘枫之名将马义原来学校的金校长的所作所为捅到了网上，这期间，还有一个男生为了讨好自己心仪的女生，挑衅刘枫，不仅如此，这学生还告了他，刘枫一气之下狠揍了这孩子。刘枫又去找校长，为马义说话。葛青青的网上言语和这事加在一起，刘枫的异类和对权威的挑战彻底激怒了金校长，金校长停了刘枫的课。刘枫父亲只好将儿子送进精神病院，出院后，刘枫原有的办公室没有了，新分的是一个很小的杂物间，诸多压力之下，他选择了死亡。

刘枫之死与权力有关，与不上进的学生有关。他得罪了金校长，金校长就报复他。像金校长这样的行政官僚有很多，比如葛青青所属学校的冯校长，不管葛青青多么违纪，只要青青妈妈送十条软中华给冯校长，便什么事都没有，而金校长根本不是为了学校秩序开除马义。马义爸爸找金校长，没有进行任何物质表示，他怎能让马义回到学校呢？学生藐视刘枫,为女孩出风头,还写信到报社,本该处理学生,金校长却将这封信作为处理刘枫的依据。

刘枫也有问题,那就是对父权的畏怯。小时候他逃学,看录像,被父亲用湿毛巾抽过背,这成为他走不出来的阴影。甚至当他烦恼痛苦,既想接受葛青青的挑逗,又只能拒绝时,他也要葛青青用湿毛巾抽他的背。强大的父权和体制权力(以金校长为代表)使他自虐上瘾,看来,施虐会使受虐变成自虐,这很可怕,而且仿佛会传染。葛青青后来就喜欢这种抽背,越抽自己,越快乐。

《杀死一条哈瓦拉》是一篇透视教育问题的小说,它令我想起王刚的《关关雎鸠》和季栋梁的《例假案例》。在《关关雎鸠》中,学生刘元被录取为名牌大学戏剧学院文学系的学生,皆是父亲用金钱操作的结果,这种不正之风就如《杀死一条哈瓦拉》中葛青青母亲可以用中华烟搞定冯校长一样,这种不正之风不仅搞乱了学校的教学秩序,还在孩子们的心灵上产生恶劣影响,使他们对社会失去信心。既然什么都可以用钱财拿下,努力学习有什么用处?《关关雎鸠》中,刘元用昂贵相机跟踪美女教师岳康康,上课不听课,浏览他拍摄到的岳康康的照片,就如葛青青要马义拍摄老师的上课视频,以丑化方式进行处理,并放到网上。而马义、葛青青和刘元一样,对上课都没有兴趣。刘元不把老师放在眼里,而《杀死一条哈瓦拉》中,男生以对老师不客气的行为来吸引女生注意。《关关雎鸠》中,热爱教学的老师得知所爱的人离他而去,到美国服务受西方文明教化的人,又因为所教的学生自杀差点坐牢,而刘枫干脆早早结束自己的生命。我曾经评论《关关雎鸠》,说它是刘索拉《你别无选择》的新世纪版,《杀死一条哈瓦拉》又何尝不可以看成是新世纪《你别无选择》的中学版。

《例假案例》中,女教师童妍仅仅因为例假而暂时让学生做模拟试题，自己回到寝室换衣，这当口班上两个学生打架，恰好被上级检查团发现。再加上学校有人谣传童妍是市委秘书长的外甥女或小蜜，她便被无休无止地调查，无奈只好辞职。行政权力的荒谬由此可知。同样，刘枫被荒唐的行政权力压制，百口莫辩，只好一死了之。

教育是一个民族的希望，老师的权益要得到保障，老师的劳动要得到尊重。当然不管是未成年的孩子，还是已成年的学生都要受到重视、理解乃至保护、引导。

作为70后，张忌的小说已经十分成熟了。

下篇
80后作家小说论
XIAPIAN

林 森

1982年生,现居海口,现任《天涯》杂志副主编。作品见《人民文学》《作家》《钟山》《十月》《诗刊》《中国作家》《山花》《长江文艺》《青年文学》《小说选刊》《中篇小说选刊》《中华文学选刊》等。曾获人民文学奖、华语青年作家奖、中国作家鄂尔多斯文学新人奖等,已出版小说集《小镇》《捧一个冰椰子度过漫长夏日》《海风今岁寒》,长篇小说《关关雎鸠》《暖若春风》,诗集《海岛的忧郁》《月落星归》等。

乡土文学的佳作
——林森的《关关雎鸠》

　　80后作家已是一个不容忽视的存在，郭敬明、韩寒、笛安……我可以列出长长的一串名字。我读过笛安的作品，觉得她笔下有人物，有生活。这次读林森的《关关雎鸠》（《中国作家》2012年第3期），我被一种纤细的生活流所牵引，想知道这个作家的来历，上网一搜，没想到他是标准的80后，而且他与大多写都市生活见长的80后不同，这个作家的作品中有大量的海南乡土意识和生活场景的记忆，他的创作植根于源远流长的中国传统的大地之上，这是一种近乎真正意义上的成熟，也预示着这个年轻人在写作的道路上会开拓出一片属于他的令人瞩目的天空。

　　《关关雎鸠》描写的是海南澄迈县瑞溪镇的生活，这就是作家本人的家乡。林森是瑞溪镇攀登村人，根据小说来看，林森写的是自己的父老乡亲。小说的主要人物有老潘一家、老潘的朋友——开饭馆的黑手义一家，还有上过大学的王科运、派出所民警蛤蟆二等。

　　老潘本是种田的农民，20世纪80年代末把家从乡下迁到瑞溪镇，干起了杀羊的行当，由于朋友黑手义的吹嘘，说他杀羊一刀毙命，羊肉特别鲜嫩，他不仅在镇上站稳了脚跟，还挤走了其他的杀羊户，成了独家经营，生意很好。杀羊时，他的儿子潘江当下手。他的两个孙子潘宏万、潘宏亿都在镇上上学。后来，潘宏万到县城上高中，不但是学校小帮派的头目，还和一个女同学发生了关系，搞大了人家的肚子，他因此被学校除名，老潘出了一笔钱，才了结了此事。经此折腾，老潘让潘宏万开面包车，宏万人成熟多了。潘宏万爱的是张小兰，他在张小兰面前很羞涩。看心爱的人和黑鬼亲近、成亲，他只能向跟他车的刘春芽发泄。要是没有他贪图便宜购买赃物摩托车的事情，他很可能和春芽成亲，在小镇继续生活。因摩托车一事，他们家被公安局传讯，父亲潘江前去顶罪，判了一年有期徒刑，母亲陈秀梅经不起这样的打击，在担惊受怕中去世了。在巨大的家庭变故面前，老潘没有倒下，依然在家庭中起着主心骨的作用。在媳妇瞧病期间，家中欠了人家不少钱，宏万要卖车参加非法集资，老潘坚决不同意。儿媳死后，他让宏万卖了车子，安排好儿媳的丧事。潘宏万和潘宏亿都到海口打工去了，老潘和出狱的儿子继续杀羊。潘宏万在海口打工时和一女子结婚，这女子家种了不少橡胶树，要女儿和女婿看管。这等于是倒插门，老潘在这方面是旧眼光，自然反对，但看孙儿坚决，也就罢了。可以说在宏万的人生安排上，老潘很多时候起的是积极作用。在潘宏亿的人生道路上，老潘更是上演了乾坤大挪移。潘宏亿本来书念得好好的，可小小年纪却染上了毒瘾，在瑞溪这个地方，沾上了毒，人就等于废了。老潘打了铁笼子，把潘宏亿关在里面，发动一家人轮流看守。潘宏亿跑了，眼看就要和吸毒、贩毒的小头目曾德华搅在一起，彻底烂掉。老潘带上黑手义和潘宏万，把曾德华的小手指踩断，逼得曾德华交出了潘宏亿。等到潘宏亿唯一的好朋友张小峰来看宏亿时，小峰提出和潘宏亿到外面散步的请求，连潘宏亿本人都认为这个主意荒唐，老潘却同意了，还给他零钱，说是出去逛逛，吃茶、吃粉、打打电玩，都可以。老潘深知友情对孙子的重要性，小峰的开导比家里人的劝导还管用，果然潘宏亿回来了，并且情绪好多了。他和小峰到小学校园旧地重游，他想起当时在仪仗队训练的日子，想起自己穿仪仗服吹小号的那份光荣，那是他唯一在朋友小峰面前的骄傲。

老潘对潘宏亿采用的是囚禁和亲情、友情双管齐下的策略，还利用吸毒仔曾德华死得非常难看这件事做文章，这让潘宏亿彻底地断了对毒品的念想，成功地戒掉了毒品。母亲死后，他和哥哥一道到海口打工，帮潘宏万的同学做宵夜，当潘宏万同学的摊子摆不下去时，他回到瑞溪先是帮祖父和父亲杀羊，后做牛肉干，并和瑞溪镇某村女子郑彩英结婚，有了一儿一女，没有了向外走的心思。眼看这个家在经历了种种劫难后，终于迎来了彩霞和光明，老潘可以安然度过晚年了，潘宏亿却又开始吸毒了。他不仅吸光了自己手头的钱，还开始偷起了家中的钱，连母亲留下的戒指也拿去换钱。他后悔因吸毒而退学，不能像张小峰那样读大学，在有空调的屋子里上班。他的一生很可能就这样完了，不说对不起祖父和父亲，更害了老婆和儿女。他要到三亚去，参加许召才的装修队。对于潘宏亿的未来，我们不知道是怎样的结局，作者没有告诉我们，到了三亚，他就不会吸毒吗？潘宏亿对小镇最美好的记忆是军坡节，他想在到三亚前，能看看军坡节，却好梦难圆。他离开了小镇，关于潘宏亿的前途，林森没有任何把握，甚至可以说是黯淡的。军坡节的取消，标志着小镇的传统再也不可能恢复，而新的积极文化生活又不能建立，这是潘宏亿这一代的悲哀。镇上年老的一代能够守住底线，像老潘，他年轻时也赌过，现在只把这件事当成荒唐的一页；年轻的一代，赌博、吸毒者越来越多。

黑手义比老潘早到镇上，儿子、儿媳或帮着自己开饭馆，或做点小生意，一家人不说发财，倒也衣食无忧，但是黑手义的儿子许召才赌博给家里带来了很大的损失，后来两个儿子又把钱都投到了非法集资的三多妹手里，黑手义经不住两个儿子的纠缠，把棺材本都给了儿子。这些钱自然都丢到水里去了，许召文只好回到村里种田。许召才到三亚打工，成了小老板，积攒了一点钱。然而父亲黑手义却像儿子参加非法集资时所说的，离家出走，要死在一个儿子们找不到尸首的地方。黑手义悄悄地离开小镇，一方面是因为儿子不听话、不争气，把家里辛苦赚来的钱败光了；另一方面是因为离婚的前妻带走的儿子张孟杰曾经回来认祖归宗，要把自己的名字写到许家的家谱上，可因为许召文、许召才兄弟的反对和自己的不够坚决，没有办成此事。这事对张孟杰的影响很大，这个地方在男女结婚时有一项必不可少的程序——拜祖宗，人们认为结婚没有祖宗可拜是不吉利的，是会破坏女方的风水和运气的。张孟杰那次回来没有办好这件事，他在一对儿女张小兰和张小峰很小的时候就死了，不能不说与这事有一定关系。他生活在没有祖宗可拜就被人看不起的环境下，这让他有一种挥之不去的煎熬。张孟杰的妻子杨南在丈夫死后带着黑手义的孙儿、孙女从省城来投奔黑手义，希望黑手义至少负担一个孙辈上学和生活的费用，黑手义也没能做到。张小兰非常恨祖父，为了减轻母亲的负担，为了弟弟的前途，她没有读高中，而是住到在银行工作的黑鬼在镇上的房子里。黑鬼不算坏人，但也不是正经人，他市侩、精明，开赌坊、舞厅，以张小兰的漂亮和心劲，嫁给黑鬼，也是不得已而为之。这些事情黑手义是清楚的。当然，黑手义失踪，老潘衰老，都和小镇的急剧变化有关。他们两人都还固守着传统的价值观念，安分守己过日子，家里不顺当的时候，到六角塘婆祖那儿算个命，或者让石头爹看看风水，以此消灾求吉祥，如果不能，那是命中注定，是躲不过的。六角塘的婆祖是一个中年的男人，有一天在家里摆着一尊木偶，说那就是"跟着"他的婆祖。婆祖慈悲，帮人解难，只要带点财物就能消灾解难，财物不在多少，于是就吸引了很多信徒。应该说，老潘和黑手义在这方面信守传统，除了由石头爹主持认祖仪式还有点可取的因素，余者都是消极的。当然，老潘和黑手义相互扶助的友情和老潘为人的正派和严格持家是令人钦佩的。在黑手义出走后，召文、召才兄弟为了摆脱舆论压力，请了石头爹，把自己同父异母的哥哥张孟杰写进了族谱，现今的名字叫许召杰，张孟杰的儿子张小峰也在族谱上有了新名字——许世峰。每一个海南的男人都要通过祭祖仪式，在族谱上写下自己的名字，只有这样，自己的生命才不是虚无的，而是家族历史上的一个链条。对于这些，我们很长时间都把它作为封建迷信来处理，现在，不仅是海南，别的地方重修家谱的现象也极为普遍，对家族绵延历史的重视也是热爱民族历史的一部分，抛去这其中的封建因素，如海南和很多地方的人都执着地要生个男丁，不希望自己是祖宗历史的终结者，这自然是错误的，我认为，这不是坏事，其中蕴含着合理的东西。

　　王科运在《关关雎鸠》中是一个悲剧的人物。他大学毕业后没有正规单位接收，只好回到故乡瑞溪镇中学教物理。校领导有贪污行为，他就贴大字报，为此丢了工作，靠卖粽子为生。就是这样，他依然贴大字报，内容扩展到镇上的坏人坏事和家长里短，有人暗地里找人揍他，他还是要伸张正义。小说结束时，他的精神显然出了问题，穿着破衣烂衫，在街上向路人讨烟抽，说有人在他脑子里装了天线，他能接收到信号，美国人要来炸海南岛，只要给他一根烟，他就能救海南岛。王科运在镇上成了读书无用的最好说明，不管他疯还是没疯，镇上的人对他的所作所为都不在意。作为现代知识分子，他的结局与孔乙己差不多，实在令人悲哀。

　　蛤蟆二作为派出所民警，却开黑道生意，因有警服罩着，他的危害比一般人更大，成了白道、黑道通吃的人物。

　　我将这篇小说界定为乡土题材的小说，是沿用鲁迅、许钦文、苏雪林、李健吾等人的看法,把"乡土"理解成"故乡"①,我们不能说林森笔下的"瑞溪镇"可以和鲁迅笔下的"鲁镇"比拟,但两者的确有相似的一面。鲁迅写的故乡,隐现着乡愁和启蒙批判色彩,深受科举制度毒害的孔乙己的形象和《药》中的人血馒头等寄托着先生深沉的愤慨,鲁镇的死寂更是先生无言哀愁的体现,同样,林森作品中的"瑞溪镇"也呈现出了精神的衰败。

在现代文学史上,还有人把乡土文学中的"乡土"理解成地方色彩(local colour)②。以这样的眼光来看林森的《关关雎鸠》,可以看出这个小说中的六角塘婆祖、用风水迷信来骗人的石头爹、军坡节等都带有海南的独特色彩。其中军坡节是为了纪念南北朝时期的女英雄洗夫人,洗夫人辖制海南期间多次带军平定叛乱。海南人为纪念洗夫人,就模仿了洗夫人当年壮观的出军程序和仪式,谓之"装军",瑞溪人把这个日子当节日,即为军坡节。老潘很喜欢每年七月初七的军坡节,潘宏亿在小学时参加过一次,他是小号手。这是小镇留给他最美好的东西,可惜这是最后一次。澄迈县领导把军坡节当作封建迷信,给取消了。到了发展旅游经济的新世纪,县领导又同意恢复军坡节,但瑞溪镇人又因补助问题闹得不可开交,把事办砸了。其实,这个节日是当地很好的寻根文化节日。军坡节不能恢复,瑞溪人好像成了无根之人,他们远走他乡,因为故乡没有什么可留恋的了。

我不知道这个小说是不是有删节,书中有明显的脱漏。快结束时,作者先写潘宏亿是想通过打麻将转移自己对毒品的注意力,后来又说不是打麻将,而是吸毒。

林森是个有思想的作家,我看过他还是个大学生时在天涯论坛发的

---

①②见余荣虎《"乡土文学"是如何消失的》,《文史哲》2010年第3期。

帖子。他说海南的未来不能靠发展工业和农业，而要靠旅游业，保护好海南的蓝天绿水，就是保护海南的家园和未来，同时要充分利用《天涯》的影响力，发展海南文化。在《关关雎鸠》里，他通过对家乡的描写，写出了老一代海南人的坚韧不拔和新一代海南人的情感和精神危机，同时写出了家乡父老难得的启蒙立场和人文关怀。海南作家网中有一段概括林森小说创作特点的文字，我认为这段文字写得非常好："林森的小说是朴素的、沉静的，浸润着生活本身的滋味，慢慢地蓄积着力量的生活故事，它具有一种把诸多命运的要素内敛于受挫的意志，并还原到一种日常生活的流程的艺术力量。林森小说中泥土的气息，不仅拥有了自我确认的文化身份，努力地追踪、开掘与辨识这种文化的含义，同时又和时代生活变化对接起来，这使得他的写作不是灵光一现，态度暧昧乃至来路不明的叙事，而是产生了一种似溯流而行的新的'寻根'。"①可贵的是，林森还把个人的生活记忆塞入作品中。他在《杂记：关于阅读与写作》中说："从小我就不是一个睡眠好的人，初中的那三年里，我患了一个很奇怪的毛病——非要躺在四处通风的楼顶才能睡着。现在想起，其实那些夏天也并不太热，而且还有春天、秋天两季，我也仍要睡在楼顶上，一抬头就看到满天的繁星或者乌云。那样的日子很难熬，天一黑就开始心慌，我尝试过在房屋里，把风扇开到最大，还是觉得气闷，翻身到了四点以后，仍旧要抱着草席和被子，摸着坏了灯的楼梯，爬上五楼的楼顶，睡到被阳光晒醒，拉起被子盖住脸，接着睡，直到阳光变得强烈。那是小镇上农业银行的楼顶。小姑嫁给镇上农行的一个小职员，我寄宿在他们家，五楼。农业银行的五层楼是镇上的最高建筑，一开窗户即有凉风灌入，可我还是要躺在楼顶上。到了后来，我用电线把灯泡拉到楼顶，可以看书或温习，如果停电了，则在楼顶的边角，点上蜡烛，

---

① 林森：《林森：小镇》，http://www.hainanzuojia.com/InfoShow_3951.html.

继续学习。最痛苦的是下雨夜,肯定是不能睡楼顶了,可房间内肯定是睡不着的,我最后想出一个妥协的法子,睡在五楼爬上楼顶的楼梯拐角处。"①而这段话几乎原封不动地被移入《关关雎鸠》中张小峰的生活中,所不同的是,作者把张小峰到楼顶睡觉的原因写成是为了躲避黑鬼和姐姐张小兰的亲密。小说离不开虚构,若有真实的记忆和生活掺杂其中,亦实亦虚,就更能打动读者,更有价值,恰如科幻小说,没有科学基础,只是纯粹幻想,是没有什么意义的,甚至不能称作科幻小说。我以为在《关关雎鸠》中,林森是调动了自己个人记忆并如实地描绘故乡父老乡亲的生活,所以他的作品才如此感人。读者就此也可以看出,张小峰和林森有一种同一性,在某种程度上,他们是同一个人,从自己的角度讲述这个乡土故事。

  需要指出的是,林森的这部小说和王刚的长篇之作《关关雎鸠》是同名的,但两者的内容有根本上的不同。2008年,林森在《中国作家》第4期上发了中篇小说《小镇》,其内容和他的长篇《关关雎鸠》是重合的。我认为他的这个长篇小说《关关雎鸠》还应该被命名为《小镇》,因为他写的就是故乡瑞溪小镇的事儿。

---

① 林森:《乡野之神》,江苏凤凰文艺出版社,2019年,第65页。

中国海洋文学的新收获

随着建设海洋强国的目标确立,呼唤新阶段的海洋文学便成了时代的必然要求,从这个意义上说,林森的《海里岸上》(《人民文学》2018年第9期)正如发表这期小说的《人民文学》卷首语上所说的那样,"它更是相对薄弱的现实题材中国海洋文学的硕果"。

中国漫长的海岸线使得中国人很早就进军海洋,西方人有引以为傲的哥伦布、麦哲伦等航海家,我们也有郑和七下西洋的壮举,而且郑和与所到之国架起了一道又一道友谊的桥梁。

海洋是壮美的,它的波涛汹涌给人视觉上的震撼。海洋是大自然给人类的恩赐,它的矿产资源是人类赖以发展的重要资源,它丰富的渔业资源更是大自然对人类的奖赏,且海洋领土对临海诸国的战略意义也越来越突出。《海里岸上》中的老苏世代以打鱼为生,一次次出行,在大海中讨生活。在科技不发达的时代,老苏和祖先出海捕鱼依靠罗盘以及《更路经》中对海洋不同经纬度的地理情况的记载,躲过了多少暗礁,战胜了多少恶劣天气。他和船员小心翼翼,尽管这样,只要稍微不注意,就会有意想不到的事情发生,比如喝了点酒的曾椰子下海作业,就搭上了性命,这成了老苏和船员心中永远的痛。小说对老苏他们在曾椰子出事后就迅速返航一事作了详细描写,即使曾椰子尸体发臭,令人呕吐,但他们仍然要带回他的尸体,这种落叶归根的行为凸显了渔民的信仰。

需要指出的是,《更路经》是真实存在的,它原本叫《更路簿》,最早可以追溯至明代。目前新出版的《海南通史》中,《更路簿》是重头戏,还收录了对三十六位老船长、老渔民的访谈。资料显示,百年来,中国渔民至少给南海一百三十六个岛礁命了名。而2016年国务院发表的《中菲南海争议白皮书》中,《更路簿》就被作为证明南海诸岛是中国固有领土的主要依据之一。

在《海里岸上》中,《更路经》是老苏出海的神器,他们一次次扬帆出海,在沿途的岛礁上,用石块垒起一座座小小的"兄弟庙",这一明代的风尚,自有一种庄严神圣,同时无意中成了这些岛礁是中国领土的有力证据,若是别国侵占了我们的岛礁,老苏他们还插上木牌,用油漆写上"中国领土不可侵犯"的字样。

时代在发展,《更路经》和罗盘退出了历史舞台,老苏也不再出海。更令人感慨的是,老苏的儿子和很多渔民的后代一样,上了岸,住到了镇上,成了商人,卖砗磲①的加工品。随着环保意识的增加,砗磲加工将成为非法行为。老苏儿子必须尽快将囤积的砗磲出手,一位搞收藏的书法家看中了老苏手中的《更路经》和罗盘,以接收老苏儿子手中的砗磲为条件,索要老苏先祖和老苏用生命记录和使用过的《更路经》和罗盘。老苏自然拒绝,可看着儿子将要破产,甚至因债被人打,老苏心痛,无奈,只好拿出老物件进行交换。商人和金钱左右着社会,连老苏这样眷恋传统的人也守不住祖先的遗产,这是一种社会的悲哀。

小说写了老苏的执拗,他的感情在大海,不愿意到岸上和儿子一起

---

① 砗磲:生活在热带海底的软体动物,是海洋中最大的双壳贝类。

住。岸上已是另一个世界，这里没有海上渔民作业的兄弟情深，有的是为铜臭而进行的尔虞我诈。老苏和阿黄面对这种情况，越来越失望，绝症中的阿黄选择独自到深海埋葬自己，老苏何尝没有同样的意愿，有一次甚至放纵自己，要沉到大海深处，永远不要上来。

小说的结局不算悲观，老苏答应阿黄，担任镇里开渔节祭海仪式的主祭，开渔节后，和老苏儿子一同上岸经商的人中有些还要分流到出海捕鱼的队伍中，说不定老苏后代还会接续老苏出海的辉煌，重新书写大海的壮丽篇章。

林森的作品关注海南民俗，如《关关雎鸠》写海南人民的军坡节的内容占了书中很大篇幅，使我们想到汪曾祺对民俗的关注和热爱，也使我们想起老一辈作家康濯的《水滴石穿》。《水滴石穿》写的是合作化运动这样大的题材，却从"打铁火"这样的地方民俗中展开叙述，真是以小写大。《海里岸上》开渔节的祭海，也令人想起冉正万《银鱼来》中的银鱼节。

我觉得这篇小说和20世纪80年代李杭育的《最后一个渔佬儿》比较相像。

《最后一个鱼佬儿》的作者通过描写福奎与大贵、江上与岸上、滚钓与鱼塘、船上的马灯与滨江大道的"火龙"（街灯）等一系列二元对立的元素来推进情节。同样，《海里岸上》也通过描写海里与岸上、老苏与儿子等二元对立的元素推进故事情节。在《最后一个渔佬儿》中，福奎代表传统，用滚钓的传统方式捕鱼；在《海里岸上》，老苏迷恋海上世界，而老苏儿子则走进了灯红酒绿的岸上。

不过，《最后一个渔佬儿》否定了传统，把福奎看成落后的代表，而上岸用鱼塘这种现代科技方式发展渔业的大贵则成了被歌颂、肯定的对象。但《海里岸上》中的老苏虽然也差一点成为最后一个渔民，可其坚守传统的行为成了作品的亮点，传统最终没有成为和现代对立的东西，反而成了可供开启的新资源。坚持传统作为一种精神和态度必将使在现代技术和装备武装下的新一代渔民在大海里有更大的用武之地。

笛 安

本名李笛安,1983年出生于山西太原,80后代表作家。2003年,首篇小说《姐姐的丛林》发表于杂志《收获》。2005年,因长篇处女作《告别天堂》而崭露头角。2006年5月,出版长篇小说《芙蓉如面柳如眉》。2008年10月,凭借小说《圆寂》获《小说选刊》首届"中国小说双年奖"。2009年3月,出版长篇小说《西决》,后凭该书获第八届"华语文学传媒大奖"年度最具潜力新人。 2010年6月,出版长篇小说《东霓》;同年12月起,担任杂志《文艺风赏》(2018年停刊)执行主编。2012年1月,出版"龙城三部曲"完结篇《南音》。2014年11月,出版历史题材小说《南方有令秧》。2015年4月获第三届"人民文学新人奖"长篇小说奖。2018年12月,出版都市长篇小说《景恒街》,获2018年度"人民文学奖"长篇小说奖。

冰与火
——读笛安的《西决》

我二女儿高二时是《最小说》的追捧者,期期都买,她妈妈当时说,马上要高三了,要以学业为重,再也不能看《最小说》了,我虽然不反对她读当代小说,但我看不上《最小说》,要她以看《收获》《小说月报》为主。笛安的《西决》曾在《最小说》上连载并作为郭敬明上海柯艾公司成立三周年来小说创作成就的代表作。我看她买了这本书,出于了解20世纪80年代作家写作套路的目的,我读起了《西决》①,这才知道,我真的遇到了好小说。

小说是以"我"(郑西决)的口吻叙述的,写的是郑家两代人的故事。郑家第一代兄弟四个,第二代堂兄弟姐妹四个,郑东霓是郑家大伯的女儿,郑西决是二伯的女儿,郑南音是三伯的女儿,郑北北是小叔的孩子,在小说结束的时候才降生人世。小说以郑家第二代的郑东霓、郑南音、郑西决三人为主来结构故事。

郑东霓的父亲和母亲长期感情不和,作者说:"因为她的父母,也就

---
① 笛安:《西决》,长江文艺出版社,2009年。

是我和郑南音的大伯大妈,是一对千载难逢的极品夫妻,崇尚暴力,热衷于侮辱对方。他们俩的吵架不是一般意义上的夫妻拌嘴,而是真正的搏斗。只要你见过一回,你就会相信,这两个人对生活源源不断的热情,恰恰来自长年累月的互相攻击跟诋毁。"①

　　小说中写了一次他们吵架的场面,那天,他们正在争斗,东霓的三叔带着女儿南音、"我"——西决去看他们,东霓的父亲开了门,对老婆说"倒茶",老婆举起暖瓶狠狠地砸在地板上,"砰"的一声,像董存瑞的炸药包爆炸了一样,正当三叔拦住大妈时,大伯不紧不慢地把暖瓶拾起来,打开瓶塞,把破碎的瓶胆连同热水倒在地板上,然后抓起一把银色的碎片塞到正在喊叫的大妈嘴里,他几乎是兴奋地说:"咽下去,我叫你咽下去。臭婊子我倒要看看是谁整死谁——"②当时的西决不到九岁,南音不到四岁,俩孩子吓坏了,南音的小便顺着粉嘟嘟的小腿流了下来,而此时的东霓就在里屋,她开门出来,漠然看着这一切,那时她还不到十二岁,却早已习惯了这一切。这个场景让我想起了陀思妥耶夫斯基的《卡拉马佐夫兄弟》中的残暴将军,他仅仅因为农奴的小孩用石头砸他的爱犬,他就当着儿童母亲的面放狗把孩子撕成碎片。残暴将军撕碎的是儿童的身体,大伯和大妈撕碎的是儿童的心灵。

　　大伯和大妈的互相折磨与大妈的背叛有关,大伯和大妈曾经在一个荒凉、落后的地方工作,为了离开那个穷地方调到龙城,大妈以出卖色相为代价,换来一纸调令。大伯晓得后,总认为东霓是野种,再也没有给大妈好颜色看,还时常殃及东霓,这对夫妻根本不懂得呵护一颗童心的重要性。

　　还好三叔三婶通情达理,能为自己的孩子包括东霓、西决营造一个

---
① 同上书,第17页。
② 同上书,第29页。

温馨的家园，东霓遇到困难，还可以向三叔三婶求助。在学校上学，东霓出现问题，老师要家长来，东霓不敢对父母说，便向三叔三婶说，让他们充当自己的家长；她到新加坡留学，也是三叔一家打理，甚至她在美国离婚后带回智障儿子，也是靠三叔一家收留，予以照顾。她从小到大，在三叔家才能得到长辈的关爱，才能体会到兄弟姐妹的亲情。如果说家中是冰，给她带来的是寒冷；那她在三叔家遇到的多是阳光，尝到了人间的暖意。

三叔家的那点温暖无法化解累积在东霓心中的冰，东霓的心灵扭曲了，变得极度自私，这种自私不仅是对外人，对亲人也是如此。她长大后对父亲充满着鄙视，父亲死了，她连葬礼都不出席；对母亲，她从无好言相对，见面就骂；小叔师生恋被处理后，人气低落，她不但不帮叔叔，还联合班上的学生不交作业，以此向叔叔表达抗议；就连一直对她真心好的西决，她也是出手很狠，老是破坏他和别的女孩的恋爱关系。东霓之所以总是拆散西决的爱情，是因为她和西决一起长大，不知不觉已经爱上了这个弟弟，但因为他们的血缘关系，东霓不可能把这种感情现实化，她的潜意识里又无法忘怀西决，故而充当了西决爱情破坏者的角色。后来她打算以智障儿子为筹码，榨取前夫三十万美金，达到自己得了钱，又卸去包袱的目的。对此，我们十分震惊，我想，因为西决的阻止，她才没有来得及实现自己这一卑鄙的计划。在她身上，母性几乎荡然无存，她也爱这个智障儿，但更多的时候是在孩子身上发泄对前夫的不满，因此，这孩子身上留下了许多她掐捏的伤痕。

郑南音身上寄托着作者的希望。她在正常家庭长大，她家是郑家的爱巢，不仅郑家第二代在这里能呼吸到爱的气息，连小叔也喜欢在这里聊天、吃饭、欢笑。郑南音个性健全、阳光，她和哥哥西决感情最好，当然对其他亲人，她也从未像东霓那样冷漠。小叔出事后，在学校里抬不起头来,她团结学生,帮叔叔一点点凝聚人气,直到他恢复原状。她是一团火,温暖着每一个亲人。她和西决哥哥感情最好,她和苏远智的早恋受到了家人的反对,她虽倔强地抵制,但并没有因此影响到学习,而是顺利地考取了大学。后来,苏远智有了新的恋人,离开了她,她伤心欲绝,还是挺过来了,慢慢攒足了前行的力量,成熟了不少。当她发现自己仍然爱着苏远智时,便不顾一切地跑到广州,用真情感动了前男友。苏远智二十二岁,她比苏远智小,但也过了二十岁,到了婚姻法许可结婚的年龄。他们还在上大学,就在不通知和征求父母意见的情况下,领了结婚证,法律认可他们的婚姻,我们不好说什么,但这种行为符合南音的个性。对于她的前程,我们难以预测,但我们可以说,她和苏远智会珍惜他们的婚姻,会各自向对方负责。

"我"(西决)、南音、三叔三婶都是作者竭力塑造、散发着人间温情的人物。"我"的父母本是一对恩爱夫妻,父亲因病而亡,母亲因此跳楼,"我"成了孤儿,幸运的是,三叔三婶接纳了"我",给了"我"完整的家,并铸造了"我"善良的人生品格。"我"对南音有兄长般的照顾,对堂姐东霓疯狂的行为一点也不记在心上,一如既往地用亲情温热她冰冷、坚硬的心。"我"不顾一切地夺过她的智障儿,并表示自己可以不结婚,愿意倾一生的精力照顾这个孩子。当我们读到这些细节的时候,我们感动着,"我"们明白,生活的美丽很大程度上是因为有西决这样人的存在。

这是一部充满亲情的小说,就是大伯和大妈那样的生死对头,在大伯脑出血失语后,二人也开始和平共处。大妈更是把照顾大伯当作自己生活的全部内容。"他们吼叫了这么多年,厮打了这么多年,终于可以偃旗息鼓了。他像个婴孩一般终日单纯地需要照顾,她像个母亲一样满怀着牵肠挂肚的温柔。"①甚至大伯死了,大妈还怕大伯离开,恍惚中,把大伯在家冰藏了三天,要不是三婶的敏感,大妈还不知要把这荒唐事延续多长时间。

我是在一个大家庭中长大的,兄弟姐妹很多,堂兄弟姐妹更是不少。我对在家族中长大的那种基于血缘产生的感情并不陌生,可郑东霓、郑南音、郑西决的故事还是触动了我的灵魂。

>……我依稀记得,上一次,我们三个人这样亲密无间,应该是很久很久以前了。那天我翻墙进去南音的幼儿园,把她偷出来,郑东霓在外面等着我们,然后我们三个人一起逃跑。我已经不记得我们为什么要那么做,好像仅仅是因为南音不喜欢去幼儿园。总之,我们"逃亡"的路途上,我们三个人也曾这样紧紧地依靠在一起,坐在公园的长椅上。②

时光如果倒流,我希望能成为西决这支小小的"逃亡"队伍中的一员。

当然,《西决》也有"书"的成分,如"我"的女朋友陈嫣居然是小叔当年师生恋的女主角唐若琳,不过,这样设置也增加了小说的戏剧性,使其故事的一面更加突出。

读完了《西决》,女儿又贡献出笛安的成名作《告别天堂》③。这是一部关乎青春的题材,可以列入当今的热门话题——成长小说。小说写了五个孤独孩子从童年到青年的过程,里面有叛逆、性体验等经历。《告

---

① 同上书,第127页。
② 同上书,第210—211页。
③ 笛安:《告别天堂》,春风文艺出版社,2005年。

别天堂》中有大量对纯洁的爱情和友情的描写，这都是净化人类心灵的东西，还有这些孩子对加缪《局外人》、张承志《黑骏马》的喜爱，小朋友龙威、袁亮身患绝症后的乐观、顽强，使得小说的精神性被凸显出来，正如《告别天堂》一书的封底上所说："笛安已经赢得了传统文学的关注。笛安以她的艺术敏感找到合适切入的角度，并举重若轻地完成了她的叙述，她的小说涉及敬畏与谅解，爱情与权力，尊严感和命运承担等等带有终极价值的观念。此种观念表达，通过细腻委婉的叙述而动人如歌。"

马金莲

1982年出生,回族,宁夏西吉县人,宁夏作家协会会员。2000年开始文学创作,作品以中短篇小说为主。曾在《十月》《民族文学》《作品》《散文诗》《朔方》《回族文学》《黄河文学》《六盘山》《飞天》《花城》《芒种》《天涯》《中国民族》《文艺报》等报纸杂志发表文学作品近一百万字,部分作品被《小说选刊》《小说月报》《新华文摘》《作品与争鸣》《北京文学中篇小说月报》《中华文学选刊》等转载,多篇作品入选全国性年度文学选本,《碎媳妇》被译为英文。代表作品有小说《掌灯猴》《春风》《父亲的雪》《老人与窑》《糜子》《永远的农事》《鲜花与蛇》《夜空》等。中篇小说《长河》获2013年度中篇小说评选第一名,被誉为当代《呼兰河传》。出版有中短篇小说作品集《父亲的雪》《碎媳妇》。长篇小说《马兰花开》获第十三届精神文明建设"五个一工程"奖。2018年8月,凭借短篇小说《1987年的浆水和酸菜》获得第七届鲁迅文学奖。

《长河》赏析

马金莲的中篇小说《长河》(《民族文学》2013年第9期,《小说选刊》2013年第10期转载)通过四个回族人士的死亡,写出了在时间长河里,人的死亡的无常、无奈和不可避免,凸显了生的价值。

第一个死亡的是孝子伊哈,他家境贫困,勤勉做事,与人为善,上有年迈的父母,下有年幼的三个孩儿。为了使自己打工不在家时双亲不再靠双肩担水,他和媳妇起早贪黑地在后院挖井,没想到吊绳断了,一条年轻的生命就这样走了。他死时,不仅没有海底耶[①],连新毡都没有,最小的孩子根本不知道父亲的死对他意味着什么,还和别的孩子挤眉弄眼。伊哈死后,妻子改嫁,半年后,她和丈夫拉架子车送粪,车翻了,被粪土压死。生命是如此脆弱,令人唏嘘。

第二个死亡的是个回族小姑娘素福叶。她有先天性心脏病,她如瓷娃娃一样的肤色和安静的表情有一种令人惊羡的美。作者用很多笔墨描写素福叶,如把素福叶比成富贵人家的牡丹花,而不是路边的野花,把她比作一件珍贵而脆弱的瓷器,一不小心就打碎了。她母亲和继父把她

---

① 海底耶:进行纪念亡人的活动,经念完后给阿訇送"海底耶"(阿拉伯语音译,意为"赠品",即施散财物。)

宝贝得不得了，可她还是死了。在写素福叶之死时，马金莲写到了倒春寒。这是村庄回族人最怕的一种气候，要是哪一年遇上它，刚露出娇嫩小苗的胡麻等庄稼就会被冻死。这是以物写人，素福叶何尝不是一株娇弱的胡麻？

第三个死亡的是"我"的母亲，她是老病号，瘫在床上多年，她的走，没有意外，但对于父亲和几个没长大的孩子来说，无疑是塌了天。

第四个死者是回族老人穆萨老爷爷，他活了九十一岁，这是喜丧。穆萨能活到这样的寿数，与其积极乐观的生活态度以及善良厚道有关。柯家老阿訇在1958年不堪凌辱，上吊自杀，没人收尸，穆萨悄悄带人收尸，并按照回族一应礼节下葬。这样的好人理应得到好报，马金莲也是这样认为并这样写的，至少在这篇小说是如此。

小说尽管写死亡，却遵循哀伤逐渐减轻，欢快慢慢增加的节奏。伊哈和妻子之死，悲哀笼罩全篇，只有对孩子们盼望获得海底耶——葬礼时散给大人和小孩的零钱，好换得零食的描写，才能让人暂时忘却悲伤。素福叶之死依然是人在死亡面前无能为力的哀痛，但由于是先天性疾病，她家里人包括她自己，都有准备。作者写她的美是为了减轻作品的悲伤氛围，而素福叶死前和孩子们发现的大自然之美和寻找马兰花的行为，都使作品有了一种明亮的色彩。

母亲死后留下几个孩子，这是悲苦的，但作为老病号，她的死和素福叶的死一样，都是人们可以预期的，就连死后之坟，也是一前一后。同时，母亲生时爱花，"我"会在野外采摘带回，因为生病，她会怀疑丈夫和其他女人有关系，从而发生争吵，但更多的时候二人互相牵挂，相濡以沫。母亲心疼钱，不愿治疗，但父亲始终不放弃。这种对生的眷恋和亲情是美好的。而穆萨之死一点悲伤也没有，他的家属和参加葬礼的人都有一种快乐，恰逢下雪，穆萨老人仿佛是回到了大地宽广的怀抱，厚厚白雪如上苍的嘉奖，小说至此，开篇的哀伤一扫而空。细心的读者因此体会到生命脆弱，生命无常，但生命是美的，生活是有意义的。

《长河》描绘了一幅风俗画，写了回民的很多习俗，如把遗体叫"埋体"，下葬叫"送埋体"，回民会用清水洗浴埋体，并裹上新羊毛毡，还要请阿訇念《古兰经》，发孝子帽，散海底耶。

有不少人把马金莲和萧红比，说《长河》和《生死场》相像，我觉得局部或者细节有类似，但整体精神是不一样的，萧红主要是启蒙的立场，而马金莲和笔下的民间人物是同一立场，她顺从并礼赞家乡父老的生死观，其中没有批判。

双雪涛

1983年生于沈阳。2007年毕业于吉林大学，2009年开始发表影评，2011年小说处女作《翅鬼》获首届华文世界电影小说奖首奖，2012年凭借长篇小说写作计划《融城》获得第十四届台北文学奖年金，作为首位入选该奖项的大陆作家被台湾媒体纷纷报道，出版长篇小说《沉睡的青春》。

一篇主题不够明确的悬疑小说
——读双雪涛的《平原上的摩西》

沈阳籍80后作家双雪涛的写作被称为"反青春写作"。我读他的中篇小说《平原上的摩西》(《收获》2015年第2期),的确感到这一文本与青春写作用激情、经验开启写作之门不一样。这部小说讲究技巧,用庄德增、蒋不凡、李斐、傅东心、庄树、孙天博、赵小冬的叙述讲述了一件血案的来龙去脉,有悬疑推理的元素在其中,谜底在结束时才揭开,有些出人意料。

庄德增和傅东心是夫妻,庄德增只有初中文化,瞧不起知识分子。"文革"时,他把傅东心父亲的好友打死,这事是庄德增、傅东心结婚后,傅东心生下儿子庄树后才知道的。傅东心的父亲是大学老师,庄德增和傅东心两人的精神无法交流,但庄德增顾家,生活能力强,给傅东心调工作都是庄德增出面搞定的。后来,庄德增办公司,当大老板,傅东心做烟盒等美术设计也是庄出面联络的。李斐和庄树在一起上小学时,李斐的父亲是工人,要强,人们都喊他李师傅,其妻子去世后,独力抚养女儿。傅东心还有李师傅的邻居都很尊敬李师傅,从小说看,傅东心有什么心事,不和丈夫谈,反而愿意和李师傅谈。李斐很聪明,庄树很调皮，时常和人打架，只有庄德增还能管住他。傅东心很喜欢李斐，给她讲了很多文学知识和宗教文化。庄树和李斐算是青梅竹马，正当李斐要考初中时，两家住的房子要拆迁，做不成邻居了。傅东心要给李斐交学费，因为李师傅早已下岗，九千元对李家是一个大数目，但李斐拒绝了。没想到这笔钱多年后成为警察庄树怀疑李师傅杀人的理由。其实，李师傅当年杀了警察蒋不凡是自卫。

小说名叫《平原上的摩西》，摩西是《旧约》《出埃及记》中的人物。他因为心诚，高山大海都为他让路，驱赶、反对他的人都会受到惩罚。傅东心在李斐考初中前曾讲过这个故事给她听，《旧约》中摩西在米甸生活受困四十年，最终在耶和华的帮助下，带领犹太人走出埃及。《平原上的摩西》也有"平原"，只是这是一种香烟的名字，这种烟标即烟盒图案是傅东心以李斐为原型设计的，蒋不凡死时的血衣中留有李师傅（李守廉）递给他的一支平原香烟，这才为庄树破案留下了关键证据。

李师傅和残疾的李斐都是体制的牺牲品，如果不是朋友老孙下岗要向他借钱开诊所，他和女儿就不会到老孙那儿，也就不会遇到蒋不凡，女儿也不会出车祸。蒋不凡错误地把李师傅当成罪犯并开枪，这有一种象征意味，那就是20世纪90年代以来，中国产业工人是改制下的牺牲品。"摩西和其族人犹太人"在小说中就是李师傅那样的产业工人和其家人，他们反对把红旗广场上的主席像拆掉，那是为了怀念毛主席时代工人安稳且有尊严的生活。如今只有打砸抢出身、会混的庄德增能爬到食物链顶端，老实吃苦、为中国工业作出巨大贡献的"李师傅们"却家不成家，没有走出"埃及"的希望，这是该小说的深层意义，但这一意义体现得不够充分，双雪涛表现得也不够明确，小说描写案情的文字多，体现李师傅作为体制的抛弃物这层意思少，有些读者可能会把它作为推理悬疑小说来看。小说在身为知识分子的傅东心还要依赖没有什么知识的庄德增这一主题上也还可以增强。小说主题先行也即作者主观意图太强,会影响人物塑造,主题过于隐晦,也会影响到小说价值的表达。作为前银行职工的双雪涛之小说很少将小说内容嫁接到工作经验的记忆上,悬疑的形式、故事与其故乡沈阳这个东北工业区有一定的结合,但根植不深。我个人认为,双雪涛的小说,悬疑和象征元素与故事衔接不够紧密,这还是早年先锋文学作家转型未成功前采用的套路。

王威廉

1982年出生,"80后"文学代表作家之一,中山大学文学博士,中国作家协会会员,现任职于广东省作家协会。出版有长篇小说《获救者》,小说集《内脸》《非法入住》等。

评王威廉的《归息》

读完王威廉的《归息》(《十月》2016年第6期),我的心情有些沉重。小说写了三个人物,记者老曹、编辑管苧,还有管苧的父亲——一家理论月刊的主编。

小说以老曹的视角展开叙述。他和管苧都供职于《文化周报》,他们俩其实都是异类,老曹喜欢读书,喜欢思考,喜欢把自己的采访变成深度报道。可新闻报道越来越难发出自己的声音,媒体人只能说一些套话。老曹感到自己生活在一个分裂的世界,有着双重的自我,甚至对生活都提不起兴致。好在管苧漂亮,不仅文字追求完美,还喜欢老曹,认为他有思想,是学者型记者。管苧的主动示爱,使老曹对生活有了激情,两人的感情得到了双方家长的认可,并很快结婚。小说由此引出另一个主角,那就是管苧的父亲——管主编。

管主编是知青,有过上山下乡和当工人的经历。他从工厂考上大学,直至掌管了一家理论刊物。他一方面对于自己甚至他们那一代人感到自豪,他们曾经战天斗地,幸运地迎来改革开放的时代,并成了今天中国的中坚力量。自豪时,管主编会说是他们造就了中国今天的格局。另一方面,管主编一旦想到自己已成了官僚体系的一员,成了套子中的人,又极度怀疑自己，否定自己，否定知青一代，认为他们并没有将曾经的理想贯彻到底，启蒙并未完成。好友李文辉忍受不了理想和现实的分裂，自杀了。他留下的遗言是："孩子害怕黑暗，情有可原，人生真正的悲剧，是成人害怕光明。"所以他把自杀当成是花的绽放，以此警醒国人。管主编起初认为朋友懦弱，最终却步好友后尘。小说对管主编的思想揭示得不彻底，大多语焉不详。作者把管主编自杀与老舍自杀联系起来，暗示当今文人学者的悲哀。小说对于管主编感情的悲剧描写不多，感觉作者文字功夫颇深，但放不开，或许是由题材的敏感性决定的吧！

  初读王威廉的作品，我觉得作者像是一位经历过知青生涯的老者，没想到他是80后。作为80后，他的小说和青春校园读物毫不沾边，有一种思想的穿透力。原来他是中山大学的现当代文学博士，看到他这个履历，我恍然大悟，王威廉的小说是学者小说，是杨振声、钱钟书等现代文学学者兼小说家的这条文脉的流续。

郭治安

1985年出生,在安徽马鞍山和县农商银行工作,安徽省作家协会会员。2011年2月,长篇小说《菊殇》由安徽文艺出版社出版。长篇小说《有风险的人》入选安徽省长篇小说精品工程。在《飞天》《清明》《江南》《作品》等纯文学期刊上发表作品30余万字。

无事的悲剧
——读郭治安的《浮云》

郭治安的《浮云》(《安徽文学》2015年第9期)中的小镇,令人想到鲁迅笔下的鲁镇,而他的鱼水酒家,也使人想到鲁迅眼中的咸亨酒店。这里是个小社会,有各色人等。

《浮云》以鱼水酒家老板娘水氏为中心,写出了江南小镇的风土人情。其中的水氏丈夫老鱼、跑船工陆大喜、中学校长蔡大先生、裁缝禹正浓、布店的钱老板等人物栩栩如生,令人过目难忘。

老鱼是粮站职工,老实巴交,与世无争,与人为善,他们夫妇的酒店允许赊账,到了年底,客人还不还账,就算了。这一点他比咸亨酒店的老板仁厚多了,那位总是惦记着孔乙己欠的几文钱。

老鱼有绝活,他随手抓上一把农民交来的稻子,就能确定等级,手心放一把稻谷,就能引来麻雀。他捉住后或送给孩子,或下酒,人们无不称奇。

好人受人欺,好人不长寿。前来鱼水酒家吃酒的人并非穷得揭不开锅,他们赊账,冲的就是老鱼的老实,而老鱼也死于他的性格——不敢和他人说不。夏天不宜出行的他，人家找他去帮忙，他不情愿，也去了，热了一天，中暑后喝了两碗冷酒送了命。死后的他睡在棺材里，人们在麻将桌上开这个死了的人的玩笑，何曾想到他的恩惠。

陆大喜偷偷地采沙，在水中讨生活，有几个钱，迷信，也义气。他好喝酒，酒后必有桃色笑话，可面对他喜欢的妓女四姑娘的求爱和求婚时，他拂袖而去，不再登门。这是为什么？他是嫌弃四姑娘的身份，还是觉得自己水上生涯风险大，不愿有所牵挂？

蔡先生是中学校长，教学任务重，给孩子取名的润资都变成糖果瓜子返还给孩子，中年丧妻。水老板在两任丈夫死后，就和蔡先生暗里来往。出于对水老板要人们还以前欠账的怨恨，小镇人捉奸，逮了二人的现行，众人打跛了蔡先生的腿，使他丢失了校长头衔，最后死了。

裁缝禹正浓年轻时走南闯北，存了一笔钱，好到鱼水酒家喝一口，说一些酒文化的典故，老禹一日醉酒，跌入粪池，死了。明明是酒惹的祸，可小镇的人却说是他老婆克死的，说她要不是天天打麻将，老禹就不会酗酒。人言可畏，她吊死在门口的榆树上。

作者对钱老板着墨不多，但从他追求水老板的直接大胆上看，此人也不是小心翼翼之人，可是他不敢得罪小镇的人，在婚礼上对酒来者不拒，喝伤了身体，竟因此而亡。而出席老钱婚礼的人这样做，分明是受嫉妒心的驱使。

水老板其实是个贤惠的女人，她貌美如花，老鱼不说猥琐，绝对不是帅哥，人们都说好花插在牛屎上。店里的大小事虽然她做主，但老鱼的话她是听的，比如人们赊账的事，以她的个性，不说锱铢必较，那也是要要回来的。但老鱼说，都是门口人，要留情面，她也就算了。在经过丈夫老鱼死后人们的冷漠和众人戏弄自己的再婚丈夫钱老板后，她觉醒了，认为小镇人寡情。恰好此时她翻出了老鱼留下的账本，通过镇长迫使众人还钱，水老板的厉害由此可知。可此举也使她成为众矢之的，这才有针对她的捉奸，把她逼出了小镇的行为。

其实小镇的男人都暗恋水老板，女人都羡慕水老板，这都是美好的感情。男人的暗恋和性欲有关，这也没有什么，不该的是，男人们因此生出对老鱼、钱老板、蔡先生这些能和水老板有肌肤之亲之人的嫉恨，并用强迫喝酒、捉奸、暴力等形式表现出来。对老鱼，他们无法用言语表达出这种恨，但赊账不还，死后嬉笑，未必不是这种心理使然。而且女人也参与了这场对水老板的有声和无声的讨伐。

老鱼忠厚背后的软弱，镇人的薄情寡义、嫉妒心制造出老鱼、钱老板、蔡先生之死，也使水老板无家可归，令人叹息。

小说最后通过众人之口对陆大喜和四姑娘、水老板都作了大团圆式的安排，雨夜失踪的陆大喜和四姑娘在鄱阳湖上亲嘴，水老板出现在九华山道上，六十岁的人看上去只有四十岁，美则美矣，小说的批判力量由此减弱。

王光龙

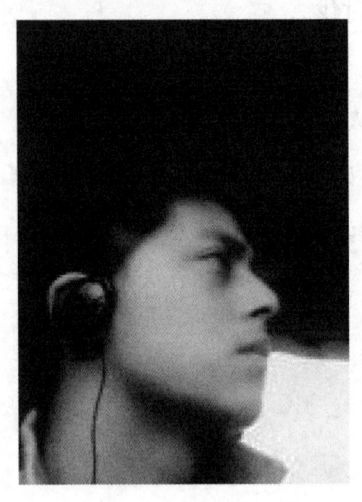

1988年出生,安徽人,华南师范大学文学硕士,中国校园散文诗学会理事,安庆市作家协会会员。在《福建文学》《天津文学》《黄金时代》《百花园》《散文诗》《散文诗世界》《当代小说》《羊城晚报》等报刊发表文章近二十万字,作品入选过漓江出版社、清华大学出版社等各类出版社选集。获得过安徽省大学生写作比赛一等奖、安徽省"网络原创消防文学大奖赛"散文组一等奖。

一篇有深度的乡村小说
——读王光龙的中篇小说《看见火光你就跑》

王光龙的中篇小说《看见火光你就跑》(《安徽文学》2015年第8期)是一篇好小说,它比同期的陈斌先的《雾霾不是霾》更适合做这期的头条。

这篇小说至少揭示了以下问题。

一、乡村的贫困仍需要关注

"我"支教的水月湾村仍有不少人家没有脱贫,而且外出打工的人由于没有技术和缺少文化,只能出卖劳动力,这就意味着该村未来发展的幅度很小,一旦劳动力经济下滑,贫困化就会成为挥之不去的阴影,典型的就是李莫然家。他爹只会下井挖矿,又摊上了赌的毛病,把家里输得一干二净,后来因为长期在阴暗潮湿的矿井工作,得了矽肺病,无钱医治死了。剩下的孤儿寡母,以耕种李莫然爷爷的一亩薄田过日子,因为李莫然屡屡闯祸,竟然在烧了土地庙以后,用火红木炭把自己弄哑了。又由于水月湾代课教师杨若桃对李莫然有敌意,使李莫然很少到学校上课,李莫然的未来可以想见,他可能比父亲的命运还差。

二、乡村权力异化、师资差现象严重

李成宝是水月湾的村长和水月湾小学的校长，什么都是他说了算，因为手中的权力，他把李莫然的娘睡了，把杨若桃睡了，杨若桃根本不适合当教师，但他说行就行。杨若桃是一个粗俗的人，说是初中毕业，实际不过小学文化，图画一塌糊涂，音乐课上教孩子唱情歌。这种人还曾教过孩子语文数学，实在不行才改教孩子图画、音乐，她只知体罚学生，这分明是误人子弟。荒谬的是这种人因为能驯服孩子，竟然得到很多家长认可。

李成宝和杨若桃，前者代表乡村权力，后者代表乡村教育。如果不是偶然原因，李成宝还会让侄子李裕当村长，杨若桃当妇联主任。只因李裕诱奸了杨若桃的傻女杏莲，李成宝自己和杨若桃通奸，被杨若桃的丈夫鲁坤打死了，李成宝的计划才没有得逞。

小说中唯一给人希望的是校工老陈和"我"，老陈同情没爹的李莫然，关心他，给他吃的。老陈为莫然说话，得罪了杨若桃，宁愿丢掉差事，也要保护莫然。"我"有文化，懂得儿童心理学，孩子们在"我"的教育下，才学到一点知识。

李莫然作为儿童形象，和韩少功《爸爸爸》中的丙崽一样，无疑具有象征意义，如果说丙崽代表的是传统文化愚昧的一面，李莫然代表的就是赤子之心的纯真。他放火并不是无缘无故的，烧村长家，那是因为村长霸占了他的母亲；火烧土地庙，那是因为李裕引诱杏莲，他的一把火引来众人看见这丑恶的一幕；烧杨若桃的衣服，并用竹篙吊出村长留下的裤衩，那是为了出二人的丑。而"我"走，他放火，是以这种方式欢送老师，表达留恋之情。"我"留给李莫然的话——看见火光你就跑。这句话看起来是为了李莫然的安全所说的话，实际上揭示了小说主题，

即莫然本能地在趋向文明之光,如果有人引导,李莫然和乡村孩子的未来乃至乡村都是有希望的。

陈再见

1982年出生，生于广东陆丰，现居深圳。中国作家协会会员，广东文学院签约作家。作品在《人民文学》《十月》《当代》《钟山》等文学刊物发表，并多次被《小说选刊》《小说月报》《新华文摘》《中篇小说选刊》等选刊选载。出版有长篇小说《六歌》，小说集《一只鸟仔独支脚》《喜欢抹脸的人》《你不知道路往哪边拐》《青面鱼》。荣获《小说选刊》年度新人奖、广东作协短篇小说奖、深圳青年文学奖等。

遭遇陈再见

因为每年都在大学文学院教授小说评论的课程，我会要求学生写小说评论。凭这个机缘，我读到李钰同学写的关于陈再见《扇贝镇传奇》《豉油记》的阅读感受，觉得这个作家能在通俗故事中探索人性的奥秘，还是80后，便记住了他。今日读《纵身》（《十月》2016年第4期），我觉得他在村庄、家族、个人身世等很多文学元素的描述中有着超出他年龄的思考和感触。

《纵身》以主人公初晨回家参加父亲葬礼这一事件写出了在县城工作的父亲的一生。父亲来自农村，他九岁时，他的父亲便死了，母亲带着他改嫁。父亲的养父是道班班长，或许是觉得这个儿子在家别扭，曾把他送入马戏团，但他又逃了回来。后来养父在工作中出了事故，不能胜任道班工作，初晨的父亲顶替了养父的工作，并转到县城，成了公务员，也成了村人眼中的官。可在初晨父亲顶职后，养父又有了小儿子。于是，父亲有了一种亏欠，觉得自己夺走了弟弟的工作，也因此对这个弟弟十分照顾。当其弟贩卖毒品被捕，判刑十年，他做弟媳的工作，并及时给生活费，让她不要带孩子离开家。父亲的这种努力却不被养父和弟媳感激，反而说他不尽心，是个忘恩负义的人。但父亲不辩解，也不理会初晨的怨言，依然为他的养父和弟媳的事情奔走。村子里的人的事就是他的事，只要找到他，他必帮忙，也能帮上。初晨不理解父亲的一切，如他的抽烟喝酒，他的大声说话，他的仗义，他的用猛烈的动作开车来治愈初晨的晕车。可是在办理父亲丧事的过程中，初晨似乎对父亲有了新的认识，对父亲与家人，与乡邻的那种感情有了新的感受。以前他觉得父亲应该沿着儿时马戏团的足迹，逃离家庭，逃离村庄，走出这个有一条河流穿过的小城。可最后初晨辞去了省城的工作，回到父亲生活的小城，接过父亲的担子，照顾母亲，照顾爷爷，照顾小叔那个支离破碎的家，并去看望监狱里的小叔，甚至对来自村庄的小叔也有了以前没有的感情。同时，初晨似乎理解了父亲的高处不胜寒，这种寒是一种家族之累，村庄之累，朋友之累。父亲总在十八层楼顶吹笛子，经常过量饮酒，都是缓解这种压力的方式。

初晨虽然并不完全认同父亲的人生观，比如在小婶要离婚这个问题上，初晨是同意的，让一个女人守着被判刑的丈夫，是不人道的。但父亲认为如果他摊上这事，初晨的母亲是会守寡的。对此，初晨不能认同，可和他开房的女会计师，他深爱的女人，却说假若她是他小婶的话，一年都不会守。后来，这个女会计师真从他的生活中消失了。两相比较，读者更能感到初晨也就是陈再见矛盾的感情。

某种意义上，我认为初晨对家族、村庄的认同和回归，是对父亲所代表的中国人几千年的伦理观和乡土观的回归。当然，小说也批判了这种伦理观和乡土观，毕竟，父亲是被这种感情累死的，死时年仅五十二岁。这是一种矛盾，也是小说值得读者思考的精彩之处。有些作家喜欢批判中国人的家族观和伦理观，批判乡土的愚昧，今天包括陈再见这样年轻的80后对此都有了不同的态度。

小说有一种深情，一种沧桑，使得一个并不太复杂的故事有了一种韵味。

陈再见的短篇小说《有些事情必须说明白》（《小说选刊》2016年第9期）的故事并不复杂，但令人感慨。小说中民办教师老汤的形象并不高大，但有做人的底气。

老汤年过五十，参加过对越自卫反击战，有几十年教龄，却还是民办教师，同事都是80后，校长是70后，都比他年龄小，但人家都是正式教师。大家对他表面上尊重，实际都不买他的账。老汤唯一的儿子也因为救同村也是其发小的汉金之子，死了。考虑到老来无靠，他在儿子死后为自己转正之事活动过一次，但临了还是觉得丢不起那个人，没有开口。小说通过老汤教书时，因汉金儿子背不出"锄禾日当午"的下一句，他便把孩子的嘴打出血，丢了两颗牙齿的事而展开，汉金来学校闹事，校长要他去道歉，妻子让他带八个鸡蛋，他很不情愿，但还是去了。汉金孩子很多，很穷，人穷不要紧，但不能没有良心。一番交谈后，汉金仍然觉得老汤是因为自己儿子为他孩子死了，心理不平衡，才打自己的孩子。这种想法很过分，但临了，老汤还是把本来藏了的鸡蛋丢在汉金门口。

小说《有些事情必须说明白》中的人物往往呈现两个极端。显然，老汤心善，汉金心狠。

陈再见出生于农村，高二就辍学，当过代课教师，多年打工，就是在工厂打工，工余还坚持写日记。他有生活，勤奋，他能写并写得好，这不是偶然的。我看好他，觉得他将来可能会超过有相似经历的王十月。

关于陈再见的两部中篇小说

陈再见的中篇小说《街的下面是河流》(《安徽文学》2017年第2期)在一个通俗文学的外壳中藏着一个悲剧性的结局。

农二代卢大勇的儿子卢爱军来到父亲几十年前打工的城市深圳,在一个小工厂被黄经理提拔为行政助理,没想到黄经理是自己的姐姐,当年卢爱军父母不得已将其送人。卢爱军在黄经理的小厂里与废品收购人弄虚作假,导致收购人也就是卢爱军的同学罗大枪的二手车被扣。后来两人合谋,在某处埋伏,准备等黄经理夫妇的车子经过时要车,致使车祸发生,黄经理当场死亡。

小说通过个别细节侧面暗示黄经理和卢爱军之间的血缘关系,比如黄经理和卢爱军莫名亲近,爱好相同,喜欢看电视节目《动物世界》,喜欢蛇。

小说的谜底埋得很深,直到最后才揭晓。将此作为通俗小说看,写得比较成功。而陈再见写的几个扇背街故事都拥有通俗故事的壳,由此可见,这是他一贯的写作手法。

但陈再见高明的地方是用通俗故事来探索社会和历史,探索人性的复杂和矛盾。卢爱军父子作为农民,以同样身份在同一城市打工,深圳已发生翻天覆地的变化,但农民工的命运和身份没有改变。发财、当老板的依然是深圳本地人,外来户尤其是农民工,还是靠血汗挣钱。

但有些东西改变了,卢爱军父亲虽然爱吹牛,但他还有朴实的农民本性,可卢爱军虽然读了高中,文化超过父亲,但品性却没有父亲单纯,有那么一点邪恶。尽管他在工厂废品上玩花样,得了亏心钱,多半是由于罗大枪的唆使。他后来也想收手,可他的贪心导致他中了罗大枪的套。

小说中心地纯洁善良的是黄经理,她虽然知道养父母有钱,但觉得这不是自己所得,不愿继承;她当了老板后,还喜欢看《动物世界》,追求一种与金钱无关的东西。其实,她的命运却是悲剧性的。首先其被亲生父母遗弃,其次,她有人生理想,不愿做一个物质的人,但丈夫物欲很强,她不要养父母的财产,可她的丈夫要,这其中必然有一种悲剧性冲突。陈再见的中篇小说《如临渊》(《中国作家》2016年第11期)和贾平凹的《极花》一样,都有妇女被拐卖的故事设置,而且被拐卖妇女都认同了拐卖后的异地,并同买她们的人有了感情和儿女。所不同的是,《极花》中的蝴蝶是在不知情时被强行拐卖,而且经过了长时期的反抗,并在有了孩子和过度被社会关注后,无法正常生活,才回到了那个伤心地。《如临渊》不一样,栾爱丁一开始就知道要被人贩子卖掉,此前,她已经历过父亲沉迷赌博,并眼睁睁看着母亲病死等事情。她为了生存,不断寄生在亲人家中,不断忍受他们的白眼,并成为他们赚钱的工具。摆脱亲人的控制后,她又遭受了老板欠薪、被困在大山中养猪等事情。残疾人刘四平买了她,和她组成家庭,他们在扇背镇开了一家咸茶店,并有了儿子,生意也上了轨道。他们苦熬苦干,有了面包,有了房子。如果不是为了给快要上小学的儿子办户口,她已经忘了重庆康县的故乡和家人,因为她不愿意回顾过去。

小说与贾平凹的《极花》有相似之处,它们都展示了底层人民的贫困和韧性。对于《如临渊》来说，贫困不在扇背镇，而是栾爱丁血泪的过去；对于《极花》来说，底层的韧性和善良主要是通过蝴蝶被拐卖后落脚的自然村人表现出来的，而《如临渊》是通过栾爱丁、记者余树、服装店老板唐新颖，甚至一度是混蛋的栾克云表现出来的。

栾爱丁做生意不掺假，咸茶店能够赚钱，完全是凭真实材料，起早贪黑干出来的。一个身世如此悲惨的人如野草一般，不择地而生，只要一点本该有的阳光雨露，便能健康生长。我们觉得人民之所以朴实可爱，正是因为栾爱丁这样的人是我们社会的主体。

记者余树从小就失去了父母，又身患肝癌，他活着是为了报恩。沈大妈知道栾爱丁需要给儿子上户口后，便希望他能帮上一把，所以他插手了栾爱丁的生活。他曾经向见过数面、谈不上深交的唐新颖伸出援助之手。可是这样的好记者策划的报道普通人的项目，却让总编嗤之以鼻。总编只要他盯好领导行踪，报道领导去慰问之类的事情就行，也因他对此类事件不积极，又毫无背景，所以随便有个小错，便被解雇了。

从以上情况看，余树形象有点高大，但他从小就背负着良心的谴责。十来岁时，他和同伴游泳，同伴抽筋，他本可以施以援手，却因一时害怕，独自上岸，致使同伴死亡。无心为恶，但恶不请自来。人都是可能临渊为恶的，当余树在绑架他的栾克云等人面前讲出这个故事时，小说即将结束，也使事态不再恶化，栾克云收手了。小说就是要告诉人们善恶一念间，时时为善，那是圣人，普通人注定要受善善恶恶的煎熬。

唐新颖作为小姐，告别过去，重新创业，并在危急时刻帮助余树，这是一个值得尊重的女性。

小说性格起伏最大的角色是栾克云，因为生活的不检点，他失去了妻子，也使女儿杳无音信。重新组成家庭后，他开始醒悟，没想到后妻又身患绝症，仅靠自己打工和冒领女儿作为移民的安置补偿金生活，现在，女儿派人来迁户口，就等于断去他家生活来源的主要部分。在这种情况下，他险些酿成毁灭性灾难。不过，他向栾爱丁进行忏悔，为后妻所做的一切则是真诚的。对于他来说，深渊既是生活赋予的一系列苦难，也是灵魂中的恶。

  人生的苦难是深渊，灵魂中的恶也是深渊。对于前者，要想解决这一问题，社会要增加并合理分配社会财富，给困难家庭以福利等；对于后者，则要通过每个人趋善避恶的毕生修为来解决。"君子作歌，维以告哀"，陈再见写《如临渊》不是叙述自己的困苦和悲哀，而是出身农民和打工者的他，从底层的立场出发，叙述百姓生活的艰难。我们可以谴责冒领女儿移民补偿费的栾克云，正如我们可以批判宋小词《直立行走》中的午马母子为了能领取拆迁人口房产补偿面积，将已死亲人秘不发丧。但是，我们更要追问形成这一切问题背后的社会和制度原因。

  "爱及矜人，哀此鳏寡"，对于栾克云父女之类的底层民众，我们仅仅给予同情是不够的，我们要呼吁全社会关心他们，改善他们的生存处境。

  西汉刘安评价屈原的《离骚》："其称文小而其指极大，举类迩而见义远。"当然，我们不是说陈再见的小说达到了屈原《离骚》的水准，但他的确是从我们社会中的小人小事写起，反映出我们社会已存在的深层次问题。

孙 频

1983年出生,山西人,毕业于兰州大学中文系,现任杂志编辑。2008年开始小说创作,至今在各文学期刊发表中短篇小说一百余万字,代表作有中篇小说《同屋记》《醉长安》《玻璃唇》《隐形的女人》《凌波渡》《菩提阱》《铅笔债》等。部分小说被《小说月报》《小说选刊》《中篇小说选刊》《北京文学·中篇小说月报》选载,荣获2010至2012年度"赵树理文学奖"。

女博士的个人悲伤

80后女作家孙频的《光辉岁月》(《当代》2017年第1期)的内容与题目构成反讽,它实际讲述的是一个奔四女博士梁珊珊的悲伤生活,毫无光辉灿烂可言。

梁珊珊在三十多岁博士毕业以后,回到县城当了一名中学语文老师,自我觉得"昔我往矣,杨柳依依。今我来思,雨雪霏霏"的生活有一种诗意,经常给学生灌输应试教育毫无意义的思想,对着古文题讲魏晋风骨,为"这个世界上再没有人效穷途之哭。再也没有人抬棺狂饮,散发山阿。再没有人白眼向权贵,折齿为美人"而悲伤。

单就这一点,她似乎是特立独行的人,有强大的自我支撑,而实际上她时常觉得自己是个废人,想离开这个世界。

在上大学时,她也很单纯,有青涩的恋爱,有自我设计服装且穿出瞩目效果的美学情怀。只是一毕业,她就得找一份稳定的工作。作为一个工人的女儿,还有一个常常失业的哥哥,为了家庭,她不能任性。于是,她牺牲了不切实际的爱情,被现实打败了。

工厂改制,工人分流,她选择考研,重新上学。读研期间,她和一个有车有房的中年男人老刘有了婚外情,她以为凭着自己的学历、青春、姿色，可以使对方为自己离婚，没想到，对方根本没有这个意思。出于报复老刘，她和老刘的朋友老赵情意绵绵，刚开始，老赵也的确很在乎她，可是，一旦她为哥哥向对方借了三千元，他们之间的关系便如卖淫者和嫖客一样，再也正常不起来，一步步，她成了剩女。读博士时，她厌倦知识分子的庸俗。毕业后，经过求职艰难和感情破裂后，她选择回家乡县城教书。

不久后，她哥哥因不知情为人传送毒品而入狱，作为家庭唯一的希望，母亲希望她找人疏通关系。经人介绍，她找到了大约五十岁的文化局局长陈天东，并在屈辱中和他发生了性关系。或许是陈天东不算庸俗，或许是长久的孤寂，梁珊珊竟然和陈天东发展成情人关系，在他面前耍小女人脾气，俨然一副旧社会小妾的样子。小说在两人相亲相爱，梁母也以准岳母关系参与其中结束。此时，珊珊已经出狱的哥哥入了黑社会，不知去向，死了也未可知。事情怎么是这个样子？前几年，方方有篇小说叫《涂自强的个人悲伤》，写了一个从农村进入城市的大学生涂自强毕业后四处碰壁，无人关心，孤独地死去的故事。涂自强的悲伤是蚁族的悲伤，反映了当代大学生的艰难。高学历的珊珊在经济上比涂自强要好，但精神境遇与其相差无几。过得滋润的是陈天东之流，他依仗权力，在高级小区有几套住房，车子、票子一样不缺，年过半百还使三十多岁的女博士依恋他。知识经济在权贵面前不堪一击，无疑是小说的主题之一。

珊珊哥哥梁帅帅作为小说的主要人物之一，也很能反映问题。没有上大学的他在城市没有固定工作，创业谈何容易，因此小说中不断说他创业失败的事，而唯一的妹妹就成为他的经济依靠。他善良，经常请人吃饭，送人东西。朋友多了好办事，做生意不交朋友，怎么行？这是他为人处世的原则。就是这一点害了他，把他送上了不归路。

80后不少作家以青春小说和校园小说亮相，并持续停留在这两个关键词上，比如郭敬明和韩寒。孙频说她的小说是成人写作，也就是说与由50后到70后持续形成的中国当代文学主流接轨，以人性探索和艺术形式变革为主旨。从《光辉岁月》看，校园生活占绝大部分内容，但没有风花雪月和小资情调，有的是人生沉重，显然与青春校园小说有别。

孙频曾经在接受记者的电话访谈中说："我喜欢有力量的写作之中还带有一些暴戾气质。""我希望笔下的人物复杂而有深度。""我跨越青春书写，直接就进入成人写作。"从《光辉岁月》看，我认为她做到了。

诚如孙频所说，她笔下的人物有人生理想，但也有一种戾气。她是以戾气的描写探索人性的复杂和深度。《光辉岁月》中，梁珊珊身上就有很重的戾气，她和老刘的性关系保持了半年，得知老刘送给自己的所谓精美的钢笔是他老婆单位发的礼品，就转而投向和自己示好的老刘朋友老赵的怀抱。当向老赵（不是老刘）借钱而使老赵形如嫖客后，她就随便上网找个男人发泄。私生活的乌七八糟使她在为哥哥的事第一次求陈局长时，便与对方发生了性关系，而且居然对陈局长有了感情依赖。有一天晚上，她硬要陈局长出来，陈局长没有答应，她就随便和一个看起来高大魁梧，实则是小学毕业的煤矿工人合影，把照片寄给陈局长。作为女高知，这一切令人痛心，也与女博士的形象形成很大反差，但这种戾气的确赋予梁珊珊这个人物以复杂性，以深度。

但梁珊珊不是卫慧、棉棉笔下的女性，而是一个混乱、颓废的符号，她还有女儿性、人文情怀和家庭责任感。她和母亲住在一起，随着家道的艰难和个人长大，母亲不再像小时那样，半夜还起床看她被子盖了没有，她常常感动甚至渴望这种被照顾的母爱。她回县城，就有出于照顾哥哥和母亲的考虑。她收入不高，但常常同情开三轮车的、卖菜的下层民众，付给他们的服务费总要多一点，她的人文理想更无须多说。这一切使梁珊珊不是扁平人物，不是传统文学中的类型人物，我们能在她身上看到托尔斯泰笔下的安娜和玛丝络娃、肖洛霍夫笔下的阿克西妮娅的影子,她的灵魂中仍有一种神圣和高贵,这使这个人物有了厚度,有了许多欲说还休的东西。

80后中有文学史传承意识的作家
——孙频近作阅读记

孙频的《去往澳大利亚的水手》(《花城》2017年第5期)讲述的故事并不复杂，主角宋书青生于20世纪70年代，名义上的父亲于1968年自杀。母亲独自生活，日子实在孤单，为摆脱这种寂寞，就与桃园看守人有了关系，生下了他。因为出身不好，宋书青没有上学读书的资格，单身到四十来岁，还靠母亲的退休金维持生计。

小说又安排了一个到了入学年龄的男孩的角色，他应该出生在新世纪，简直是宋书青童年的翻版，没有父亲，不能上学，不同的是，宋书青的悲惨是政治造成的，而小男孩的悲惨则是贫困造成的。他比宋书青还悲凄，为了找父亲，竟然神秘地失踪，以致母亲也跟着发疯。

小说中，宋书青生活的却波街的人的精神和物质状态都不太好，他们中以工人居多，以几百块钱退休金为主要生活来源，日子艰苦，因此他们嫉妒宋书青母亲有四千多退休金。精神上，他们或者什么都不信，或者像小男孩的母亲一样信教。宋书青母亲宋之仪倒有精神支柱，她喜欢的是阮籍、刘伶那样特立独行的人物。显然，这个母亲和《光辉岁月》的女博士有相通的地方，但这种超然只会给她们带来更多痛苦。

宋书青在作品中是一个善良的人，母亲死后，他还冒领母亲的退休金，这是他无一技之长的结果。他同情那个失父的男孩和他的母亲，给他们提供物质上的帮助。同时，他依赖母亲和这个女人，渴望回到她们的子宫，这完全是现实版弗洛伊德恋母理论。只是在小说结束时，他退回冒领的母亲工资，在却波街人的帮助下，安葬了母亲。他一家一家去磕头，丢下一块布料作为答谢，这才算他独立的标志。

　　小说题目《去往澳大利亚的水手》缘于小男孩的叙述，这个孩子的父亲应该是抛弃了这对母子，其母为了应付孩子，就说其父到澳大利亚去了。当然，这里也可能包含着象征的含义，澳大利亚是富足的象征，当今社会，谁不想富足？

　　小说中，宋之仪在"文革"时，一边开着收音机播放《红灯记》，一边给儿子讲纳西瑟斯的故事，这也构成一种象征，正如作品中宋书青理解的，这都是幻象，不能形成强大的自我，只有阮籍他们才会有伟岸的自我。

　　孙频的《松林夜宴图》（《收获》2017年第4期）中主要人物李佳音是白虎山师院美术系的绘画老师，大学时就和自己艺术系的老师罗梵发生了关系。罗梵不仅才华横溢，还以对美丽女人博爱闻名，这些传闻丝毫不减李佳音对罗梵的爱，连老师的断指，她都爱得疯狂。她是想和老师结婚的，但1995年是国家包给学生分配工作的最后一年，她被分回原籍，如果她不回去，她不仅没有工作，还会丧失户口。与老师道别的那天晚上，她在雨中站到半夜，早熟的香泡（香橼）不断坠落，她最终没有勇气去敲门。

　　罗梵吸引佳音，还有一个原因是他像自己的外公，从童年一直到外公死，她为外公非凡的艺术才能所感染，这种类似伦勃朗的光线——艺术之光启蒙了她。

回到家乡教书后，她带男学生到戈壁滩写生，引诱多名男学生与她做爱，学生告到学校，她被辞退。后来，她漂到北京798宋庄艺术专区，以匠画养活自己——市场要什么，她就画什么。她不想这样，但她用一年时间画出的八幅油画，无人问津，匠画（等于复制）则大受欢迎。

经历过短暂的成功，李佳音告别了匠画，回归自我，尽管未来怎样，她也迷茫。同时，她找到了罗梵，罗梵在她面前撞车自杀，小说就此结束。

无论是宋书青还是李佳音，两个角色都有一种戾气，但是宋书青对弱小的同情，李佳音对庸俗艺术的抗拒，又使他们向圣洁靠拢。

《松林夜宴图》是李佳音外公留给李佳音的一幅画，这是外公的作品。画上画着三个老者，白衣胜雪，醉卧松涛，露白风清，不记流年，三人的表情有一种奇怪的张力。孙频作为80后，能接续这种中国知识分子人格独立的精神血脉，无疑是可贵的。

孙频是80后中少数有文学史传承意识的作家。迪安传承的是巴金对家的批判，彰显了亲情背后的刻毒，而孙频则彰显的是知识分子人格独立的精神。

在有价值的绝望中抵抗才有意义
——评孙频的《河流的十二个月》

孙频的中篇小说《河流的十二个月》(《十月》2018年第6期)写了四个边缘人物,但他们的结局都是死亡。

作家李西梅(后改名为李鸣玉)和学者王开利都是北京人,李鸣玉单身,写过几本书,但都没什么反响。她乘地铁总希望有个读者能认识她,向她走来,说你是作家李西梅,但这样的事情从来没有发生过。为了弄钱出书,她还要给企业家写传记,这种吹嘘的文章难免败坏口味,因此她搞签名售书时,总担心没有读者来购买,因此精神高度紧张。为了避免发生这种事情,缓解精神上的痛苦,她到西部旅游去了。西部有大漠戈壁,有猎猎大风,也有无边无际的绿色草原和成群的牛羊。于是,她决定不走了,在嘉峪关和酒泉之间靠近果园村的地方租了个农家院,改造成了旅社。

王开利是清华大学的博士,主要研究西北水利。他虽是北京人,却没有自己的房子,甚至连属于自己的房间都没有,和年迈的父母挤在一个胡同的大杂院的一间屋子里。在清华大学不管是搞研究还是当教师,都得发表论文,如今要想发让学术界认可的论文,首先要自身素质过关,其次要有关系。没有关系，文章发不出，职称上不去，工资和津贴也就提不上去，而这些又关系到他可不可以买房。买不了房，他只能永远在那个大杂院住着。因此他在二十八岁以后，就对外界说他有老婆孩子，要是和人在一起，晚上八点，他都装着和老婆通话。为了脸面，两个人吃饭，他也要点够四个人吃的菜，而且一定要有鱼，无鱼不成宴嘛！小说结束时，他在西北的课题结束了，却选择了自杀。这是一个绝望者的自杀。体制内的知识分子要想过一种有体面的生活，就得炮制论文，谋求发表。长期的精神紧张使得像王开利这样的人选择用自杀来摆脱困境。小说中王开利的一句话很沉痛："现在你就是到五台山做和尚，也是需要发表论文的，不然谁认你是五台山的和尚？"

小说中的储东山（后改名为储青）原是海军潜艇队员，职业决定了他们要长期在水下生活，不说生活艰苦，却常常吃不上蔬菜，靠吃维生素补充身体需要的营养。他们不能洗澡，不能刷牙，就用酒精棉擦身子。水下空间逼仄，与世隔绝，舰长对士兵的奖励是用潜望镜看一会月亮。从部队复员后，他在老家开过小店，做过小买卖，以求赚钱，讨老婆。做生意得认识人，有门路，结果在别人的介绍下，他吃了别人给的一片药，没想到是毒品，就这一次，被抓进去了。出来后，他在北京当过保安，有一次为了维护秩序他被北京本地人指着鼻子骂，一气之下到了西安。孤僻的个性使他不愿在大城市生活，因此一路往西，最后到了李鸣玉店里，做了她的帮手。他能做木匠，能开车，能雕艺术品，很有才华。本来就木讷的他，经历的磨难使他更不愿意和人讲话。因为王开利自杀前一晚上到过李鸣玉的店里，李鸣玉和储青无法洗清嫌疑。于是，储青便灌醉前来问案的警察张谷来，并把他扔到下雪的荒野冻死。李鸣玉也参与了这次谋杀，因为储青背着醉去的张谷来，她推着警察的自行车，这是销毁罪证的行为。这个警察是文学爱好者，得知李鸣玉是作家后，对她很亲近，常常送东西给李鸣玉，和李鸣玉聊天。尽管理智上警察张谷来认为是文学害了他，使他年过半百还是个小科员，但李鸣玉还是唤醒了他对文学曾经的热爱。如果他不是因为对李鸣玉的感情，想帮李鸣玉和储青，是不会先来单独调查的，没想到为此送了命。我不喜欢小说这个结局，孙频写的这四个人都有才华，他们被平庸的生活，甚至可以说被集体作恶的人逼迫，或自杀，或杀人。毫无疑问，储青不杀张谷来，他和李鸣玉都得成为被抓捕的杀人犯。这是根据小说情节得出的。从小说的开头和结尾看，文中都出现了连接中原和西域的吊桥。桥这边是华夏文明，桥那边是西域文明。小说结束时，储青和李鸣玉来到了这里。储青是李鸣玉带来的，储青在这儿经历了人生的第一次号啕大哭，哭什么，哭自己是华夏文明之子？如果是这样，那是对华夏文明的绝望。小说容易使人联想到这个象征，这是小说的不足之处。王开利可以死，张谷来也可以死（被储青所杀），储青也可以死，但李鸣玉不能死。她可以作为生活之恶的见证者，她必须活着，而且是有尊严地活着。虽然李鸣玉和储青在小说结尾还活着，还能出入自由，但两个杀人犯怎能逍遥法外？就是逍遥，也是行尸走肉。活着，有价值地反抗才有意义。她没有必要卷进杀人案，她更没有必要带储青到这个吊桥边。

当然，储青这个人物的确让人难忘，他有那样的才华（手艺），却要做诗人，问题是他根本做不了诗人。小说中写到了储青保存几十年的他小学时抄格言警句的本子，这暗示他文字水平还停留在这个阶段。储青为什么要李鸣玉帮他发表诗歌，做一个诗人呢？因为他是个孝子，如果发表了诗歌，母亲看到了，会认为他在做正经事情，亲戚朋友看到了，会对他另眼相看。通过这个细节，我们可以看出，在我们的文化中，手艺人不被看重，文人不管怎样都看似高于手艺人。这是几千年的"劳心者治人，劳力者治于人"的封建意识的残留。

孙频喜欢写人的戾气，能够深入到人的精神世界的内核中，但也使作品笼罩着一种难以挥去的灰暗色彩。《光辉岁月》中的女博士因为崇尚阮籍的遗世独立而逸出生活的正常轨道，竟然做了小官员的情人，尤其是为了母亲和哥哥，她不得不妥协。这一结局还能理解，这是一种牺牲，谈不上高尚，但人们会尊重或者说怜惜这种选择。《去往澳大利亚的水手》中的宋书青不愿意去工作，母亲死后还去冒领母亲的退休金，继续过着寄生虫似的生活，可是他同情失父的男孩和这个男孩的母亲，这是人性的光辉，而且他最后退回冒领的退休金，并且曾经嫉妒他母亲工资高的却波街人帮助他葬了母亲，他也一家家磕头送布料答谢这些本质善良的中国普通百姓，此后，宋书青有了新的生活。这表示他和芸芸众生和解，和中国文化和解。《松林夜宴图》中的人物戾气最多，曾是右派的宋醒石终生都摆脱不了饕餮之徒的难看吃相，令人恐怖。常安追求艺术，剃去自己的女性特征，以裸体爬行的行为艺术方式献祭，成为艺术的人质，为此，她常常在垃圾堆里翻捡食物。她害怕母亲看到自己的裸体图片，因此常常号啕大哭。迫于现实社会，她开始蓄发，不穿奇装异服，向世俗妥协。她没有了为艺术献出一切的精神，向平庸的艺术家靠拢，我们能够理解这一改变。罗梵（名字带个"梵"，令人想到艺术家梵高）为了艺术，甚至断指，把这个指头放进花盆的土里，再种上植物；他为了自由，不要户口，宁愿漂着；为了不连累自己的学生，在李佳音要救他，要养他时，不惜冲向车轮自杀，这更是崇高的人性光辉。李佳音不愿意画匠画，沦为手艺人，离开艺术区，这都是宁愿为艺术，为自由，甘愿献出一切的人。在《河流的十二个月》中，李鸣玉向生活妥协，受不了默默无闻的尴尬处境，决心放弃写作，在西部开旅店，重新开启一种人生。这表明她和上面那些知识分子一样，有个性，有追求，同时她同情储青，收留他，为了他的自由，送烟给警察，为了储青的自由，她花了不少钱。这都是一种伟大,为什么她要和储青一道杀人,而且杀的不是人类的败类,杀的大抵是和她甚至某种程度上和储青一样的人,这就令人匪夷所思。如果说这是把戾气写到极致,写到令人绝望,孙频也可以在结尾铺陈一些,写李鸣玉是如何一步一步被迫卷入其中。美的毁灭要有价值,李鸣玉的毁灭不仅没有价值,而且给人一种她要逃离华夏文明之感。穷则独善其身,达者兼济天下。就是不能独济,和众人同醉也没有什么,李鸣玉为什么要杀一个一直和自己亲近的同类呢?这样的描写如同绝望中抵抗的鲁迅精神,将美好的东西一点一点撕碎。我认为不能让戾气战胜美好,更不能把这种戾气归结为是华夏文明最终的宿命走向。

小说名为《河流的十二个月》,题记用的是林白的诗歌《过程》。林白的这首诗叙述的是一年十二个月,除了九月和十月,十一月和十二月在一起,其他每个月都有不同的风景,有残酷的十二月,也有遍地蔷薇的四月和青草盛开、处处芬芳的六月。显然在诗人眼里,大自然是美的,人生有不如意,但还是幸福的。但孙频没有把这个主题贯彻好,故题记和小说给人以脱节之感。

小说《河流的十二个月》的很多细节写得不错,如西部的缺水使得王开利见不得人们多用水;游客来西部看古墓,问这里有金银财宝而不问古墓中的壁画的细节讽喻游客对财宝的兴趣大于对艺术的向往;储青一边干活,一边唱军歌等细节都很真实,也很有意思。总之,小说的结局稍加改动,将会成为一部很有深度的中篇小说。

从梁珊珊到李佳音再到储青,这些人物都有孙频所说的戾气,这种戾气使这些人物带有灰暗的色彩,也使善良的读者感到一丝绝望。但孙频的新作《天体之诗》中的下岗女工李小雁虽然也可以归为上述人物系列,也是逸出正常生活轨道的人,但却没有了戾气,反而闪现出人性的光辉。我希望这是孙频写作风格的变化,毕竟文学是要表现理想、歌颂理想的。

宋小词

1982年出生,湖北省松滋市人,原名宋春芳,现为武汉市第八届签约作家。在《芳草》《长江文艺》《山花》等文学杂志发表《滚滚向前》《天使的颜色》《还是一家人》《铁骨铮铮》《声声慢》等中长篇小说,长篇小说《所有的梦想都开花》已由长江文艺出版社出版发行。

城市平民的寒冷和阶层固化
——一个从农村走出来的女大学生的爱情和婚姻史

《直立行走》(《当代》2016年第6期)是武汉女作家宋小词(原名宋春芳)的成名作,同是这个年龄的方方写出了《风景》,池莉写出了《不谈爱情》,这两部作品是新写实主义风格的作品。新写实主义的走红使这两人也跟着声名鹊起。或许,宋小词也写出了自己的成名作。

《直立行走》讲述了女大学毕业生杨双福短暂的爱情和婚姻史,并为此付出了坐牢和丧失性命的代价的故事。

杨双福来自农村,大学毕业后留在武汉的私企工作,有了一份养活自己的工作。她为人善良,相貌普通,衣着也不时尚,自我感觉寒酸,除了乡下的劳动生活赋予的正常发育而成的健康美丽乳房,她没有任何值得骄傲的资本。凭她的条件,要想在武汉扎根,只能走捷径,找一个有房的武汉人,把自己嫁了。

小说一开始就写了她和武汉帅哥周午马的性事。他们是在一个单身QQ群认识的,认识当天就发生了关系。杨双福守了二十五年的贞操没了。这种交往维持了一年半,她在忐忑和期待中希望二人能修成正果,似乎幸福真的来了,周午马此时要她到他家见见家人。原来,这一切都是周母和周午马的阴谋。因为他们居住的老房子要拆迁，按人头补偿面积，一人三十平方米，看中她，是认为她是农村出身，老实，容易拿下。

说实在的，周家也不容易，老两口双双下岗，一个在汉正街做扁担，一个做贴水钻的活计，他们只有一室一厅，周午马就住在楼梯过道里搭的如乡下茅房一样大的空间里。周父已是肺癌晚期，以吗啡镇痛，吸氧换气，硬耗着不死，就等签补偿协议。

看了这些，杨双福有些心寒，但木已成舟，第二天，她还是和周午马领了结婚证，不明真相的同事还羡慕、嫉妒杨双福有了幸福的婚姻。

接下来，周午马的父亲死了。为了等补偿，周家秘不发丧，但终是掩盖不住，招来拆迁办、警察、媒体一班人。在被众人质问的羞辱和愤怒中，周午马和周母都失去理智，与人拼命，双双被电棍击倒。在这种情况下，想着周父的善良，想着周母和周午马偶然闪现的善意和恩情，杨双福坚定地和周家站在一起，向警察头上扔出了一个秤砣。袭警后，杨双福被判了一年刑，而周午马得到一百二十平方米的房子后，却要和杨双福离婚。杨双福同意离婚，还承担下了袭警的精神损失费等债务。出狱后，杨双福想找周午马算账，但被周午马杀死。因为她是私自开锁闯民宅，且带着菜刀，虽然进屋后她瞬间决定算了。如此说来，周午马很可能会被判正当防卫，杨双福是白死。

杨双福想在武汉扎根，给农村家人以体面，给自己一个稳定生活，最后，她却身死名灭。这看起来匪夷所思，却是我们当前的现实。

宋小词为这篇小说写了一篇创作谈《在城市的寒冬里蛰伏》，我觉得，她写出了城市平民的寒冷和为了驱除寒冷而显出的龌龊和不地道。说周家是平民，好理解，因为周氏老两口是体力劳动者，周午马也只有一份收入不高的工作。说杨双福也是城市平民，可能有人不同意，但这是事实。大学教育早已是平民教育，而当今大学毕业生的工资有时比农民工的工资还低。以前说城市下岗工人苦,但他们还有住房,但现在的大学毕业生一入社会,住房就成了最大的问题,所以这篇小说既写出了城市工人这一阶层的悲哀,也写出了蚁族的悲苦。

不过,周父还有传统产业工人的正直,比如,在下岗做扁担时曾经捡到了十多万元钱,却在原地等到深夜把钱还给失者,温州老板给他两万作为报酬,他一分不要。但周母、周午马呢?社会给他们制造了寒冷,他们也在给社会和他人制造寒冷,杨双福就是他们的牺牲品。当然,杨双福是令人同情的,她与人为善,只希望安居乐业,这在一个正常社会,应该可以实现。她怀着卑微的愿望,有一颗纯朴的心灵,却走向了毁灭,谁之罪?

当然,周母和周午马也令人怜悯。一个溺水人想要求生,死死抓住水中另一个人,我们不能仅仅以谴责了事。

当我把《直立行走》的故事讲给大学生听时,一个历史系大一的女生马上站起来发言,说这篇小说反映了中国当前社会阶层固化比较严重的问题。阶层固化是社会学术语,社会学把由于经济、政治、社会等多种原因而形成的,在社会层次结构中处于不同地位的社会群体称为社会阶层。各阶层之间流动受阻的情况称为阶层固化。新世纪以前,中国农民子女通过考大学,实现鲤鱼跳龙门的梦想,而农民工进城打工,也逐步脱贫,每家都盖起了楼房。可进入21世纪后,城市教育资源优于农村,一个明显的表现是城市孩子上一本大学的比例高于农村,像出身农村的杨双福上的是一般大学,没有门路的她只能到私企工作,要实现草根逆袭,只能走捷径,和周午马那样在城市有房的人结婚,她的悲惨命运也由此开始。一个理想的社会是富人不敢堕落,穷人看到希望。只要努力,不管是农民子女还是城市居民子女,都有平等机会和上升空间,都可以凭借自身才华改变命运。阶层不固化,中国梦才能实现,社会才能充满活力。杨双福这个文学人物理应引起各方人士关注。我想这也是宋小词创造出这个人物的价值所在。

70后已经产生了乔叶、李凤群等标志性的女作家,80后孙频、宋小词也是这一时期的代表作家。

临时工的悲哀

关注底层，关注弱势群体，一直是宋小词小说的主要内容。新作《固若金汤》(《当代》2018年第4期)仍是对这种内容的表达。

小说主人公秦江南大学毕业后结婚生子，丈夫虽是工人，但对她很好，虽然工厂在目前的大环境下面临破产的危险，但毕竟还没有成为事实。只是她自己工作不固定，在一家国营单位找了份临时工的工作，因为身份低微，处长马博文拿下她不到一个星期，而当初她男朋友追了她四年，在领证的前一晚，才将固若金汤的万里长城攻下。

在这家国营单位，她兢兢业业，分内分外的工作她都做，永远是上班第一个来，下班最后一个走。她甚至包了拖地和烧水的琐事。可是正式工和临时工的差别太大，正式工的绩效工资有两万，她们力争才得了几千元。因为这家单位有门面房出租，上面认为违规，要清理，得收回门面房。在收房过程中，租赁者和这家单位前去调解的人员发生冲突，正式工小李被租赁者打了，小李动了刀子，事情闹大了，要追究责任。结果临时工兰大懋顶了责任，拿了六万元钱离开了这家单位，责任人小李什么事都没有。面对如此不公，秦江南彻底觉醒，扔掉了马博文送的价值两万元的包包，不再理会他的性要求。

小说题目《固若金汤》一是指秦江南的身体,二是指秦江南就职的这家单位等级森严的秩序。秦江南毫无胆量抵御马博文的非礼要求,临时工和正式工的严格等级虽然看起来固若金汤,长此以往,这一严格的等级必然会被打破。所以,不管是秦江南的身体,还是秦江南就职的这家单位的秩序都不是固若金汤,而是不堪一击。对于秦江南屈尊俯就马博文,我们同情;对于严格的等级秩序,我们愤慨。小说题目《固若金汤》明显有反讽意味。

底层的黑暗和亮色

21世纪以来,中国文坛关注底层的小说有很多,作家多以同情的笔调,一方面写底层的贫困,一方面讴歌底层民众的善良。宋小词的新作《柑橘》(《收获》2018年第2期)却独辟蹊径,通过七十二岁苟大宝的一生,写出了底层的黑暗。这种黑暗不像有些作家表达的仅仅是基层政权带来的,而是民众集体造成的。

其实,苟大宝是乡村能人。他有一把子力气(对于农村,这很重要),捕鱼摸虾,手到擒来,他还懂柑橘修剪技术,村里的每家每户的柑橘修剪技术都是他教授的。自从他父母去世,他就独自一人生活,日子不免恓惶。年轻时,他和凤儿在兴修水利的工地上认识并情定终身,凤儿也有了身孕。他们相约,如果是男孩,就叫墨水,如果是女孩,就叫糖水。可是凤儿大婶(凤儿父母已不在人世)却向苟大宝要一千元彩礼和三转一响,这就是"抬头嫁女,低头娶亲"的风俗。这样一大笔钱在20世纪70年代是天文数字,苟大宝是无论如何也出不起,于是凤儿自杀,一尸两命。这种狮子大开口的彩礼费,无疑是封建陋俗,苟大宝和凤儿都是这种陋俗的牺牲品。

苟大(村里老老少少都叫他苟大,这种称呼含有一种蔑视)这年三十九岁,他独自葬了凤儿,也几乎埋葬了自己成家立业的梦想。转眼间,农村开始分田分地,到了80年代末,村里集体化时期栽的柑橘挂果,成了能变钱财的金山银山。苟大所在的一组有二十二户,可柑橘只有十九架,苟大便在村支书以忠于党忠于集体的名义下,被强行剥夺了柑橘树的所有权。作为回报,苟大被列为五保户。

苟大忍气吞声地接受了支书的安排,他在自己门口栽了柑橘,虽然只活了一棵,但是长大后,每年收的柑橘竟达上千斤。小说开始,苟大年近古稀,成了见柑橘跟柑橘说话,见苦楝跟苦楝说话的孤独老人。一天,他屋场边来了个年轻的女傻子。苟大心善,就暂时收留了女傻子,给她饭吃,给她打理个人卫生。他把她送到派出所,要所里帮忙查找傻子的家人。警察问傻子问不出个所以然,就建议苟大把傻子丢掉。心善的苟大自然不干,在伺候傻子的过程中竟然动了感情,认为傻子就是自己那个没出世的女儿糖水。

接下来的描写最能见出底层的黑暗。居然有人强奸女傻子,致其怀孕。村人竟说苟大收留女傻子,是为满足身体欲望,支书要苟大丢掉傻子。苟大自然不干,结果他平时打鱼的地方被人做了手脚,使他一无所获,门口的柑橘树上的橘子差不多被人摘光了,五保户的资格也被取消。苟大陷入绝境,最要命的是糖水难产,弃苟大而去。绝望中苟大自杀,追随糖水而去。

小说写了以支书(先是老支书,后是小支书)为首的村人的毫无良心,他们不把苟大当人看待,这是一种集体的恶,其危险远远超过单个人的恶。苟大被这种集体的恶吞噬了生命。集体的恶对人类危害最大,众人以集体名义作恶,没有良心的压力,不会有罪恶感。当年的德国法西斯屠杀犹太人,日本军国主义者的南京大屠杀,都是集体名义下的罪恶。

小说虽然以暴露底层黑暗为主，但也写了底层的亮光，如免费看病的赤脚医生，总是送肉给苟大的雷师傅，至于苟大的善良，更是有目共睹，支书逼他走上绝路，苟大本想杀了他，可还是放过了。底层的黑暗有了善良的中和，才使我们不至于彻底绝望。

汪明明

80后,毕业于南京大学中文系,从事过电视主持、报社记者、广告策划、杂志主编等工作,《零度诱惑》是其长篇处女作。

漂浮的生活
——评汪明明的长篇小说《零度诱惑》

南京女作家汪明明的长篇小说《零度诱惑》[①]在尤嘉霓和陈逸山、袁琅等人物之间展开，陈逸山和袁琅应该是60后，尤嘉霓是70后，而作者是80后，故事发生在20世纪90年代后期尤其是非典之后的时期，这是中国经济快速发展的时期，也是时尚和欲望极度膨胀的时代，小说中的三个主要人物是时尚（尤嘉霓）、权力（陈逸山）、性（袁琅）的代表性人物。时尚、权力、性都是欲望也即诱惑的代名词。在追逐诱惑的道路上，小说中这三个人物乐此不疲。

尤嘉霓出生于城市平民家庭，平庸、节俭的日常生活令她从小厌恶这种生活。她喜欢杰奎琳的传记，因为那里有她羡慕的高尚生活，而什么是高尚，从少女时期一直到死，她都认为时尚是富裕，引领都市生活潮流，处在万人瞩目的舞台中央，是范儿。显然这是一种有偏差、失衡的价值观，说到底，她所认为的时尚只是种物质生活，无关精神内容。

为了这种物质生活，尤嘉霓从专科旅游学校毕业后进了报社，首先她

[①] 汪明明：《零度诱惑》，广西师范大学出版社，2017年。

瞄上了报社老总陈逸山,色诱这位年龄大她十几岁的人。等两人打得火热时,她就要陈逸山给她投资买房,遭到拒绝后,她就进一步逼迫。陈逸山用给她升职的方式结束了两人的关系。随后,尤嘉霓利用职务平台和身体资本,周旋在一个又一个男人、官太太、"高尚女人"之间。她有了豪华房子、车子,成了时尚的代言人,差不多实现了自己的人生目标。

尤嘉霓的终极人生目标是要进入Upper Class(上流社会),为此,她需要嫁入豪门。这时她遇到了与陈逸山年龄相仿的袁琅,袁琅是大企业家的后代。袁琅也欣赏她的年轻、时尚、漂亮且精明能干。为了成就好梦,尤嘉霓甚至像主妇一样在生活起居上照顾袁琅,然而,当年她和其他男人的风流韵事暴露了,其中就有袁琅知根知底且鄙视的人,两人在怨恨中分手。尤嘉霓感觉自己的人生充满了挫败感,在恶劣的情绪中,她和自己的新居设计师萧歌——这个小她十岁的大男孩有了关系。在她是疗伤,但对于初恋的萧歌则是认真的。当萧歌要求确定关系后,她断然拒绝,因为她要的是上流生活,参加著名的社交派对,这一切,萧歌无法提供,所以哪怕萧歌苦苦哀求,也无济于事。在这方面,尤嘉霓永远是理性主义者。

尤嘉霓毁容于一场派对后的深夜两点钟,她仰面欢笑,脚底一个踉跄,面部跌到了碎玻璃上,因此毁容。这看起来是意外,是偶然,但以她的个性,这又是必然。追求一种不切实际的漂浮生活,就像她的前辈包法利夫人(福楼拜《包法利夫人》)、安娜(托尔斯泰《安娜·卡列尼娜》)、奥利格·依万诺夫娜(契诃夫《跳来跳去的女人》)一样,因为她们都有一个共同的特点——虚荣,所以,尤嘉霓和她们都是不配有更好命运的人。

我们说尤嘉霓追求的是时尚,按照徐敏对时尚的定义:"时尚(Fashion),或时兴、时髦、流行的风尚,集中体现在人们的衣着样式之中。但时尚并非只存在于服装领域内,而是一种更广泛地发生在人们的日常生活与精神领域中的社会现象,是现代社会大众日常生活及其内心世界的一种表现形态。"①

时尚不一定是坏的,但如果只注意时尚的物质性一面,像尤嘉霓那样,手提袋要Gucci新版的,包是Lady Dior,表要Piaget,连小钥匙扣也是Prada的,求婚钻戒要8.88克拉的粉色钻戒,平时读物是《如何做个诱惑娇娃》,那就是完全的虚荣。

中国从2001年12月加入WTO以来,全球化速度逐年加快。《零度诱惑》聚焦全球化时代中国白领和青年权贵的生活,在某种意义上,它是为全球化时代下的中国青年赋形,只不过尤嘉霓代表的是青年中的负面形象。尤嘉霓有相当程度的典型性,她和石一枫的中篇小说《世间已无陈金芳》中的陈金芳都是一类人物,出身贫寒,想拥有一种优越且受人瞩目的物质生活,最终成为失败者。

陈逸山在某种意义上和尤嘉霓是一样的人,都希望成为舞台的中心。对尤嘉霓而言,这种中心和时尚联系在一起,哪里有时尚,哪里就该有尤嘉霓的影子;对陈逸山而言,这种中心是和权力联系在一起的。在很小的时候,他就知道权力的重要,小学时,上级领导来他所在的小学,也是他父亲任校长的小学进行视察,父亲和他耳语几句,他便上去给领导系红领巾,镁光灯在这一刻就亮了。他就明白父亲给他讲的"如果你不能成为我的荣耀,那你就是我的耻辱"中的荣耀是怎么回事了,所以工作后,他就围着领导转,给领导改稿,甚至把自己写的文章换上领导的名字,给领导送钱送物,直至有一天自己也成了领导,别人给他钱物。他有几处住房,好多女人。他小心地接受贿赂,小心地玩女人,从不留下证据。但纸包不住火,身败名裂是必然的。

---

① 赵一凡:《西方文论关键词》,外语教学与研究出版社,2006年,第499页。

袁琅作为富家子弟，父亲要把他培养成绅士，但他是花花公子，金玉其外，败絮其中。绅士不仅外表彬彬有礼，更要有内质，要有社会责任感。在这方面，中西传统是一样的。袁琅不想成为绅士，他认为书要少读，身体的舒服是最重要的。所以十五岁的他就开始玩女人，一直到不惑之年，都不改变。他喜欢把裸体女人分门别类，尤嘉霓将他定义为"患有性爱餍足症的男人"是准确的。袁琅有一张当今暴发户的嘴脸，他追求的身体生活说到底也是种物质生活，在本质上，他和陈逸山、尤嘉霓是一样的人，没有精神深度，是我们这个时代的负面人物。

文学要揭示时代的症候，这方面，《零度诱惑》无疑是有努力的。文学还要树立理想的标杆，在这方面，《零度诱惑》提供的人物形象是江振啸。他是陈逸山的同学，他把追求新闻真实、公正作为理想，为底层民众代言，为此，他不怕有性命之虞，不怕职位得不到提升。他是陈逸山等几个负面人物的对立面。

小说题目《零度诱惑》中的关键词是诱惑，一般来说，诱惑是激动人心的。限定词"零度"，在我理解，就是算计的意思，如尤嘉霓接近陈逸山、袁琅时，是有目的的，经过策划的；陈逸山的权力也是通过算计获得的；袁琅猎艳，还不忘给女人分门别类。

我们这个时代是一个发展的时代，也是一个充满着诱惑的时代。尤嘉霓、陈逸山、袁琅都是在各种各样的诱惑面前缴械投降的人，他们是现代有志青年的反面教材。在诱惑面前，我们要坚持人生的理想，只有这样，才能正确对待各种诱惑，否则，我们的人生就是漂浮的，轻则会栽跟头，重则人生的大厦会轰然倒下。正如汪明明在《零度诱惑》中所引的法国人让·鲍德里亚说的一句话："如果我们以诱惑为生，我们将因蛊惑而死。"而且，诱惑所代表的都是浮华的生活，没有深度，生活在诱惑里的人的生活是不接地气的。

《零度诱惑》在写法上带有先锋的实验色彩，议论的文字很多，甚至可能超过细节描写。许均说小说"铸就了一部中国版的《不能承受之轻》"①,王干说其"结构独特"②,刘青文说其"有布莱希特戏剧的离间效果"③,我认为这些学者的赞美对于汪明明来说,主要是通过小说《零度诱惑》中的议论文字实现的。在小说中大发议论,中西都有,如雨果、陀思妥耶夫斯基、昆德拉、韩少功等,对此,批评的有,但接受的也不少。韩少功的独特在此,遭人反对也在此。20世纪80年代,先锋小说实验技巧之一便是此(尽管韩少功是寻根文学的扯大旗者)。韩少功在《马桥词典》《暗示》中议论多,到了新作《日夜书》中,议论仍然不少,但故事性有了加强。我觉得汪明明如果继续写小说,在故事性上有很大的进步空间。小说的特征很多,但有一个极为重要的特征就是故事性,有人赞扬赵树理,说它"用故事和评书解构了西洋小说和中国现代新小说的神圣和威严;既让它接上了中国传统的地气,也把它完全纳入到自己的写作操练和话语谱系中了。从这一意义上说,与其说赵树理是在写小说,不如说他是在讲故事;与其说他是小说家,不如说他是一个讲故事的人"。④西方小说讲故事的传统也非常强大,从荷马开始到薄伽丘,再到巴尔扎克和托尔斯泰,讲好一个故事,也是他们的追求。本雅明就把作家列斯科夫定义为"讲故事的人",这不是对他的贬低,而是一种致敬。他说:"描写一位名叫列斯科夫的讲故事的人,这并不是要缩短他和我们的距离,而是恰恰要拉大这一距离。因为只有拉开距离来看,我们才会发现,讲故事的人那非凡而质朴的轮廓在她身上清晰地凸显出来。"⑤

---

① 汪明明:《零度诱惑》,广西师范大学出版社,2017年,封底。
② 同上书,封底。
③ 同上书,封底。
④ 赵勇:《讲故事的人或形式的政治》,《文学评论》2017年第5期:第45页。
⑤ 瓦尔特·本雅明:《无法扼杀的愉悦:文学与美学漫笔》,陈敏译,北京师范大学出版社,2016年,第43—44页。

后 记

　　该说的似乎在前言和正文里已经说尽，再说似有话唠之嫌，但我还是要说，毕竟这只是我第二部公开出版的书籍，对我来说，写《后记》仍有新鲜感。

　　2019年国庆期间，我拜谒了故乡枞阳县岱鳌山，因为朱光潜先生就是枞阳县麒麟镇岱鳌村人，该村就在岱鳌山下，饮水思源，可以说，一代美学大师就是岱鳌山哺育出来的人杰。1912年，朱光潜考入桐城中学，此前，他不过是岱鳌山下一个普通的农家孩子，但他从这里走向了世界。

　　岱鳌山并不高，海拔不过270米，可这里却有五百年的古树青檀、卫矛、茜草、兰香草、九头狮子草、变豆菜，甚至安徽别地不常见的疏花绞股蓝在此处也处处可见，而且安徽植物新记录长梗韭也出现在此山。作为植物学家，你在这里会有惊喜；作为文学爱好者，如果你秉持朱光潜先生"慢慢走，欣赏啊"的精神，你也会有惊喜。

　　1932年，朱光潜写下《慢慢走，欣赏啊！》一文，此文不长，却是体现朱光潜先生美学思想的重要文章。原文中有一段：

　　　　亚尔卑斯山谷中有一条大汽车路，两旁景物极美，路上插着一个标语劝告游人说："慢慢走，欣赏啊！"许多人在这车如流水马如龙的世界过活，恰如在亚尔卑斯山谷中乘汽车兜风，匆匆忙忙的急驰而过，无暇一回首流连风景，于是这丰富华丽的世界便成为一个了无生趣的囚牢。这是一件多么可惋惜的事啊！①

风景步步有，关键是你愿意欣赏，你能欣赏。看着岱鳌山的花草，我很悠然。看到岱鳌山秋季的茜草，我会想到女孩子的父母喜欢给孩子取名"茜"，为什么，因为它和女孩子很相配。茜者，茜草也，红色也。古代的红纱也好，红布也好，是可以用茜草的根染成的，它在《诗经》里叫"茹藘"。《牡丹亭》中有一句话，"你道翠生生出落的裙衫儿茜。"茜裙者，红裙也。茜又写作蒨，刘勰《文心雕龙》有"夫青（靛青）生于蓝（蓝草），绛生于蒨"。

《红楼梦》第七十九回提到"茜纱窗"，就是指红纱窗。"茜纱窗下，我本无缘；黄土垄中，卿何薄命。"

贾母是懂美学的，所以《红楼梦》第四十回"史太君两宴大观园 金鸳鸯三宣牙牌令"中，她看到潇湘馆窗纱旧了，就关照凤姐用"霞影纱"糊，"霞影纱"乃是茜纱窗的别名，因为林黛玉住的潇湘馆没有桃杏，一园绿竹，太素，得用茜纱装扮。

在这里，我不想卖弄知识，而是用个人感受诠释朱光潜先生的"慢慢走，欣赏啊！"的美学精神。冯友兰先生写《中国哲学史》，用的是"照着讲"和"接着讲"的方法，"照着讲"是复述先贤和他人的观点，"接着讲"是发挥自己的观点。其实，我这本《新世纪小说风景线》就是一部"照着讲"和"接着讲"的著作，"照着讲"是复述小说家言，"接着讲"是我对该小说和作者的评论。

在岱鳌山，我慢慢走着，感受朱先生提倡的美学态度，下了岱鳌山，我回家后，仍然回味岱鳌山的风景，为青檀和兰香草写了两首诗。其一是《为

---
① 朱光潜：《谈美·谈文学》，人民文学出版社出版，1988年，第116—117页。

我与故乡五百年青檀相遇而作》：

> 坎坎伐檀诗古老，
> 栋梁翼朴胜松椿。
> 岱鳌吾里风光好，
> 大树千年仍发春。

《诗经》"坎坎伐檀"之"檀"即青檀，青檀别名"翼朴"，岱鳌山的青檀历经明清和民国、当代，仍是年年绿装，翅果多多，我诗中的"千年"是形容年间久远。其二是《赞兰香草》：

> 平生首见兰香草，
> 绿叶绒花宝塔蓝。
> 默默根生崖土里，
> 三贞庵后伴烟岚。

兰香草花如宝塔，生在岱鳌山三贞庵，那一抹幽蓝令我倾心。

说实在的，我的《新世纪小说风景线》也是向乡贤朱光潜先生学习和致敬的著作。大学时，我就读过他的《美学》《西方美学史》《谈美书简》，如今又拜访朱先生的出生地，经过这么多年的历练，我觉得做先生的学生或许够格，本书也是给天堂里的先生的一份答卷。当然大师境界，学之无穷。我会重读先生的著作。

其实，写小说评论，或者说"照着讲"就是一种回味，自然是风景，人生是风景，小说也是一道亮丽的风景。你得做一个有心人，才能发现这种风景，写出这种风景。《新世纪小说风景线》是我对中国70后和80

后作家的作品的发现及深思。

　　本书打磨期间,曾送友人把关。友人说作家宋春芳将名字改为"宋小词",改得好!"春芳"太大众化,不吸引人。如果是"宋词",又太张扬(谁能说自己是"宋词"呢?),"小词"("小词"只是宋词的一部分)正好。今年,有一个叫唐艺宸的女生选了我的"新世纪小说赏析"课,在课上,我问她"艺宸"何意?她说她是龙年出生的,祖父取名时,想要有个字和"龙"相配,于是想到了"宸"字,"宸"者,帝王之居所也,天宫也,天帝之所也,王位、帝王也。女孩子用这个名字,太霸气了,于是在"宸"前加"艺",使之柔化、女性化。这和"宋小词"之名是一个道理。人名是学问,也是写小说的好材料。

　　小说家的笔名在我看来多半不是随意为之,研究它也是一门学问。细心的读者循着作者笔名的思路,会想到鲁迅和周树人的关系,茅盾和沈雁冰的关系,当然考究本书中的宋小词和宋春芳,乔叶和李巧燕(豫北方言里"巧燕"与"乔叶"同音),王十月(可能他出生于农历十月)和王世孝,弋舟和邹弋舟(弋舟姓邹),路内和商俊伟,叶炜和刘业伟,笛安和李笛安(笛安是作家李锐的女儿),都是理解这些作家的一个通道。

　　关于新世纪小说,已经有很多大家论述过,如孟繁华、雷达、张莉、王春林、张艳梅等,他们甚至用专著来论述这一段时期的小说,雷达、续小强的《新世纪小说概观》,王春林、续小强的《新世纪长篇小说地图》、张艳梅、续小强的《新世纪中短篇小说观察》等都是其中的翘楚,可是他们的这几本书都是对新世纪小说的概括。尽管他们在著作中也论述70后和80后的创作,但不是对这两代作家的新世纪小说的专门论述。学者洪治纲有一部《中国新时期作家代际差别研究》,论述从50后到90后作家的创作,也涉及70后和80后,但是对这些作家的作品,他是从新时期入手,70后80后只是其中的专题,论述他们的新世纪小说不多,故本书仍有价值。

目前，学界对70后和80后作家并不看好。洪治纲在《中国新时期作家代际差别研究》一书中曾经援引陈思和的观点，说70后作家的创作缺乏大激情和大胸怀。这话在八年前可能还是对这一代作家一些作品的归纳，但在今天就不那么全面了，叶炜、陈刚、乔叶、王十月、周瑄璞、李凤群等都有大制作。他们对前辈的传承和学习都进入了一个崭新的境界。同样，对于80后，很多人还停留在他们只是青春和校园、网络文学、不成气候的代名词上。事实上，他们中好多人都完成了对前辈作家的学习和传承，甚至像王威廉等人，他们的作品甫一出世，就被认为是老作家写的。

如今的80后还是青年，70后可算中青年，中国文坛是老作家的，更是70后、80后甚至90后乃至00后的。大学毕业三十年时，我写了一首豪迈的诗歌："八十飞熊佐武王，齐璜甲子画才昌。延祥五十刚行步，喜与青年结伴航。"我热爱青年，热爱中青年作家，我还会关注并论述他们的小说。

最后要说的是，这本书只是我《新世纪小说风景线》三卷本中的一卷（每卷都是独立的，自成一体），30后到50后是一卷，60后单独成一卷，篇幅都大大超过这卷。希望读者和专家对出版的这卷多提意见，以便我能够在其他两卷出版时有所改进。

2018年11月28日—12月14日
于安徽大学磬苑校区人文楼501室